ŒUVRES COMPLÈTES

DE

TABARIN

Paris, imprimé par GUIRAUDET et JOUAUST, 338, rue S.-Honoré,
avec les caractères elzeviriens de P. JANNET.

ŒUVRES COMPLÈTES

DE TABARIN

AVEC

LES RENCONTRES, FANTAISIES ET COQ-A-L'ANE FACÉTIEUX
DU BARON DE GRATELARD

*Et divers opuscules publiés séparément sous le nom
ou à propos de Tabarin*

Le tout précédé d'une Introduction et d'une Bibliographie
Tabarinique

PAR GUSTAVE AVENTIN

———

TOME I

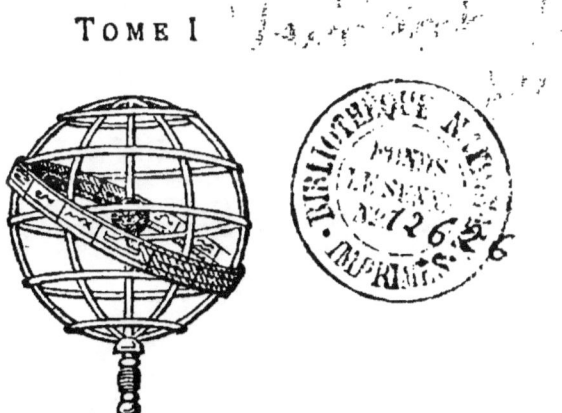

A PARIS
Chez P. Jannet, Libraire
—
MDCCCLVIII

INTRODUCTION.

Crire la vie de Tabarin est une tâche lourde et difficile qu'on ne sauroit actuellement entreprendre avec succès. M. C. Leber, tout en disant davantage et mieux que ses devanciers sur ce farceur du XVIIᵉ siècle, n'a pu cependant suppléer à l'insuffisance des matériaux que le temps nous a légués, et dont il a su, néanmoins, tirer bon parti pour composer ses *Plaisantes recherches* [1]. La biographie de Tabarin est donc encore à paroître. Quelques particularités ajoutées à ce qu'on sait jusqu'à présent sur ce joyeux Esculape aideront peut-être un jour à la rendre plus complète.

Divers passages des œuvres de Tabarin et des satires dont il fut l'objet font supposer qu'il étoit d'origine italienne. Un auteur inconnu dit même qu'il naquit à Milan [2]. On est fondé à croire

---

1. Voy. ci-après Bibliographie tabarinique.
2. « Le Clair-voyant ne peut comprendre pourquoy Mondor et Tabarin s'appellent frères : l'un est de Milan, l'autre

aussi qu'il ne se nommoit pas Tabarin, et qu'en se faisant appeler ainsi, il prit pour type un autre bateleur, qui, parcourant avant lui la France avec une troupe d'histrions italiens, connus sous la dénomination de *comédiens de Tabarin* [1], emprunta ce nom au *tabar* (manteau), la principale pièce de son costume.

L'époque de la naissance de Tabarin n'est pas

est de Lorraine. » (Voy. t. 2, p. 229, *Le Clair-voyant intervenu sur la response de Tabarin.*)

Dans la *Harangue faicte au Charlatan de la place Dauphine* (t. 2, p. 341), on dit que Tabarin étoit un enfant gâté de la ville de Naples ; mais cette assertion n'a rien de sérieux.

1. Dans la satire à Claude de Sanzé, de La Fresnaye Vauquelin commence ainsi (p. 402 de ses *Poésies*, Caen, 1605 ou 1612) :

> *Depuis la mort du chantre Epinevaux...*
> *Le bon Ganasse et les comédiens*
> *De Tabarin, et tous italiens,*
> *Drôles, bouffons...*
> *L'ont regretté...*

En voyant simultanément cités ces noms de *Ganasse* et de *Tabarin*, il est évident qu'il ne s'agit pas du farceur de la place Dauphine, qui étoit à peine né, ou du moins fort jeune, lorsque fut composée cette satire, restée longtemps inédite. Quant à Ganasse (Juan Ganasa), on sait que sous Philippe II, et quelques années après son avènement au trône, il dirigeoit en Espagne une troupe de comédiens italiens qui jouoient en leur langage des farces dans lesquelles figuroient le Docteur, Pantalon, Paillasse, Arlequin, etc. Le jeu mimique des acteurs qui remplissoient ces différents rôles et les costumes aussi bizarres que grotesques dont ils s'affubloient leur valurent beaucoup de succès. Après un assez long séjour en Espagne, J. Ganasse vint en France. On ne sauroit dire si ce fut pour y jouer avec sa troupe, ou s'il y arriva seulement de sa personne pour se joindre aux comédiens de Tabarin.

connue, et rien de plus incertain que ce qu'on essaieroit de raconter des premières années de sa vie jusqu'au jour où il vint s'essayer à Paris. Devenu l'associé, plutôt que le valet, d'un empirique appelé Montdor[1], il acquit assez vite une grande vogue en débitant sur un théâtre en plein vent de joyeux propos et des gaillardises qui, souvent de mauvais goût, ne manquoient pourtant pas d'une piquante originalité.

L'apparition de Tabarin dans la Capitale date de la fin de 1618 au plus tôt, mais ce n'est guère qu'en 1622 qu'il y fut à l'apogée de sa gloire. La place Dauphine, théâtre de ses exploits, ne suffisoit plus alors aux spectateurs de toutes conditions, qui étoient attirés bien moins par l'idée d'acheter de l'onguent que par le besoin de rencontrer dans les farces et les lazzis de Tabarin un préservatif contre la mélancolie[2]. Cette vogue ne se démentit pas jusqu'en 1625, époque à laquelle on pense qu'il fit une nouvelle excur-

1. Ce ne devoit pas être là son véritable nom. Quoi qu'il en soit, ce Montdor, qu'on trouve aussi écrit Mont–d'Or et Mondor, et dont Rodomont est l'anagramme (voir *Quest*. 38, part. I., du *Recueil général*), étoit un homme de bonne mine, possédant bien le *bagou* doctoral et les subtilités d'un adroit charlatan. Son costume, dont le clinquant faisoit les frais, contrastoit adroitement avec la simplicité de celui de Tabarin.

2. « Ce fut le vingt huictiesme de juin (1622) que me pourmenant sur le Pont-Neuf, attendant la farce qu'a accoustumé de jouer sur le soir Tabarin pour mieux vendre ses denrées, que je m'arrestay à la boutique mobile... d'un marchand libraire... » (*La Pourmenade du Pré-aux-Clercs*, 1622, in-8 de 32 p.)

sion en province [1]. Sans en préciser la durée,
elle dut être le terme de sa carrière théâtrale.
Toujours est-il que les écrits du temps sont restés muets sur le séjour de Tabarin à Paris au
delà de 1625, et tout porte à croire que ce fut
vers 1630 [2] qu'il cessa d'exercer son métier de
bateleur pour jouir paisiblement de la fortune
qu'il y avoit amassée. Un antagoniste des charlatans disoit en 1622 que Tabarin et Montdor
gagnoient beaucoup d'argent : « Aussi faut-il que
« leurs gains soient grands pour nourrir tant de
« bouches, pour mener avec eux leur attirail,
« violons, basteleurs, gratians, femmes, enfans,
« serviteurs et servantes [3]. » Il paroît toutefois
que c'étoit moins l'éloquence de Montdor que
les lazzis de Tabarin qui leur valoient de si brillantes recettes.

Si l'on ignore l'époque précise de la mort
de Tabarin [4], on seroit fondé à croire, suivant

1. Durant le séjour de quelques années que Tabarin fit à
Paris, il lui arriva parfois de faire des excursions dans les
villes voisines de la capitale. On peut lire à ce sujet (t. 2,
p. 459) l'*Adieu de Tabarin au peuple de Paris*, 1623.

2. On lit en effet dans l'Avertissement de l'*Amphitrite*,
poëme de nouvelle invention, par M. de Monléon, Paris,
1630, in-8, que cette année-là même Tabarin eut pour successeur un nommé *Padel* ou *Padelle*, qui fut bien moins
goûté que son prédécesseur ; aussi le succès de Montdor
commença-t-il à baisser. Il est aussi parlé de ce Padel dans
l'opuscule intitulé : *Reigles, Statuts et Ordonnances de la
caballe des filous reformez depuis huict jours dans Paris.*
Paris, sans date, pet. in-8.

3. *Discours de l'origine des mœurs, fraudes et impostures
des Charlatans.* Paris, 1622. Voy. t. 2, p. 273.

4. D'après *la Rencontre de Gaultier Garguille avec Taba–*

un auteur contemporain, qu'elle fut violente et prématurée. Retiré dans une terre qu'il avoit acquise près Paris, il y auroit été fort mal vu des nobles ses voisins, qui, ne pouvant tolérer qu'un histrion enrichi se posât comme leur égal, l'auroient tué dans une dispute pour affaire de chasse [1]. Que sa vie ait été terminée d'une

rin en *l'autre monde*, Paris, 1634, in-8, on a lieu de penser que ce dernier mourut peu après 1630.

1. Ce fait est consigné dans un livre intitulé : *Parlement nouveau, ou Centurie interlinaire de devis facetieusement serieux et serieusement facetieux...*, par Daniel Martin. Strasbourg, 1637, 1660 et 1679, in-8. Le récit qu'en fait l'auteur, ainsi que les particularités qui s'y rattachent, sont assez curieux pour qu'on donne ici un extrait textuel du Dialogue dont ils font partie :

CHAP. XXIV. — *De l'arrachement de dens.*

... — Me pourriez-vous bien apprendre la raison pourquoy on appelle charlatans tous triacleurs, distillateurs, arracheurs de dens, vendeurs de poudre de serpens, d'onguens et de bausme par les places des villes, sur une table, un banc ou un eschaffaut?

— Oui da, Monsieur. Ce mot charlatan est à dire proprement un homme qui, par belles paroles, vend une mauvaise marchandise ; un enjauleur, un habillard de droguiste, comme estoit à Paris, l'an 1623, un nommé Tabarin et un Italien nommé Mont-d'Or, qui, ayans fait dresser un eschaffaut en l'isle du Palais, amassoient la populace par leur musique de violons et farces qu'ils jouoient, après quoy ils se mettoient sur la louange de leurs drogues et en disoient tant de bien que le sot et badaud peuple, croyant qu'elles guerissent de tous maux et de plusieurs autres, il y avoit presse à qui jetteroit le plus tost son argent noué dans le coin d'un mouchoir ou dans un gant, sur l'eschaffaut, pour avoir une petite bouette d'onguent, enveloppée dans un billet imprimé, contenant l'usage d'iceluy et la façon de s'en servir.

— On m'a dit que ce bouffon devint en peu d'années si riche de l'argent des fols, qu'il achetta une seigneurie près Paris, dont il n'a guère longtemps jouy.

— Pourquoy cela ?

— Parce que ses voisins, qui estoient gentilshommes de bonne et ancienne maison, ne pouvans endurer un Pantalon ou embabouineur de badauds, un fol qui avec son chapeau métamor-

aussi manière tragique, ou bien, comme on l'a dit quelque part, que Tabarin ait succombé dans une gageure de cabaret où il s'agissoit de boire démesurément, sa mort dut être peu remarquée, parce qu'ayant déjà renoncé à son métier lorsqu'elle vint le frapper, il n'étoit plus à même d'exercer son empire sur le public qui avoit fait sa réputation. Une fois rentré dans son obscurité primitive, Tabarin cessa d'exister pour un monde qu'il avoit tant amusé. On le regretta d'abord, mais il fut bientôt oublié.

On est convenu de reconnoître que Tabarin eut pour femme une certaine *Francisquine*, dont la fille, mariée d'abord à Gaultier-Garguille, épousa en secondes noces un homme de condition. Cette *Francisquine* figuroit dans les farces jouées sur le théâtre de Tabarin, et, si l'on en croit certaines traditions, douteuses peut-être, elle ne se piquoit pas de fidélité conjugale.

Nous avons dit que ce fut en 1622 que Tabarin atteignit son plus haut degré de célébrité ; ce fut aussi cette année-là même que deux habitués de son théâtre songèrent à recueillir ces

---

phosé en mille sortes en avoit fait rire tant d'autres, pour leur compagnon, le tuerent un jour à la chasse, à ce qu'on m'a dit.

— Son maistre, Mont-d'Or, Italien, ne luy avoit pas bien appris le proverbe de son pays : *A cader va chi troppo sale*, c'est-à-dire :

> Celuy qui par trop haut monte,
> De tomber face son conte.

— Pourquoy l'appelloit-on Tabarin ?

— Parce qu'il avoit un mantelet (qu'on appelle *tabarrino* en italien, de *tabarro*, manteau) avec lequel et son fantastique chapeau il faisoit mille singeries... (P. 277 de l'édit. de 1637.)

joyeux devis dus aux inspirations de Tabarin, qui ne composoit pas ces différentes scènes, mais les improvisoit. Une partie de ces *Questions*, presque toujours burlesques, mais pleines de naturel et de naïveté, fut donnée au public, au mois de mars 1652, en un petit volume in-12, intitulé : *Recueil général des Rencontres, Questions... tabariniques*. Le débit prodigieux de ce livret, réimprimé trois fois au moins dans l'espace de dix mois, donna naissance à une publication rivale dont les éléments étoient pris à la même source que le *Recueil général*, mais qui différoit quant aux questions et farces dont elle se composoit. Elle vit le jour quelques semaines après son aîné, sous le titre d'*Inventaire universel*. Cette publication, qui étoit suivie d'un extrait des *Rencontres, Fantaisies... du baron de Grâtelard* [1], n'eut pas le même succès que le *Re-*

1. Ce livret, qui reproduit textuellement plusieurs questions extraites du *Recueil général* (voir la note de la p. 159 du t. 2), fut publié en 1622 comme appartenant au répertoire facétieux de Désidério Descombes ou de Combes, qui avoit établi son théâtre à l'entrée du Pont-Neuf et de la rue Dauphine. C'étoit un charlatan qui, tout en faisant concurrence à Montdor, ne possédoit pourtant pas au même degré que celui-ci les ressources de son métier. Il étoit laid, mal bâti, et jargonnoit lourdement. L'auteur du *Discours de l'origine, des mœurs, fraudes et impostures des Ciarlatans*, 1622, s'exprime ainsi sur ces deux empiriques :

« Quant à Mondor, il a de l'esprit et un peu de lettres, et seroit capable, s'il vouloit, d'une vacation plus honorable. Il est civil et courtois... Quant à de Combes, il est grossier et rustaud : il ne sçait lire, ny escrire, ny parler, et le peu d'audience qu'on luy donne le fait tenir, comme il est,

cueil, puisqu'on n'en connoît que trois éditions.

On sait que le *Recueil général*, successivement augmenté, et l'*Inventaire universel*, suivi du *Gratelard*, forment ce qu'on appelle les *Œuvres et fantaisies de Tabarin*. Elles ne contiennent pourtant pas une seule ligne qu'aient écrite Tabarin et Montdor; mais le fond des différentes parties qui les composent a été, sans contredit, emprunté à leur répertoire par divers rédacteurs. Tout l'esprit leur en appartient donc, car ils ont imaginé et inspiré ce qu'on leur fait dire. Du reste, si l'on s'en rapporte à ce que mentionne un opuscule du temps, il valoit mieux voir et entendre Tabarin que de le lire : « Car l'on m'a dit « qu'il y a bien à dire de ce que dit Tabarin « et de ce que l'on a escrit sous son nom, et « qu'il n'y a rien de tel que de l'ouyr [1]. Cela est d'autant plus vraisemblable, que Tabarin, dans le genre qu'il adopta, est demeuré modèle, et que ses pièces improvisées sont remplies de traits, sinon délicats, du moins très-ingénieux.

Si donc le peuple admiroit un histrion qui possédoit si bien le génie de la farce, les gens

pour le plus ignorant ciarlatan et le plus effronté menteur qui ayt monté jamais en banc. » (V. t. 2, p. 287.) On lit aussi dans la *Troisiesme Après-disnée du Caquet de l'Accouchée* : « C'est peut-estre la bonne mine de Mont-d'Or qui luy fait debiter sa marchandise si promptement...; mais l'on n'en peut pas dire autant de Desiderio des Combes, que l'on nomme Charlatan, car il n'a pas bonne trongne (l'édition originale dit *bonne mine*), et de bien dire il luy en manque autant. »

1. Voir la *Troisiesme Après-disnée du Caquet de l'Accouchée*, p. 10 de l'édition originale, 1622, in-8.

de condition s'en amusoient. En voyant l'empres-
sement qu'il excitoit, on conçoit que des habitués de son théâtre aient eu l'idée de recueillir
quelques parties de ses *Joyeusetés*. Ceux qui
l'ont entrepris ne se sont point fait connoître.
On remarque seulement que l'auteur du *Recuet*
général, dont l'épître dédicatoire est signée des
initiales H. I. B., étoit un homme avancé en âge
et que ce n'étoit pas son coup d'essai, comme
l'annonce le sixain suivant, imprimé au verso
du titre des éditions de Sommaville :

LE LIVRE AU LECTEUR.

Si un vieillard eut le courage
De bastir ce plaisant ouvrage
Pour s'esgayer en ses vieux ans,
Ne t'estonnes point de son œuvre:
Ce n'est point son premier chef-d'œuvre ;
Il en a faict de plus plaisans.

C'est, par exemple, à ce malin auteur qu'on
doit aussi *Le Caresme prenant et les jours gras de*
Tabarin et d'Ysabelle, opuscule qui parut quelques jours seulement avant le *Recueil général*,
dont il annonçoit la prochaine publication en
terminant ainsi : « J'ay tracé ces lignes pour
« avantcourières d'un livre plus gros qu'on vous
« presentera d'icy à quatre ou cinq jours, où
« vous verrez toutes les plaisanteries de Tabarin
« gaillardement descrites [1]. »

1. Cette facétie fait partie de la présente édition. Voir
t. 2, p. 397.

Si toutes nos recherches pour découvrir le nom de ce facétieux vieillard ont été infructueuses, nous serions disposé à croire que nous avons été plus chanceux quant à celui de l'auteur de l'*Inventaire universel*. Voici ce qu'on lit à ce sujet dans *la Vraye histoire comique de Francion*, tom. II, page 294, de l'édition de Leyde, 1668. C'est Hortensius qui parle : « Il y a cinq « ou six coquins qui gagnent leur vie à faire des « romans; et il n'y a pas jusques à un mien « cuistre, qui a servi les jésuites depuis moy, « qui s'amuse aussi à barbouiller le papier. Son « coup d'essay a esté le *Recueil des Farces tabà-* « *riniques*, qui a si longtemps retenty aux « oreilles du cheval de bronze, livre de si bonne « chance, qu'on en a vendu vingt mille exem- « plaires, au lieu que d'un bon livre à peine en « peut-on vendre six cens... Ce cuistre s'ap- « pelle *Guillaume* en son surnom... Il a bien « fait encore imprimer d'autres œuvres..., mais « tous ses livres ne sont propres qu'à entortiller « des livres de beurre. » L'épître dédicatoire de l'*Inventaire universel* portant les initiales A. G., n'est-on pas fondé à penser que ce *Guillaume* est l'auteur de cette publication ?

Les œuvres tabariniques n'existent point en recueil; aussi ne trouve-t-on guère à les acqué- rir que par portion. Ici, non-seulement elles sont toutes réunies en un seul et même corps d'ouvrage, mais on y a joint vingt-trois opuscules qui se rattachent aux *Œuvres*, surtout par les idées bouffonnes et les plaisants devis qu'on y rencontre, et qui semblent être sortis du sac de Tabarin. Plusieurs d'entre eux sont devenus si rares qu'on peut, sans exagération, les dire presque introuvables.

Cette édition est donc la plus ample de celles qui ont été publiées jusqu'à ce jour. Tous les textes des *Œuvres tabariniques* ont été reproduits d'après les éditions originales, rapprochées de diverses copies. Si ce travail long et pénible a fourni peu de variantes, il a démontré que les textes primitifs du *Recueil général*, assez peu corrects, devenoient plus fautifs encore chaque fois qu'on les réimprimoit. Comme on publioit vite et pour une classe de lecteurs en général illettrés et peu délicats, on ne s'embarrassoit pas des lacunes, non-sens, et même des transpositions grossières qui existoient dans les précédentes copies, en sorte que tout ce fatras s'augmentoit d'imperfections nouvelles. De ces négligences il résulte que les nombreuses réimpressions du *Recueil général* sont d'un foible secours quand il s'agit de restituer le véritable texte. Néanmoins on est parvenu à faire disparoître les fautes qui rendoient le texte parfois inintelligible, et les variantes ont été indiquées par des notes quand elles en valoient la peine.

BIBLIOGRAPHIE

TABARINIQUE.

BIBLIOGRAPHIE TABARINIQUE.

Ecueil general des Rencontres, Questions, Demandes et autres Œuvres tabariniques, avec leurs responses. Ensemble l'extraction de sa race et l'antiquité de son chapeau. Œuvre autant fertil en gaillardises que remply de subtilitez, composé en forme de dialogue entre Tabarin et le Maistre[1]. *Paris, Anth. de Sommaville,* 1622, in-12. de 12 f. et 192 p. Une fig. sur bois, de forme ovale, avec la devise : *Tollit ad astra virtus,* se trouve au verso du douzième feuillet.

Première édition, publiée vers la fin de mars 1622. Elle contient 55 questions, dont les huitième et dixième, fort ordurières (V. t. I, p. 41 et 46), n'ont jamais été réimprimées. Les 20e et 52e, un tant soit peu impies (V. t. I, p. 59 et 107), et le sixain final

---

[1]. Le titre manquant au seul exemplaire que l'on connoisse de cette édition originale, celui que nous donnons ici est le *titre de départ*, qui varie, peut-être, comparativement au titre spécial. On ne sauroit non plus affirmer, par le même motif, que le sixain *Le livre au Lecteur* qui est placé au verso du titre faisoit partie de la première édition. C'est cependant vraisemblable.

(p. 126), ont également été supprimés dans les Recueils en deux parties. Aucune autre édition n'a reproduit non plus les pièces liminaires intitulées : *L'Imprimeur au Lecteur* et *Ode sur les Rencontres Tabariniques*.

Recueil general des.... œuvres Tabariniques...., composé en forme de Dialogue, entre Tabarin et son maistre. Troisiesme edition[1] augmentée de plusieurs Questions. *Paris, Anth. de Sommaville*, 1622, in-12. de 188 p. Une figure en taille-douce, sur le titre, représentant Mondor et Tabarin en scène.

Réimpression de l'édition originale, moins deux pièces liminaires et les questions 8 et 10, mais augmentée de neuf nouvelles questions; total 62. Celle n° 20 (1re édition) est cotée ici 18, et celle 52 est chiffrée 50. L'ordre numérique des trois dernières questions est fautif.

Nous indiquerons ici comme presque entièrement conformes à cette *troisième édition* les quatre suivantes, qui sont de format int12., et ont 164 p. chacune.

Recueil general... *Arras, Cl. Breton*, 1624.

Recueil general... *Lyon, Cl. Armand*, 1625.

---

1. Ces mots : *troisiesme edition*, font croire à une seconde ; car, si les éditeurs du Tabarin, en copiant servilement le titre de l'édition qu'ils reproduisoient, sont restés parfois en deçà du vrai, le débit rapide du *Recueil général* ne permet pas d'admettre que Sommaville ait eu l'idée d'aller au delà. Trois éditions au moins ont été successivement publiées en 1622; leur rareté actuelle explique là difficulté de constater un fait qui, d'ailleurs, est très probable. Reste à savoir si cette seconde édition est une réimpression pure et simple de la première, ou si, déjà purgée des questions 8 et 10, elle en contient 62, comme la troisième.

Recueil general... Derniere edition... *Lyon, Cl. Armand, dit Alphonse*, 1626.

Recueil general... Derniere edition... *Lyon, Cl. Fontaine*, 1632.

Cl. Armand et Cl. Fontaine n'ont pas reproduit le privilége donné à J. B. Chevrol, et dans leurs éditions l'Épitre *au sieur Tabarin*, qui dans la première est signée H. I. B., se termine par l'initiale D.

Recueil general des Œuvres et Fantasies de Tabarin. Divisé en deux parties. Contenant ses Rencontres, Questions et Demandes facecieuses, avec leurs responces. Reveu et augmenté de nouveau. *Sur l'imprimé, à Paris, Anth. de Sommaville*, 1623, in-12. de 4 f. et 160 p. (la dernière chiffrée 120). Pas de fig. sur le titre. (60 questions.)

—Seconde partie du Recueil general des Rencontres et Questions de Tabarin. Contenant plusieurs Questions, Preambules, Prologues et farces, le tout non encor veu ny imprimé. *Paris, Anth. de Sommaville*, 1623, in-12.; de 8 et 146 p. (la dernière chiffrée 144, mais celles 71 et 72 répétées.) Fig. en bois sur le titre.

Edition originale des 26 questions comprises dans cette seconde partie[1]. On voit aussi paroître ici pour la première fois *Trois preambules* (V. t. I, p. 195), et à la suite, sous le titre de *Fantasies Tabarinesques*, la préface en deux chapitres des éditions du *Recueil* en une partie, le premier intitulé : *De l'éthimologie et*

1. En tout 86 questions; mais on n'y trouve pas celles chiffrées 8, 10, 20 et 52, dans l'édition originale, ni le sixain final, qui, on le sait, ne fait point partie du *Recueil* publié en deux parties.

antiquité du nom de Tabarin, le second : *De l'antiquité du chappeau de Tabarin.*

— Les Rencontres, Fantasies et Coq-à-l'Asne facecieux du Baron de Grattelard. Tenant sa Classe ordinaire au bout du Pont-neuf. Ses gaillardises admirables, ses conceptions inouyes et ses farces jovialles. *Paris, de l'Imprimerie de Julien Trostolle*, 1623. Au verso du dernier feuillet : *Achevé d'imprimer le* 12. *jour de Decembre* 1623, in-12. de 71 p., fig. en bois sur le titre.

Cette édition du Grattelard, que nous considérons comme la quatrième (V. ci-après p. xxix), bien que non mentionnée au titre du *Recueil général* de 1623, n'en est pas moins partie obligée.

Recueil general des Œuvres et Fantaisies de Tabarin... A cette sixiesme edition est adjoustée la deuxiesme partie des questions et farces non encores veuës ny imprimées. *Paris, Anth. de Sommaville*, 1623, in-12. de 4 f. et 159 p., fig. en taille-douce sur le titre.

— Seconde partie du Recueil general... (comme à l'édition précédente). *Paris, Anth. de Sommaville*, 1624, in-12. de 178 p. (la dernière chiffrée 176, mais celles 71 et 72 doubles), fig. en taille-douce sur le titre.

Reproduction, moins le Grattelard, de l'édition de 1623, mais avec addition de deux *Farces Tabariniques non encores veuës ny imprimées*. Elles diffèrent de celles publiées à la suite de l'*Inventaire universel* (V. ci-après, p. xxvij).

Recueil general des Œuvres et Fantasies de

Tabarin. Divisé en deux parties...., reveu et augmenté de nouveau. *Rouen*, *Nicolas Cabut*, 1624, in-12., fig. en taille-douce sur le titre.

Nous n'avons pas eu occasion de consulter cette édition, qui doit être une copie de la précédente.

Recueil général des Œuvres et Fantaisies de Tabarin. Divisé en deux parties... A ceste sixiesme edition est adjoustée... (comme à l'édit. de 1623-24). *Paris*, *Philippe Gaultier*, 1625, in-12. de 4 f., 134 et 136 p.

—Les Adventures et Amours du capitaine Rodomont : les rates (*sic*) beautez d'Isabelle, et les Inventions folastres de Tabarin faictes depuis son depart de Paris jusques à son retour. Œuvre non moins recreatif que facecieux, non encore veu cy devant. *Paris*, *Philippe Gaultier*, 1625, in-12. de 69 p. Sur le titre une gravure représentant, à gauche, Tabarin, sur une échelle, sortant de la gueule de l'enfer qui vomit des flammes, etc.

Première édition du *Rodomont*, publiée en vertu du privilége accordé à Ph. Gaultier le 16 avril 1625. Le chapitre VII, qui raconte *comme Tabarin descend aux enfers*, diffère complétement d'une autre narration publiée en 1621 sous le titre de *La Descenie de Tabarin aux enfers* (V. t. II., p. 321). On cite une édition du *Rodomont*, *Troyes*, *P. Garnier*, sans date, in-12.

Recueil general des Œuvres et Fantaisies de Tabarin. Divisé en deux parties. Contenant ses Rencontres, Questions..., avec leurs responses (comme à l'édit. de 1623-24). *Paris*, *Ph. Gaultier*, 1626, 2 part. en 1 vol. in-12. de 2 f., 159

p. pour la première part.; 4 f. prél. et 176 p. pour la seconde.

Reproduction de l'édition précédente.

Recueil general des Œuvres et Fantasies de Tabarin. Divisé en deux parties... A ceste derniere edition est adjoustée la deuxiesme partie des Questions et Farces non encores veües ny imprimées. Avec les Rencontres et Fantasies du Baron de Grattelard. *Rouen, David Geuffroy*, 1627, in-12.

Titre spécial pour chaque partie. La première a 4 ff. et 134 p., réduites à 120, parce que la pagination saute de 40 à 55; la seconde 136 p. Le Rodomont, qui a aussi un titre particulier, se compose de 80 p. La même figure sur bois se voit sur chaque titre.

Recueil general... (comme dans l'édition de 1627). *Rouen, David Ferrand*, 1632, in-12. de 308 p.

Pagination unique pour les trois parties, qui ont chacune un titre spécial. Le titre de la seconde est en dehors de cette pagination, et la dernière page est chiffrée 298; mais celles 39 à 48 sont répétées. Il n'y a de vignette sur aucun titre.

Recueil general... (comme à 1627). *Rouen, David Ferrand*, 1634, in-12.

Copie de la précédente édition.

Recueil general... (comme à 1627). *Rouen, David Ferrand,* 1637, in-12. de 298 p.

Pagination unique, qui probablement présente la même défectuosité que l'édition de 1632.

Recueil general... augmenté des Rencontres, Fantaisies et Coq-à-l'Asné du Baron de Gratelard, *Troyes*, *Pierres des Molins*, sans date, (v. 1640), in-12.

N'ayant pu voir cette édition, nous ne saurions dire si le Grattelard en fait réellement partie.

Tabarin. (Ce nom seul pour titre de la première partie. Ce mot, composé en capitales, est fixé dans un passe-partout, gravé sur bois, représentant Gautier-Garguille.) — Seconde partie du Recueil general des Rencontres et Questions de Tabarin. Contenant plusieurs Questions, Preambules, Prologues et Farces, le tout non encore veu ny imprimé. *Rouen, David Ferrand*, 1640.

— Les Adventures et Amours du capitaine Rodomont : les rares beautez d'Isabelle... (comme à l'édit. de 1625). *Rouen, David Ferrand*, 1640, 3 part. en un vol. in-12. de 298 p.

Pagination unique, vraisemblablement fautive.

Recueil general des Œuvres et Fantasies de Tabarin..... En ceste edition est adjoustée la deuxiéme partie de ses Farces non encor veües... Avec les Rencontres et Fantasies du Baron de Gratelard. — Les Avantures et Amours du capitaine Rodomont... *Rouen, Loüys du Mesnil*, 1640, 3 part. en un vol. in-12. de 298 p.

Pagination unique et fautive comme à l'édition de 1632, titre spécial à chacune des trois parties. Celui de la seconde n'est pas chiffré. On voit une petite gravure en bois sur les titres des deux premières.

Recueil general... (comme à l'édition précédente). *Rouen*, *Loüys du Mesnil*, 1664, 3 part. en 1 vol. in-12. de 288 p.

Titre spécial à chacune des trois parties. La première à 112 p.; la seconde, 118; la troisième, 58. Cette édition, qu'on croit imprimée à La Haye, est assez jolie, mais elle est malheureusement très fautive. Comme aux éditions précédemment décrites sous les dates de 1627, 1632, 1634, 1637 et 1640 (Rouen, L. du Mesnil), le Grattelard annoncé sur le titre collectif manque toujours [1].

Farces plaisantes de Tabarin, par personnage. *Vic*, *Cl. Félix*, sans date, pet. in-8.

Les Œuvres et Fantaisies de Tabarin. *Rouen*, *J. B. Besongne* (v. 1709.), in-12. de 24 p.

Les Œuvres et Questions de Tabarin. *Rouen*, *Jean Oursel*, sans date, in-12. de 24 p.

Ces trois éditions sont des reproductions partielles

---

1. C'est ici le cas de faire remarquer que ce désaccord n'est pas le seul qui existe entre le titre et le contenu de la plupart des éditions en deux parties du *Recueil général*. Cela tient à la supercherie des éditeurs, ou plutôt, peut-être, à l'insouciance et à l'incurie des imprimeurs, qui copioient servilement le titre sans examiner si le livre qu'ils alloient reproduire renfermoit bien tout ce qu'on annonçoit. On donnoit même pour du nouveau ce qui avoit déjà été publié. Ainsi le titre de l'édition de Paris, Ph. Gaultier, 1625, dit : *A ceste sixiesme edition est adjoustée la seconde partie des questions et farces non encore veües ny imprimées*, quand cette seconde partie avoit paru dès 1623. La négligence, à ce sujet, étoit telle, que l'édition nouvelle, qui, par rapport à la *copie*, auroit dû être élevée d'une unité au moins, conservoit parfois le même chiffre que l'édition reproduite.

des Œuvres tabariniques. Les deux dernières contiennent onze questions seulement du *Recueil général*.

INventaire universel des Œuvres de Tabarin. Contenant ses Fantaisies, Dialogues, Paradoxes, Gaillardises, Rencontres, Farces et Conceptions. Oeuvre excellent, ou, parmy les subtilitez Tabariniques, on voit l'eloquente doctrine du sieur de Mondor. Le tout curieusement recherché et receuilly et mis en bon ordre. *A Paris, chez Pierre Rocollet et Anth. Estoc*, 1622, in-12. de 18 f. et 206 p., joli frontispice gravé et titre imprimé.

Cette édition originale, publiée postérieurement au mois de mars, et la seconde publication collective, contient : 1º *Epistre à M. de Mondor*, signée A.-G.; 2º *Sonnet à M. de Mondor*; 3º *A MM. les Escoliers jurez de l'Université de la place Dauphine*; 4º *L'imprimeur aux Lecteurs*; 5º *Table des Fantaisies, Dialogues*; 6º *Privilege accordé à P. Rocollet*; 7º *Préface en deux chapitres*; 8º *64 Questions*; 9º *Deux Farces Tabariniques* (différentes de celles du *Recueil général*).

— Les Rencontres, Fantaisies et Coq à l'Asnes facecieux du Baron de Grattelard. Tenant sa Classe ordinaire au bout du Pont-neuf. Ses gaillardises admirables, ses conceptions inoüies et ses farces jovialles. *A Paris, de l'Imprimerie de Jullien Trostolle* (1622), in-12. de 4 f. et 64 p.

Première édition. Sur le titre se trouve une figure en bois représentant un homme qui va fustiger une femme avec une lanière en forme de serpent. Les pièces liminaires ont été mal imposées : on a placé *l'Imprimeur au lecteur* entre les troisième et quatrième pages de la dédicace à M. Descombes.

Inventaire universel des Œuvres de Tabarin... (comme ci-dessus). *Sur l'imprimé : A Paris, chez P. Rocollet et A. Estoc,* 1622, in-12. de 18 f. et 206 p.

Cette seconde édition n'a pas de frontispice gravé, mais on voit sur le titre imprimé une petite vignette en taille-douce représentant le théâtre de Tabarin. Le texte est le même que celui de la 1re édition, moins le privilége.

—Les Rencontres, Fantaisies... du Baron de Grattelard... *Paris, de l'Impr. de Jullien Trostolle* (1622), in-12. de 71 p.

Seconde édition ; elle n'a qu'un fleuron sur le titre.

Inventaire universel des Œuvres de Tabarin, contenant ses Fantaisies, Dialogues, Paradoxes, Gaillardises, Rencontres, Farces et Conceptions, œuvre plaisant et recreatif, où, parmy les subtilitez Tabariniques, on voit l'eloquente doctrine du sieur Mondor. Ensemble, les Rencontres, Coq-à-l'Asne et Gaillardises du Baron de Grattelard. *A Paris, chez P. Rocollet et Anth. Estoc,* 1623, in-12. de 6 f., 204 p. et frontispice gravé, indépendamment du titre imprimé.

Cette édition, qui est la troisième, ne contient pas les pièces liminaires suivantes : *Sonnet à M. de Mondor.;—A MM. les Escolliers jurez de l'Université de la place Dauphine,* et la *Préface* en deux chapitres.

—Les Rencontres, Fantaisies et Coq-à-l'Asne

du Baron de Grattelard... *Paris, de l'Imprimerie de Jullien Trostolle* (1623), in-12, de 72 p.

Nous citerons encore :

Inventaire universel des Œuvres de Tabarin, contenant ses Fantaisies, Dialogues, Paradoxes, Gaillardises... Ensemble, les Rencontres, Coq-à-l'Asne du Baron de Grattelard. *A Vic*, 1623, in-8.

Cette édition ne nous est connue que par ce titre, emprunté à un catalogue de 1850. Nous ne saurions donc dire ce qu'elle est ; il se pourroit pourtant que ce ne fût là qu'une reproduction partielle de l'*Inventaire universel*.

Suivant notre opinion, et jusqu'à preuve du contraire, on doit considérer comme la première édition du *Grattelard* celle décrite ici à la suite de l'édition originale de l'*Inventaire universel*. Ce qui donne à penser que ces deux ouvrages ont été simultanément publiés, c'est qu'en examinant la composition typographique, on retrouve dans le *Grattelard* des lettres ornées et des fleurons dont on a fait emploi en composant l'*Inventaire*. Cette analogie est encore plus sensible quant à la seconde édition du *Grattelard*, qui est partie obligée de la première réimpression de l'*Inventaire*.

La troisième édition de ce dernier ouvrage réellement revu ayant subi des retranchements, et le titre ayant été modifié pour y annoncer le *Grattelard*, qui, bien que publié à la suite des première et seconde éditions de l'*Inventaire*, n'est pas mentionné sur les titres, il n'est pas probable qu'ont l'ait annoncé sur celui de la troisième sans le faire paroître à la suite de l'*Inventaire*. Cette addition est donc la troisième édition, ce qui amène à dire que le *Grattelard achevé d'imprimer le* 12. *Decembre* 1623, à la suite du *Recueil général*, en deux parties, n'est que la quatrième.

Nous allons indiquer ci-après d'autres éditions moins anciennes, que nous classerons, autant que possible, suivant leur ordre de publication. Les titres présentent entre eux quelques variantes.

Les Rencontres, Fantaisies et Coq-à-l'Asne facetieux du Baron de Grattelard, tenant sa Classe ordinaire au bout du Pont-neuf, avec ses gaillardises admirables, ses conceptions joyeuses et farces jovialles. *Troyes, Nic. Oudot*, 1664, in-12.

Les Debats et facetieuses Rencontres de Gringalet et de Guillot Gorjeu, avec les Rencontres, Fantaisies et Coq-à-l'Asne facetieux du Baron de Gratelard. *Troyes*, 1682, in-12.

Les Rencontres, Fantaisies et Coq-à-l'Asne facecieux du Baron Grattelard..., avec ses gaillardises... et farces joviales. *A Paris, chez Pierre Clinchet, à l'enseigne du Dauphin*, 1683, in-12.

Les Rencontres, fantaisies et coq à l'asne facetieux du baron Gratelard. Tenant sa Classe ordinaire au bout du Pont-neuf, avec ses gaillardises admirables, ses cōceptiō (*sic*) joyeusés et farces jovialles. *A Troyes, et se vend à Paris, chez Ant. de Rafflé* (1690), in-12. de 24 f. non chiff., une fig. en bois sur le titre.

La Question XIV et dernière est chiffrée XVI. On a dit, mais à tort, que le titre porte, au lieu de *Farces jovialles*, les mots : *la Farce des Bossus*. Cette variante n'existe pas.

Les Rencontres fantastiques et coq à l'asne facetieux du Baron de Gratelard... *Troyes, Edme Prevôt*, sans date, in-12. de 24 f.

Le texte est modifié et la dédicace *à M. des Combes* a subi des retranchements. On voit sur le titre une petite figure en bois fort ancienne et étrangère au sujet.

Les Mêmes. *Troyes, Jacq. Oudot*, 1699, in-12. de 48 p.

Les Rencontres facecieux du sieur Baron de Gratelard, tenant sa Cour ordinaire au bout du Pont-neuf. Revû et corrigé de nouveau. *A La Haye, et se vend à Châlon-sur-Sône, chez Ant. Delespinasse*, pet. in-8. de 24 p.

Edition rare, qui ne reproduit pas la dédicace *A M. des Combes*, ni l'avis de l'*Imprimeur au lecteur.*

Les Rencontres, Fantasies et Coq-à-l'Asnes facétieux du baron Gratelard...., avec ses gaillardises admirables, conceptions joyeuses et farces joviales. *Troyes, Pierre Garnier*, sans date, mais privilége du 14 mars 1725, in-12. de 18 ff.

Les mêmes. *Troyes, P. Garnier*, sans date (privilége de 1729), in-12. de 18 ff.

Les Rencontres, Fantasies et Coq-à-l'Asnes

facetieux du Baron Gratélard...., avec ses gaillardises admirables et conceptions joyeuses.
Troyes, (Pierre) Garnier, (1738), in-12. de 36 p.

Ces trois éditions ne contiennent que onze questions,
au lieu de quatorze ; celles qui manquent sont chiffrées
XI, XII et XIII, dans les éditions qui n'ont pas subi
de retranchements. La question XIV devient ici XI.

— Les mêmes. *Rouen*, sans date, pet. in-12.

Il est douteux que cette édition renferme plus de
onze questions.

———

Entretiens facecieux du sieur baron de Gratelard, disciple de Verboquet, pour divertir les me-
lancholiques estant en compagnie. *A Châlon, par
Philippe Tan*, 1659, in-12. de 48 p

Entretiens facetieux du sieur baron de Gratelard....., propres à chasser la melancolie et à se
despoiler la rate. *Limoges*, sans date, in-12.

Titre trompeur, puisque ces *Entretiens* ne contiennent rien des *Rencontres du baron de Grattelard*. C'est
un recueil de contes, réparties, etc., extraits du Verboquet, et de demandes et réponses joyeuses puisées
dans divers écrits facétieux. Quelques-unes sont le
résumé succinct de *Questions Tabariniques*.

———

De ces divers documents bibliographiques il
résulte que, pour posséder un Tabarin complet en
éditions originales, il faut se procurer :

1° L'édition du *Recueil général*, de fin de mars

1622, in 12. de 12 ff. et 192 p., pour avoir deux pièces liminaires [1] et les questions VIII et X [2], qui n'ont pas reparu.

2° Un exemplaire de l'édition de 1622, *Troisiesme edition*, pour *neuf Questions* ajoutées à la première partie (55 à 63 inclus; V. tome I, p. 111 à 123).

3° L'édition de 1623, terminée par le Grattelard, pour la *Seconde partie des Questions* et les *Préambules* [3].

4° L'édition de 162-324, pour les *Farces tabariniques non encores veuës ny imprimées.*

5° L'édition de Paris, Ph. Gaultier, 1625, pour le *Rodomont*.

6° L'*Inventaire universel*, 1622, après mars (seconde publication collective décrite ci-dessus, page xxvij), accompagné du *Grattelard* de 4 ff. et 64 p., qui doit être l'édition originale.

Cette combinaison se simplifieroit essentiellement si l'on ne tenoit pas aux textes primitifs. Il

---

1. Voir ci-dessus, page xx.

2. Nous disons *deux questions*, et nous sommes sur ce point en désaccord avec l'auteur des *Plaisantes Recherches*, qui signale la question VIII comme étant la seule supprimée. Il est évident que la dixième a eu le même sort. Il suffira de la lire pour comprendre qu'étant au moins aussi sale que la huitième, elle devoit au même titre être retranchée.

3. C'est aussi pour la première fois qu'on voit paroître dans cette édition, sous le titre de *Fantasies tabarinesques*, la préface du *Recueil* en une partie.

Tabarin. I.   c

suffiroit alors de réunir 1° la première édition du *Recueil général*, 2° une des éditions en deux parties qui se terminent par le *Rodomont*, 3° enfin l'une des trois éditions de l'*Inventaire universel* avec le *Grattelard*.

Mais où rencontrer un exemplaire de première édition du *Recueil général* ? Comme elle est presque introuvable, il faut se résigner, dans l'une ou l'autre acception, à ne point posséder les deux pièces liminaires et les questions VIII et X, radicalement supprimées. On se contentera alors de la *Troisiesme édition*, de Paris, 1622, qui contient les questions XX et LII supprimées dans les recueils en deux parties, et peut, à ce titre, être remplacée par celles d'Arras, 1624; Lyon, Cl. Armand, 1625 ou 1626; Lyon, Cl. Fontaine, 1632[1]. Elles en sont la reproduction presque textuelle.

Si l'on essaye de former une collection plus ou moins complète des Œuvres tabariniques, on rencontre des exemplaires du *Recueil général* et de l'*Inventaire universel* avec ou sans le *Grattelard*, soit que le titre l'indique, soit qu'il ne le mentionne pas; mais dans l'un ou l'autre cas le plus souvent il manque. Les éditions auxquelles ce livre facétieux doit, selon nous, se trouver absolument, sont les trois éditions mentionnées de l'*Inventaire* et celle du *Recueil général* publiée à Paris en 1623. Néanmoins on doit, autant que possible, annexer un Grattelard à toute édition qui en est dépourvue, ayant soin de préférer les

1. Dans ces cinq éditions les questions XX et LII sont devenues 18 et 50, par suite de la suppression de celles 8 et 10 de l'édition originale.

copies portant sur le titre : *De l'Imprimerie de Jullien Trostolle*, parce qu'elles sont les plus anciennes et les mieux exécutées. Elles ne sont pas communes. Si celles de Troyes et de Rouen sont moins difficiles à rencontrer, elles sont aussi, presque toutes, moins complètes.

PIÈCES FACÉTIEUSES ET SATIRIQUES

Publiées séparément
sous le nom ou à l'occasion de Tabarin.

1. Les tromperies des Charlatans descouvertes, par le sieur de Courval, docteur en médecine. *Paris, Nicolas Rousset, 1619, pet. in-8. de 16 p.*

Opuscule en prose formé d'extraits de la *Satyre contre les Charlatans* publiée par le même auteur en 1610. On le comprend dans la collection parce qu'il y a été répondu sous le nom de Tabarin [1].

2. La response du sieur Tabarin au livre intitulé : *La tromperie des Charlatans descouverte. Paris, Sylvestre Moreau, 1619, pet. in-8. de 16 p.*

3. Le Clair-voyant intervenu sur la response

---

[1]. Nous dirons ici que *l'Ombre du marquis d'Ancre...*, *avec les admirables proprietés de l'absynthe..., nommée... des François l'herbe de l'Aluyne..., par... un... disciple de* TABARIN, 1620, in-8, est une satire politique contre le connétable de Luynes, et qu'elle ne sauroit entrer à aucun titre dans une collection tabarinique.

de Tabarin. Dedié à luy-mesme [1]. *Paris, Nicolas Morantin*, 1619, pet. in-8. de 15 p.

4. Discours de l'origine des mœurs, fraudes et impostures des Ciarlatans, avec leur descouverte. Dedié à Tabarin et Desiderio de Combes. Par J. D. P. M. O. D. R. *Paris, Denys Langlois*, 1622, pet. in-8. de 51 p. et titre.

5. Jardin, Recueil, Tresor, Abregé de secrets, Jeux, Faceties, Gausseries, Passetemps, composez, fabricquez, experimentez et mis en lumière par vostre serviteur Tabarin de Val-Buslesque (*sic*), à plaisirs et contentement des esprits curieux. *Sens, Georges Niverd*, 1619, in-16. de 12 p.

Réimprimé en 1850, et tiré à 62 exemplaires, à la suite des *Justes plaintes de Tabarin*.

6. Bon jour et bon an, à messieurs les Cornards de Paris et de Lyon. Avec les privileges de grande (*sic*) confrairie des Jans. Ceux qui sont morveux se mouchent. Par le sieur Tabarin. *A Lyon, Jouxte la coppie Imprimée à Paris*, 1620, pet. in-8. de 16 p., deux fig. en bois sur le titre.

7. Les Estreines universelles de Tabarin pour l'an mil six cens vingt et un, à toutes sortes d'estatz suivant le Temps qui court, envoyées en Poste de par de là le Soleil couchant. *Rouen, Ni-*

---

1. L'auteur cite un livret d'une demi-feuille qui a pour titre : *Les Secrets du sieur Tabarin*. Toutes nos recherches pour le découvrir ayant été infructueuses, il est à craindre qu'il n'ait entièrement disparu.

colas *Brocard* (aussi *Paris*), sans date, pet. in-8.
de 11 p.

8. La Descente de Tabarin aux Enfers, avec
les opérations qu'il y fit de son medicament pour
la bruslure, durant ce Caresme dernier, et l'heureuse rencontre de Fritelin à son retour. (*Paris*),
1625, pet. in-8. de 16 p.

Opuscule dont il doit y avoir deux éditions sous cette
même date, indépendamment de celle publiée en 1830.

9. Les Fantaisies plaisantes et facetieuses du
chappeau à Tabarin. *Paris*, *Jean Houdenc*, sans
date, pet. in-8 de 15 p.

La figure du chapeau se voit sur le titre ; nous croyons
à deux éditions de la même époque.

10. Harangue faicte au Charlatan de la place
D'aufine (*sic*) à la descente de son theatre, par un
de nos François. Avec une Salade envoyée audit
Charlatan par le Capitaine la Roche, Appotiquaire
Luquois, pour la guerison de sa maladie Neapo-
litaine (en vers). *A Paris, pour le Capitaine la
Roche, Apotiquaire*, sans date, petit in-8. de
13 pages.

11. Les Amours de Tabarin et d'Isabelle
(en vers). *Paris, Pierre des Hayes*, 1621, pet.
in-8.

12. Les Ruses et Finesses descouvertes sur les
Chambrières de ce temps. Composée (*sic*) par
Tabarin (en vers). *Rouen*, 1621, pet. in-8.

13. Les Justes plaintes du sieur Tabarin sur les troubles et divisions de ce temps. (*Paris*), 1621, pet. in-8. de 8 p.

Cette pièce a été réimprimée, en 1850, à 62 exemplaires, avec l'opuscule indiqué ci-dessus n° 5.

14. Le Caresme prenant et les jours gras de Tabarin et d'Ysabelle, discours remply de Questions, Demandes et Subtilitez extraordinaires et Tabariniques. Ensemble un petit Compendium de ses Rencontres, Plaisanteries et Farces ordinaires, assaisonnées et façonnées à la sause de ses inventions. Le tout tiré et extraict du plus creux de la gibbecière de ses imaginations. (*Paris*), 1622, pet. in-8. de 16 p.

Réimprimé, en 1850, à 62 exemplaires.

15. La Querelle arrivée entre le sieur Tabarin et Francisquine sa femme, à cause de son mauvais mesnage ; avec la sentence de séparation contr'eux rendue pour ce subject. *Paris, Jean Hondenc* (sic), *jouxte la copie imprimée à Nancy par Jacob Garnickh.* 1622, pet. in-8. de 14 p., avec la figure du chapeau de Tabarin sur le titre.

Voir la note de la page 401 du Tome II, au sujet de la publication de cette facétie sous des titres différents. Le titre de cette farce reproduite, tome II, p. 399, porte à tort la date de 1621.

16. Le Procez, Plaintes et informations d'un Moulin à vent de la porte Sainct-Anthoine contre le Sieur Tabarin, touchant son habillement de

toille neufve. Intenté pardevant Messieurs les Meusniers du Fauxbourg Sainct-Martin. Avec l'arrest desdits Meusniers, prononcé en Jaquette blanche. *A Paris, chez Lucas le Gaillard, rue des Farces, à l'enseigne de la Naïfveté,* 1622, pet. in-8. de 15 p.

Il doit exister deux éditions sous cette date.

17. L'Almanach prophétique du sieur Tabarin pour l'année 1623, avec ses Predictions admirables sur chaque moys de ladite année. Le tout diligemment calculé sur son Ephemeride de la place Dauphine. *Paris, René Bretet,* 1622, pet. in-8. de 15 p.

18. Les Arrests admirables et authentiques du Sieur Tabarin prononcez en la place Dauphine, le 14. jour de ce present mois. Discours remply des plus plaisantes joyeusetez qui puissent sortir de l'escarcelle imaginative du Sieur Tabarin. *A Paris, chez Lucas Joffu* (sic), *rue des Farces, à l'enseigne de la Bouteille.* 1623, pet. in-8. de 16 p.

19. Les Estrennes admirables du sieur Tabarin, presentées à Messieurs les Parisiens en ceste presente année 1623. *Paris, Lucas Joufflu,* 1623, pet. in-8. de 8 p.

20. L'Adieu de Tabarin au Peuple de Paris. Avecq les Regrets des bons Morceaux et du bon Vin : Adressez au (sic) artisans de la Gueule et supposts de Bacchus. *Paris, Pierre Rocolet,* 1623, pet. in-8. de 15 p. et privilége.

21. Juste Plainte du sieur Tabarin contre l'un des ministres de Charenton. *Paris, de l'impr. de Claude Hulpeau*, 1624, pet. in-8. de 16 p.

22. La Rencontre de Gautier Garguille avec Tabarin en l'autre monde, et les Entretiens qu'ils ont eu (*sic*) dans les Champs Elizée, sur les nouveautez de ce temps. *Paris*, 1634, pet. in-8. de 16 p.

23. L'Entrée de Gautier Garguille en l'autre monde, poëme satyrique. *Paris*, 1635, pet. in-8 de 8 p.

Les opuscules mentionnés ici sous les nos 7, 8, 9, 11, 15, 16, 17, 18, 19 et 22, font partie de la collection des *Joyeusetés, Facéties....*, publiée à 76 exemplaires, *Paris, Techener*, 1829-1834. Les articles cotés 3, 5, 12, 13, 14, 21 et 23, sont au contraire restés inconnus à l'auteur des *Plaisantes Recherches*.

———

Plaisantes Recherches d'un homme grave sur un farceur. Prologue tabarinique pour servir à l'histoire littéraire et bouffonne de Tabarin. *Bene vivere et lætari*. Par M. C. L. (Constant Leber). *Paris, de l'impr. de Crapelet*, 1836, gr. in-16. de 4 f. et 80 p.

Opuscule piquant, instructif, écrit avec esprit, dont il n'a été tiré que 51 exemplaires, numérotés.

— Plaisantes Recherches..... Par C. Leber. *Paris*, *J. Techener*, 1856, in-16. de 4 f. et 80 p., avec une fig. sur bois en tête de l'introduction.

Cette seconde édition, tirée au moins à 200 exemplaires, a subi des modifications devenues nécessaires, sans contredit, mais trop lestement faites pour qu'on puisse croire que l'auteur y ait coopéré. M. Leber a sans doute permis la réimpression de ce livret, mais certes il est difficile d'admettre qu'il en a revu le texte.

Nous ne terminerons pas cette bibliographie sans dire que de nos jours quelques dramatistes ont pris pour sujet le personnage de Tabarin. Voici les titres de trois pièces jouées à Paris, avec plus ou moins de succès :

Tabarin, ou un Bobêche d'autrefois, fantaisie en un acte, mêlée de chant ; par MM. Saint-Yves et Burat de Gurgy. Représentée pour la première fois à Paris, sur le théâtre de l'Ambigu-Comique, le 25 octobre 1837. *Paris*, *E. Michaud*, 1837, in-8. de 16 p.

Tabarin, comédie en trois actes, mêlée de couplets, par MM. Dumanoir et Deslandes, représentée pour la première fois sur le théâtre du Palais-Royal, le 26 mars 1842. *Paris, au bureau de la Bibliothèque théâtrale*, 1842, gr. in-18. de VI et 77 p.

Tabarin, opéra-comique en deux actes, paroles de MM. Alboize et Andrel, musique de

M. Georges Bousquet. Représenté pour la première fois à Paris, sur le Théâtre lyrique, le
27 décembre 1852. *Paris, Beck*, 1853, gr. in-
8. de 23 p.

RECUEIL GENERAL

DES

RENCONTRES, QUESTIONS, DEMANDES

ET AUTRES ŒUVRES TABARINIQUES
AVEC LEURS RESPONSES

*Ensemble l'extraction de sa race et l'antiquité
de son chapeau*

ŒUVRE AUTANT FERTIL EN GAILLARDISES

Que remply de subtilitez, composé en
forme de dialogue entre Tabarin
et le maistre

Sur les imprimés

A PARIS

Chez Antoine DE SOMMAVILLE, au Palais,
en la gallerie des Libraires

M.DC.XXII

Avec privilége du Roy.

LE LIVRE AU LECTEUR.

SI un vieillard eut le courage
De bastir ce plaisant ouvrage
Pour s'esgayer en ses vieux ans,
Ne t'estonnes point de son œuvre :
Ce n'est point son premier chef-d'œuvre,
Il en a faict de plus plaisans.

EPISTRE AU SIEUR TABARIN

Docteur Regent en l'Université de la place Dauphine[1].

MONSIEUR,

C E seroit le fait d'un entendement mal poly et d'un jugement gauche de mettre cest œuvre au jour et luy faire voir les carrefours de la lumière sans au prealable le targuer du parasol de vostre nom, et le mettre à l'abry sous le toict de vostre intellect, afin qu'à tout le moins, ayant passé le rabot de vostre jugement sur les bosses et callositez de ses imperfections, et assis le cul de vostre cerveau sur l'escabelle de ses bassesses, il eust plus de courage et d'advantage à se barricader et fortifier dans les murailles et bastions de son incapacité contre les machines et cannonnades des envieux, qui peut-estre l'affronteront et tascheront à y mesler le tillac de leurs conceptions pour oster la poupe et le mats de sa doctrine, doctrine qui n'a

1. Dès 1623 cette dédicace a pour titre : *Epistre dedicatoire de Tabarin à son maistre*, et est signée *Tabarin*.

esté pillée ny broyée que dans le mortier de vostre esprit,
espreinte d'autre alambic que vostre jugement ; doctrine,
dis-je, d'autant plus elaborée que le rateau de vos intentions en a effleuré le dessus ; d'autant mieux cultivée que
le ciseau de vostre suffisance en a emondé et esbranché les
superfluitez. Si la moustache de ce discours ne respond à
la barbe de vostre eloquence, vous pourrez à bon droict
accuser la perruque de l'insuffisance de celuy qui l'a extraict et collationné, pour n'avoir esté pulverisée, embel-
lie ny frisée au ferrement de vos imaginations. Je sçay
bien, à la verité, qu'il est impossible que l'escalier de
mes paroles puisse atteindre au plancher et dernier estage
de vos sublimitez, et moins encore pourrois-je penetrer
avec la clef de ce discours dans la serrure ou plustost
dans l'antichambre de vostre bien dire, n'ayant jamais
mis le frein des estudes sur le col de mes libertez ; toutesfois, si vous rencontrez quelque chose qui responde au
goust et saupiquet de vos rencontres, vous vous pouvez
vanter que les chenets de vostre doux langage ont servy
de soustien et d'appuy au bois vert de mes imperfections,
et luy ont donné l'aliment pour allumer le brasier de ses
plaisanteries, qui ne serviront à autre chose qu'à faire
briller et esclairer les estincelles du fusil de vostre merite
davantage, et luy faire ouverture parmy les plus espais
escadrons des aquilons contraires. Permettez donc, durant ce peu de sejour qui vous reste à demeurer encore
avec nous, que la lanterne de vostre faveur serve de guide
et de conduite au chariot de ce discours et de ce recueil,
afin qu'evitant la boüe de calomnie, il soit recogneu pour
avoir esté fait par un qui est et sera à jamais

Vostre serviteur,

H. I. B.

L'IMPRIMEUR AU LECTEUR [1].

Uelques uns s'estonneront peut-estre du frontispice de ce livre, et l'estimeront indigne de paroistre devant le monde, fondez premierement sur cette raison, que la vieillesse de celuy qui en a jetté les fondemens devoit s'employer à quelque chose de meilleur et qui fust correspondant à son aage (aussi jamais le but de l'autheur ne fust de luy faire voir la lumière, ains de le faire plustost pour son particulier et pour s'esgayer en ses vieux jours, ayant esté dès son bas aage d'un humeur assez libre, que pour autres considerations qui regardast le public); mais, ayant treuvé le moyen d'en tirer une copie, j'en ay voulu faire part aux curieux, qui peut-estre le trouveront d'un goust assez delectable pour estre purement et simplement extraict des plus gentiles Rencontres de Tabarin, et en cecy je ne crois offenser personne, ny pour le regard de celuy qui en est le premier inventeur, ny pour ce qui concerne ceux qui en feront la lecture. Je ne leur demande qu'une seule chose, sçavoir, qu'ils ayent la veuë aussi chaste en lisant ces plaisanteries que leurs oreilles ont esté pudiques à entendre l'original, et que le ju-

---

1. L'édition originale du *Recueil* est la seule qui reproduise cette pièce et l'ode qui la suit.

gement qu'ils ont fait de Tabarin, en l'entendant, soit
le mesme qu'ils feront de ce discours en le lisant.
Que si, au reste, ces Rencontres semblent estre trop
libres, les accusations qu'ils en dresseront ne doivent
tomber sur l'autheur qui les a transcriptes, ains sur
l'inventeur qui les a espreintes de l'esponge de ses
imaginations. Jouxte que l'on doit conceder et per-
mettre quelque chose au temps auquel ce livret a esté
imprimé (sçavoir aux jours gras) : tout est alors de
caresme-prenant, et ne doit-on s'estonner si, parmy
ces Rencontres, il s'y rencontre des choses nullement
deguisées, ains naturellement depeintes. Celuy qui les
a excogitées ne parla jamais en feintise, ains avec
pleine liberté. Adieu.

ODE

SUR LES RENCONTRES TABARINIQUES.

C'Eust esté une perte estrange
  Si, perdant Tabarin des yeux,
Nous eussions perdu le meslange
  De ses devis facetieux.

  Perte d'autant plus regretable
Que ces discours sont precieux,
Discours autant recommandable
Qui se soit veu dessous les cieux.

  Ce sont des marques eternelles
De la gloire de Tabarin,
Qu'il a gravées sur les aisles
De la Fortune et du Destin.

  Parmy ces Rencontres jolies

Et ce dialogue plaisant,
Vous y trouverez des saillies
D'un homme lettré et sçavant.

Si par quelque belle rencontre
L'un manifeste son pouvoir,
L'autre, plus docte, fera monstre
De sa doctrine et son sçavoir.

Tous deux peut estre feront naistre,
En refeuilletant ces escrits,
Un desir en vous de cognestre
Et d'admirer leurs beaux esprits.

A Messieurs les disciples et sectateurs
ordinaires

DE LA PHILOSOPHIE DE TABARIN

Docteur Regent à Paris, en l'Université
de l'Isle du Palais [1].

Messieurs,

*L*A diligence et le concours ordinaire que j'ay recogneu en vous depuis trois ans en çà, tant aux leçons, escrits et thèses publiques de Tabarin, qu'aux disputes, altercations, demandes, questions et responses d'yceluy, m'a convié à vous tracer ces lignes et vous representer, non si naïfvement et au vif comme vous avez veu, ains en crayonner, esbaucher et effleurer quelque chose; afin qu'à tout le moins il vous en restast quelque idée imprimée en la memoire, et que toutes ces plaisanteries, dont la sausse vous a semblé autresfois de goust, ne fussent du tout abysmées et ensevelies dans le fleuve d'Oubly; et, certes, ce seroit une chose

1. Dans les recueils en deux parties, cette dédicace est placée en tête de la seconde.

autant desplorable pour vos contentemens que regretable
pour vostre memoire, si, après avoir fait un si long cours
et idolatré si long-temps de vos yeux ce que vos oreilles
ont jugé jusques icy si agreable, vous demeüriez à sec,
sans rien remporter d'un si brave maistre, qui se peut
vanter d'avoir esté aussi bien suivy que regent de son
temps.

Je vous offre donc un bref recueil, abbregé et compendion de ses plus rares discours, un amas de pointes les
plus aiguës, où vous verrez luire une naïfveté naturelle,
un langage sans fard, non feint ou dissimulé, remply de
varietez et sentences bien choisies. En ceste lecture, tous,
de quelque qualité et condition qu'ils soient, en pourront
puiser de grands profits. Le courtisan y apprendra une
diversité et changement correspondant à son humeur; le
noble y trouvera l'antiquité de sa race, le roturier l'etymologie de son nom; le marchant y rencontrera tousjours
la foire ouverte et favorable à ses desscins; les chevaliers
de la table ronde y trouveront de quoy boire, pourvu qu'ils
eslargissent les narines; les pastissiers y verront les bignets touts faicts; les aveugles n'y verront rien, car, suivant un arrest donné en la cour des Quinze-Vingts, il
leur est deffendu de lire; les femmes sçauront de quel bois
sont faites les cornes dont elles annoblissent leurs maris;
les cocus apprendront les meilleurs cuisiniers. Ceux qui
ayment à se repaistre de conceptions plus relevées et nourrir leurs esprits parmy des cognoissances plus hautes,
tant en droict qu'en philosophie, y sçauront qui sont ceux
qui se peuvent qualifier justement du tiltre et du nom de
logicien. Les criminels de la Conciergerie auroient cest
advantage de sçavoir en peu de temps comme on doit faire
un argument in baroco. Ceux qui, poussez d'un vent
plus fort, desirent penetrer dans les cabinets de la physique, y trouveront les matières toutes fraisches in potentia ad omnes formas. Pour les formes, messieurs les
savetiers, à Dieu n'en desplaise! les pourront trouver
toutes enfermées. Quant à la privation, qui est un des
principes qui concourre à la production des choses na-

turelles, nous aurons force questions sur le privé. Les mathematiciens, astrologues, et ceux qui appètent les abstractes, y mangeront souvent leur pain au flair : l'on leur fricassera des farces en nouveau volume. Bref, toutes sortes de gens y seront bien receus. Pourvu qu'ils apportent le pain et la viande, ils ne payeront que le vin.

EXTRAIT DU PRIVILÉGE DU ROY.

Ar grâce et privilége du Roy, il est permis à JEAN BAPTISTE CHEVROL, imprimeur et libraire de Lyon, d'imprimer ou faire imprimer, vendre et debiter un petit livre intitulé : *Recueil general des Rencontres tabariniques, avec les responses.* Et sont faites très-expresses deffences à tous imprimeurs et libraires, ou autres, de quelque estat ou condition qu'ils soient, d'imprimer ou faire imprimer, vendre ny distribuer le dit livre, soubs couleur d'augmentations et annotations, sans le consentement du dit CHEVROL, et ce jusques au temps et terme de six ans, à peine de confiscation de tous les livres qui se trouveront et de cinq cens livres d'amende, comme plus amplement est declaré ès lettres patentes du Roy. Donné à Paris le sept fevrier 1622.

Par le Conseil.   *Signé :* BERGERON.

Le dit Chevrol a cedé et transporté à Antoine de Sommaville, marchand libraire, demeurant à Paris, le privilége cy dessus mentionné, pour en jouir plainement, comme il est porté par iceluy 1.

1. Ce privilége avoit été cédé par avance, le 2 janvier 1622, à Ant. de Sommaville.

APPROBATION

DE

MM. DE L'HOSTEL DE BOURGONGNE.

Nous soubsignez Docteurs Regents en l'Université de l'hostel de Bourgogne, certifions avoir veü et leu ce present livre, intitulé : *Recueil general des questions tabariniques, avec leurs responses,* etc., auquel n'avons rien trouvé qui soit contraire aux peuples ordinaires de nostre escolle, ains digne de paroistre et d'estre engravé au dos de la posterité, comme une pièce rare et antique, et des mieux basties de nostre temps. Enjoignons, de plus, à tous nos escoliers jurez et gens tenant nos cours de plaisanteries, de ne venir desormais en nostre dicte escolle sans au prealable s'estre garny d'une de ces copies. Fait le jour de mardy gras, au collége de Bontemps, an susdit.

Signé : G. GARGUILLE, GROS GUILLAUME.

PREFACE ET AVANT-PROPOS[1]

SERVANT D'ADVERTISSEMENT ET ADRESSE
A LA SUITE DE CE DISCOURS.

De l'ethimologie et antiquité du nom de Tabarin.

CHAPITRE I.

LA cognoissance des choses tant universelles que particulières gist en leurs
principes et commencements : de sorte
que nul ne se peut dire avoir acquis ce
titre de cognoissance, s'il n'a penetré
dans les secrets les plus cachez de la chose cogneue, parce que d'autant plus qu'il ignoreroit sa
source et son origine, tant plus il s'esloigneroit de
son progrez et de sa fin. Ainsi nostre jugement
seroit plustost limité d'une ignorance très-obscure

---

1. Cette préface, en deux chapitres, se retrouve, dans les
Recueils en deux parties, à la suite des *Préambules*, sous le
titre de : *Fantasies tabarinesques* ou *tabariniques*.

qu'esclairé d'une notion parfaite. Nostre ame,
qui à la recherche exacte des choses aiguise ses
plus fortes conceptions, desire avec plus de vehemence de sçavoir leurs commencemens que leurs
progrez.

C'est ce qui m'a esguillonné, en parlant de
Tabarin, d'en rechercher la source, et me rendre certain tant de son extraction que de son
origine. Ceste cognoissance me servira de planche pour passer à la suite de ce discours, parce
qu'il est aisé, en cognoissant parfaictement sa
cause et son essence, de venir en cognoissance [1]
des effects qui en peuvent naistre.

Pour l'ancienneté, l'ethimologie et dependance du nom de Tabarin, les autheurs tant modernes qu'anciens en sont en grandes disputes :
ainsi est-ce un different digne d'exciter les plus
subtils esprits et d'esveiller les jugements les plus
solides pour le terminer.

Quant à l'ethimologie du nom, les uns le derivent de *taberna*, comme qui diroit *tabarina,* et
certes bien à propos, veu que tous les discours
tabariniques ne buttent qu'à la taverne, et à la
mangeaille ; les pointes les plus gaillardes de ce
droguiste ne sont tirées que du fond de la marmite, ses devis les plus facetieux ne sentent que
la cuisine, c'est pourquoy [2] le reprend ordinairement son maistre : et de cecy le mot françois
nous en fournit de grandes preuves, et des ap-
parences très-evidentes ; car Tabarin vaut autant
à dire, si nous voulons un peu periphraser, que

1. *Var.:* d'acquérir la cognoissance.
2. *Var. :* c'est de quoy.

Table à vin : ce qui se rapporte et conforme grandement à ses plaisanteries et sornettes.

Les autres, qui sentent d'avantage la medecine, opinent favorablement à leurs desirs, car ils derivent ce nom du mot latin *tabes*, veu que par ses onguents et medicaments Tabarin guarit plusieurs sortes [1] de maladies comprises sous ce nom, et ainsi ils croyent enrichir l'ethimologie de *tabes* [2] par ceste invention, et annoblir grandement son nom de ses propres despouilles.

Les plus fins, et qui veulent mettre le nez plus avant en ceste recherche, disent que ce nom est formé et descendu du mot grec ταυρος. quasi ταναριϝοσ, et ne rencontrent point mal à mon advis, pour plusieurs raisons [3], et ont des arguments assez forts et assez puissants pour se bastionner contre l'opinion des premières.

La première raison qui parle pour eux est que ce mot grec ταυρϝσ (selon Eusthatius, autheur assez recommandable) ne signifie point seulement ce que nous appellons en latin *taurus*, mais encore demonstre et denote ceste partie du corps humain qui est entreposée entre le scrotum et le podex, sur laquelle partie viennent aboutir et respondre, comme au centre, toutes les lignes tant paralelles qu'inesgales des devis de Tabarin; jouxte que quand bien nous retiendrions le mot latin *taurus*, nous aurions tousjours suffisante preuve de ceste derivation, puisque Tabarin (principallement quand il a le chappeau fait en

1. *Var.:* plusieurs genres.
2. *Var.:* de Tabarin.
3. Ce qui suit de cet alinéa manque aux *Recueils en deux parties*.

cornes), par un beuglement coustumier aux taureaux, represente assez bien ceste nature.

Ceste opinion, à la verité, est un peu subtile,
et a quelque apparence de verité ; si est-ce pourtant que les autheurs n'en ont qu'effleuré le dessus, sans beaucoup se soucier de penetrer dans
la quint-essence, et de desnoüer la difficulté de
ceste affaire, et faut que je confesse que pour
estre recente, elle n'a pas moins de poids pourtant ; car si de l'ethimologie de ce nom ταυαρινοσ
nous descendons dedans l'antiquité de la secte
tabarinique, nous trouverons des raisons très-
certaines de ceste derivation.

Premièrement, donc, il est à remarquer que
Pline, livre v, chapitre 27, de son histoire, parlant
de l'assiette de la province de Carie et des villes
du païs, en raconte une qu'il nomme *Tabæ Tabarum*, fort ancienne, qui se presume et se vante
de l'origine des Tabarins, et fondée sur ce qu'un
certain fugitif de Troye, nommé *Tabarinos*, qui
(mesme au recit d'Homère estoit l'homme de
chambre de Paris), l'a edifiée et bastie, tant
toutes les nations de la terre ont à cœur de se
dire de la race des Troyens, bien que gens effeminez. Or la province de Carie est une grande
partie de l'Asie-Mineure, et la Licie et l'Ionie,
en laquelle province, au rapport de Strabo, flambeau de l'antiquité, est une partie du mont Taurus, large et spacieuse montagne qui s'estend
par toute la Grèce, tellement que si nous voulons esguiser nos esprits, nous trouverons que
Tabarin, tant à cause du mot de Ταυαρινός que
pour l'ancienneté de la ville de *Tabæ*, qui est
située assez proche du mont Taurus, se derive

à bon droit de ce mot grec de Ταυρος ou Ταυαρινος. Ce qui confirme ceste opinion et l'appuie
grandement, c'est que Bacchus se nommoit
jadis Ταυρος et Ταυροφαγος, duquel Tabarin est
le grand amy, comme l'ayant curieusement choisi
entre tous les dieux, et preferé à toute la bande
celeste, pour estre gravé, emburiné et entaillé
au derrière de son portraict et de sa medaille.
Voilà pour ce qui regardoit l'etymologie de son
nom.

Quant à son extraction et antiquité de sa race,
les autheurs se trouvent aussi embrouillez qu'à
la derivation de son nom, bien que sa race soit
une des antiques familles du monde; et certes
ce n'est pas peu de difficultés que d'expliquer et
desvelopper, d'une longue suitte d'années, le nom
et la memoire d'une race, et rechercher les premières souches d'une famille : s'il y a peu d'advantage pour le premier pour ce qui regarde l'ordre de la genealogie, il n'y a pas moins de peine
pour le dernier pour authoriser les asseurances
et le fondement de telles recherches : aussi la
gloire qui s'acquiert en l'un ne cède rien à
l'honneur qui se brigue en l'autre.

Si quelque lignée se peut presumer pour son
antiquité, celle des Tabarins se doit partager les
premiers rangs, comme estans d'un des plus anciens estocs de la terre : car je trouve qu'il est
descendu de Saturne, qui au temps que Jupiter
le poursuivoit, s'estant venu cacher au pays de
Latium, his quondam latuisset tutus in oris, engendra un fils qu'il nomma *Tabarum*, comme escrivent Strabo et Pausanias, autheurs dignes de
foy. Iceluy estant venu à la perfection de l'aage,

où une ardeur martiale fait genereusement bouillir les entrailles aux plus vaillans, voulut faire
paroistre que si son sang avoit un Dieu pour
père, son courage en dementoit les actions
comme fugitif.

Le Pont-Euxin, où habitent les Calibes, voisins du fleuve Thermodon, fut le champ fatal où il
ouvrit les premiers traicts de sa valeur; il se rendit maistre de la campagne, et, voulant eterniser
son nom où il avoit immortalisé son courage, il
nomma les peuples des environs de son nom, *Tabarini*, selon Pomponius Mela, où ils sont encore de present, ou, si nous nous voulons asservir à l'arbitrage de Strabo, Tabarni ou Tabarini,
de sorte que voylà nos Tabarins trouvez, dont
sa race consecutivement de temps en temps s'est
conservée, accreuë et augmentée, comme on
peut voir en Italie, où ils sont pullulez particulièrement, comme estant leur ancien patrimoine.

---

*De l'antiquité du chappeau de Tabarin, des tenans,
aboutissans et despendances d'iceux.*

CHAPITRE II.

'Eust esté une inconsideration trop
grande et une faute qui eust autant
encouru de blasme que de detriment,
si, en parlant de l'ancien estoc et origine de Tabarin, je ne venois par mesme moyen
à traitter et esplucher quelque parcelle de l'ancienneté de son chappeau, qui est la première

pièce et l'ornement [1] de sa boutique, d'autant plus recommandable que contre les coups du temps et de la fortune il s'est tousjours conservé et maintenu en son entier. Je n'ignore pas, à la verité, que plusieurs n'ayent exercé leurs plumes et leurs esprits en la description de ce chappeau; mais je sçay bien que la recherche que j'en fais sera d'autant plus authorisée qu'elle est fondée sur des graves et antiques autheurs, et d'autant mieux recueillie qu'elle est d'une haute origine; s'il est vray que les choses qui se rencontrent rarement se voyent avec plus de vehemence et d'impatience.

Ce chappeau est bien une des pièces la plus mysterieuse qui se soit veue de long-temps, pour estre descendu des hommes les plus illustres et renommez de la terre. Les philosophes disent que la matière, qui est le premier principe de la generation des choses naturelles, ne se retrouve jamais sans forme; et, bien que ce soit une pure puissance qui induise tantost une forme, tantost une autre, et que par ces changemens et alterations elle semble estre despouillée d'accident, si est-ce que jamais elle ne reste seule, ou independante d'aucunes formes.

Le contraire se remarque en ce noble chappeau, qui est une vraye matière première, *indifferens ad omnes formas*: car, bien qu'à la verité il ne soit tout à fait destitué de la forme essentielle, si est-ce que la multitude des formes qui le vont informant le rend quasi comme sans forme, n'ayant rien plus constant que l'inconstance; et

1. *Var.* : le vray ornement.

certes, si *ex generatione unius fit corruptio alterius*,
ce chappeau souffre de grandes alterations, n'y
ayant moment ny instant où il ne reçoive une nouvelle figure ; aussi vient-il d'un Dieu grandement
variable, et semble que pour toute succession il
eust eu l'eschangement en partage : car, si nous
nous voulons borner des opinions de Berose et
Manethon, autheurs chaldéens, nous trouverons
que ce fut Saturne qui le porta le premier, non
si large comme il est, mais en forme longue,
car toutes les choses s'aggrandissent avec le
temps.

Tantum ævi longinqua valet mutare vetustas.

Il le fit faire expressement quand il vint en Italie, comme dit est, fuyant l'ire de Jupiter, pour se
desguiser, car personne n'avoit encore inventé
les chapeaux pointus ; trop bien Mercure en avoit
un qui lui couvroit la teste, mais il estoit d'une
forme ronde. Depuis ce temps, la mode est venue de porter les chappeaux pointus à l'espagnole, et mesme en France, où on a fait le mesme, mode qu'on peut dire à bon droict mariée à
l'inconstance. Plusieurs portent aujourd'huy les
chappeaux, non point tant pour embrasser les
loix de la mode que pour cacher les cornes dont
leurs femmes les emmossent, qui aboutissent en
pointes, ce qu'ils ne feroient si aisement si leur
chappeau estoit de forme platte, comme l'année
passée ; car il y auroit à craindre qu'elles ne perçassent et se fissent paroistre au travers de ces
chappeaux plats.

Saturne, pour tesmoignage de l'affection qu'il

portoit à *Tabaron*, sçachant sa deliberation touchant son partement, entre les dons dont il voulut signaler sa courtoisie, il luy fit transport du susdit chappeau, avec deffenses très-estroites de ne l'alliener, vendre ny donner à qui que ce fût, luy enjoignant de plus de le garder comme une pièce fatale à sa race et un precieux tresor. Aussi, Saturne estant le père des changemens, ne luy pouvoit donner chose plus correspondante à son humeur que la vicissitude.

Tabaron, qui auparavant alloit nue teste, fut bien aise d'avoir un expedient pour se garder de la chaleur du soleil. Ce fut de ce chappeau qu'on tira l'invention des parasols, qui sont maintenant si communs en France que desormais on ne les appellera plus parasols, mais parapluyes et gar-de-collets, car on s'en sert aussi bien en hyver contre les pluies qu'en esté contre le soleil. Ce chappeau, de père en fils, fut gardé comme une precieuse relique, en souvenance de Saturne, leur ayeul, car c'estoit son bonnet des jours ouvriers; mais de fortune, après quelque espace de temps, comme les choses perdent tousjours leur premier lustre, un de la race tabarinienne qui l'avoit en garde le laissa esgarer, soit que le destin luy eust disposé un autre maistre, ou autrement. Ganimède, mignon des dieux, par rencontre le trouva, et, desireux de lui faire voir le ciel, le prist et le porta à Jupiter. Ce dieu porte-foudre s'estonna de prime-abort de voir la structure, le bastiment et les estages de ce venerable chappeau; il en voulut gratifier Mercure, et luy en faire un present, comme estant seul entre tous les dieux qui se servoit de chappeaux : luy, qui

aime la vanité, le fit remettre en forme et réintegrer en son premier lustre par Piloforon,
son chappelier ordinaire, et voulant desormais
s'en servir aux plus urgentes occasions, y attache ses aisles; mais de mal-heur, comme il fut
commandé de Jupiter d'aller faire un voyage aux
Champs-Eliséens, en se callant du ciel, le vent
s'entonna dedans, de manière qu'il tomba, et
oncques depuis il ne voulut porter aucun chappeau à la pyramide. Janus, qui vivoit en ce
temps-là, fut si heureux qu'il le recueilla; mais,
ayant deux faces, et la teste grosse à proportion,
il eslargit sa première forme, et de là en avant,
il demeura large comme on le void à present.
Cestui-cy le cacha sous le mont Aventin; mais Romulus, bastissant la ville de Rome, le recouvrit;
il fut long-temps comme une pièce rare et exquise, mesme on le portoit aux triumphes des empereurs quand, chargez de despouilles et trophées,
ils entroient à Rome.

Ce fut aussi de ce chappeau d'où vint la coustume aux Romains de se couvrir la teste en leurs
sacrifices, ce que les grands sacrificateurs observoient fort religieusement; car, quand ils vouloient faire une hecatombe aux dieux, ils se couvroient de ce chappeau (tous les assistans es-
tants descouverts pour plus grande reverence).
Ceste loy estoit inviolable, et pratiquée en tous
les sacrifices, excepté en ceux de Saturne, où ils
se presentoient teste nue, comme raconte Plutarque, voulant par cette ceremonie deferer quelque
honneur à ce dieu pour son chappeau, et tesmoigner que ce seroit une indecence de luy sacrifier
estant couronné de ses propres despouilles.

Ceste pièce fut conservée plusieurs siècles dans le Capitole; enfin un certain de la race tabarinique, qui estoit esclave du grand sacrificateur, s'en saisit secrettement comme si quelque destin l'eust sourdement excité à cela; depuis en descendant, il demeura tousjours dans la ligne droite et masculine des Tabarins, qui commencèrent dès lors à se peupler en Italie plus que devant, jusques à tant que le grand-père du grand-père de Tabarin, au temps que François premier faisoit esclater ses armes par toute l'Italie, le donna à un soldat françois qui, estant retourné en sa patrie, surpris qu'il fut d'une forte maladie, n'ayant autre chose pour se guarir, le donna en eschange d'une medecine à un apoticaire de la place Maubert, qui s'en est servy, luy et ses enfants, comme d'une chausse pour passer l'hypocras.

Tabarin, qui avoit leu les annales, croniques et archives de ses predecesseurs, et combien ce chappeau avoit esté en grande estime, a recherché tous les moyens de le recouvrer; enfin, dernierement qu'il vint à Paris, il le recogneut, et le rachepta dudit apoticaire, estimant une chose très-indigne qu'un si sacré vaisseau fust ainsi pollu. Maintenant il s'en sert; et, s'il est le dernier qui le possède, il se peut dire à bon droict le premier qui a inventé de luy donner nouvelles et nouvelles formes.

———

RECUEIL GENERAL

DES

RENCONTRES, DEMANDES et RESPONSES

TABARINIQUES

ŒUVRE AUTANT FERTIL EN GAILLARDISES

Que remply de subtilitez, composé
en forme de dialogue entre
Tabarin et le maistre.

QUESTION I.

*Qui sont les meilleurs medecins, et comme on
cognoist les maladies.*

TABARIN.

MOn maistre!
LE MAISTRE. Qu'y a-il, Tabarin?
TABARIN. Un petit mot, s'il vous
plaist, pour mon argent. J'ay entendu
dire que vous sçaviez parfaitement ce que c'estoit
de la merde saine.

LE MAISTRE. Medecine, gros asne.

TABARIN. Et que vous aviez une entière co-gnoissance d'icelle.

LE MAISTRE. A la verité, depuis ma jeunesse je m'y suis tousjours employé, comme jugeant que c'estoit une science autant utile [1] que ne-cessaire aux hommes; et, si je ne suis parvenu au suprême degré de cognoissance, tant pour la pratique que pour la speculative, pour le moins ay-je tasché d'en effleurer une partie. Un homme est tousjours loué d'avoir employé son temps en une estude si serieuse, et contribué ce peu qu'il a de sa nature pour l'acquisition d'une chose qui ne peut estre que profitable.

TABARIN. Il ne vous falloit point arrester tout le temps de vostre jeunesse à cela, puisque vous n'en avez effleuré qu'une partie. Si vous aviez envie de flairer l'essence de la merde saine, il ne falloit que venir frapper à ma porte de der-rière.

LE MAISTRE. O l'impertinent! Je te dis effleu-rer, et non pas flairer, c'est-à-dire en tirer quel-ques cognoissances, en gouster quelque chose.

TABARIN. Par la mort de ma vie! vous y eussiez trouvé du sentiment. Mais venons à nos-tre propos : puisque vous avez toutes ces co-gnoissances, dites-moy je vous prie, qui sont les meilleurs medecins, et comment cognoissez-vous les maladies ?

LE MAISTRE. Les meilleurs medecins sont

---

1. *Var. des Rec. en deux part. :* autant utile aux hommes que nécessaire à leur entretien particulier ; toutesfois, si je ne suis...

ceux qui ont une parfaicte cognoissance de la nature des choses, qui cognoissent leurs qualitez,
passions, proprietez, compositions et tempera-
mens, qui sçavent leurs complexions, et de là
reflechissent leurs cognoissances et leur jugement sur ce qui est propre pour la santé. Et, jaçoit que ceux qui ont la theorie soient très-ex-
cellens, si est-ce que ceux qui conjoignent la
pratique et l'experience à la theorie me semblent
les meilleurs, parce qu'ils ont plus parfaicte notion des maladies et accidens qui peuvent arriver et de leur guarison, car toute l'essence de
la medecine consiste en l'experience.

TABARIN. Mais je voudrois sçavoir de vous
comment vous cognoissez une maladie et un
homme malade?

LE MAISTRE. Nous le cognoissons quand nous
l'allons visiter : nous luy tastons le poux, nous
luy demandons en quelle partie du corps il se
trouve mal; nous jugeons à sa couleur, nous le
voyons à son urine, nous nous enquestons s'il
mange bien, et ainsi des autres.

TABARIN. Teste non pas de ma vie, allez-
vous chercher midy si loing! Vrayement, quand
le malade vous a dit sa maladie, il vous est facile de juger où il est malade [1]! Je vous veux
bien apprendre un autre secret : les meilleurs
medecins, et qui cognoissent mieux les maladies, sont les tonneliers.

LE MAISTRE. Les tonneliers! Tabarin, sçachons voir et venons aux preuves.

TABARIN. Quand un tonnelier va visiter une

[1]. *Var.* : où le mal le presse.

pièce de vin, il ne demande pas : Est-il blanc?
est-il clairet? sent-il mauvais? a-il les serceaux
rompus? L'on ne cognoist jamais les maladies
que par l'interieur. Il y regarde luy-mesme, et,
pour ce faire, il ouvre le bondon qui est au dessus de la pièce et y met le nez; puis, des deux
mains, à chaque costé du fond il donne un grand
coup de poing; la vapeur alors s'exhale et sort
par la partie superieure, et ainsi il cognoist si le
vin est bon ou non. De mesme vous, quand
vous allez visiter un malade, vous ne vous devez
arrester à tant de questions et discours; il faut
de prime abort faire mettre vostre malade les
pieds au haut, et, si vous voulez sçavoir le fondement de sa maladie, vous devez mettre vostre
teste entre ses fesses, et approcher vostre nez
du souspirail merdique, puis luy donner un coup
de poing dans le ventre : les exhalaisons, qui de
leurs natures sont legères, vous monteront au
nez, et alors vous jugerez de la maladie et don-
nerez vostre sentence sur la senteur que vous
en aurez senty. Voylà le moyen d'estre en bref
bon medecin.

LE MAISTRE. O le gros asne!

TABARIN. O le gros veau, prophète du passé.

LE MAISTRE. A qui parlez-vous?

TABARIN. Retirez-vous, je vous prie; je parle
à ce marmiton de Pluton qui est derrière vous.

QUESTION II.

*Lequel des deux est le meilleur, d'avoir la veue
aussi courte que le nez, ou le nez aussi long
que la veue.*

TABARIN.

On maistre, je vous supplie très-affec-
tionnement de me dire lequel vous aymeriez mieux, ou d'avoir la veue aussi
courte que le nez, ou le nez aussi
long que la veue ?

LE MAISTRE. Voilà des questions fort abs-
traictes, Tabarin, et qui ne demandent point de
responses ; et certes, s'il me falloit choisir lequel
desdeux me plairoit d'avantage, j'aymerois mieux
passer sous un autre arbitre et ne choisir ny l'un
ny l'autre ; mais, puisque ta curiosité te porte
jusques-là que de me le demander, il faut que
ma courtoisie te satisface. Je te diray d'avoir le
nez aussi long que la veue, c'est une grande
difformité.

TABARIN. Vous avez raison, ce seroit une
belle goutière. Il y a des camus qui ne peuvent
porter de lunettes faute qu'ils ont le nez trop
court, mais vous ne seriez en ces peines-là.

LE MAISTRE. D'avoir aussi, en contre eschange,
la veue aussi courte que le nez, ce seroit une
chose bien deplorable ; et, s'il y a de la difformité en l'un, il n'y a pas moins de dommage

en l'autre, car la veue est la lampe et le flambeau de nos actions.

TABARIN. Encore est-on bien ayse de voir clair à menger sa souppe.

LE MAISTRE. Je fais tant de cas de la veuë, pour estre le premier organe du corps et la première pièce de tout çe bastiment, tant pour sa structure, qui est le plus admirable chef-d'œuvre de la nature, que pour sa beauté, qui est incomparable, que, nonobstant la difformité, j'aymerois mieux avoir le nez aussi long que la veue que la veue aussi courte que le nez.

TABARIN. Aussi auriez-vous un grand advantage par-dessus les autres de vostre aage.

LE MAISTRE. Quel advantage, Tabarin ?

TABARIN. Parce que vous n'auriez plustost veu un estron de loing que vous auriez le nez dedans ! O qu'il le feroit beau voir sur la montagne de Montmartre, avec un nez de dix lieues de long, car on y voit de fort loing ; il luy faudroit des fourches pour soustenir son nez.

QUESTION III.

Chercher ce qu'on ne veut pas trouver.

TABARIN.

Ostre maistre, me respondrez-vous bien à ce que je vous vay demander ? LE MAISTRE. Je ne sçay pas, Tabarin : tu as aucune fois des questions si esloignées de raison que les plus subtils se trouveroient bien empeschez d'en sortir.

TABARIN. C'est la verité, j'ay estudié, ouy ; ô diable ! je sçay du latin ; je suis bon astrologue, je prevoy le passé ; quand il n'y a personne au logis, je conclus necessairement que le maistre et les serviteurs sont dehors. Dites-moy, cependant, comment se peut-il faire qu'un homme aille cherchant ce qu'il ne veut pas trouver ?

LE MAISTRE. Cela ne se peut faire, Tabarin, à tout le moins d'un homme sensé et qui a du jugement : car ce seroit luiter contre la raison mesme, et estre privé de ceste lumière naturelle de l'intellect ; et en cecy celuy qui le chercheroit se contrarieroit soy-mesme, et seroit susceptible de deux formes contraires, qui, selon les philosophes, ne se retrouvent jamais en un mesme sujet.

TABARIN. Toutes ces raisons-là n'empeschent pas qu'on ne cherche souvent ce qu'on ne voudroit pas trouver. Premièrement, quand un gueux comme vous, au soir, fait une ronde dans les coins et recoins de sa chemise, il cherche s'il trouvera des poux ; dites-moy, s'il vous plaist, quand il les trouve à monceaux entassez l'un sur l'autre, en est-il bien ayse ? Il ne faut pas aller plus loing que vous, je suis empesché jour et nuict autour de la garnison de vos chausses: En second lieu, quand un marchand, pour quelque haste qu'il a, veut de nuict estaller sa foire, et qu'il va au privé sans chandelle, vous le voyez qui d'une main douteuse et chancellante, à pas couppez et entrerompus, taste et visite la bouche de monsieur le privé, voir s'il n'y trouvera rien de gras : voudroit-il trouver ce qu'il cherche, je vous prie ? Tesmoin vostre père

l'autre jour. Ah ! quand j'y pense, le vieux pe-
nard.

LE MAISTRE. Et bien ! mon père, que fit-il ?

TABARIN. Il faut que je vous le confesse.
J'estois en la meilleure disposition de faire des
bignets que je fus de ma vie ; j'avois dit à la
servante qu'elle achetast de la farine pour faire
des chassis, et un cent d'œufs, et quatre pintes
de laict ; il y avoit là de quoy faire de la colle.

LE MAISTRE. Voylà comme on dissipe le bien
de la maison quand je n'y suis pas.

TABARIN. Vous avez de grands biens à la verité : il y a plus de trois ans que vous avez un
muy de vin en cave ; encore fait-il une gueule
aussi grande qu'un four. Pour revenir donc à
mes bignets, la farce estoit toute preste, l'huile
estoit sur le feu qui petilloit desjà ; mais de mal-
heur, ah ! quand je pense à la perte que je fis !
vostre père vint frapper à la porte. Incontinent
ce fut de plier bagage ; je ne sçavois où mettre
la poële ni la farce : sur le lict, il l'eust aperceu,
car il a tousjours le nez grandement susceptible
d'odeurs. Je m'advisay en dernier ressort de les
porter au privé. Il y a deux emboucheures,
comme vous sçavez : en l'une je mets la poële,
en l'autre la farce. Mais, de fortune, il ne fut
sitost entré qu'il alla droit au privé, et encore, ce
qui estoit à craindre, on n'y voit pas trop clair. Il
vint de prime abord, tant il estoit hasté de s'as-
seoir, au trou où estoit la farce ; mais au mesme
instant il sentit un masque qui luy serroit les
fesses, et, croyant que ce fust quelque reste de
matière merdique, disoit : « C'est une chose estrange que ces servantes icy ne nettoyent pas le

privé!» Et, pensant avoir meilleur marché en l'autre embouchéure, il y porte son venerable estuy :
son cul ne fut pas plustost assis que les bignets
commencèrent à frire; cela luy pendoit par lambeaux des fesses. Je vous jure qu'il eut pour
le moins la moitié de sa moustache rasée.

LE MAISTRE. O le gros porc! nous rempliras-
tu tousjours de ces matières fecales ?

TABARIN. Et je vous prie, n'estropiez pas leurs
noms : c'est de la merde en bon françois. Cependant si vous voulez manger des bignets, il vous
faut aller au cul de vostre père : vous y en trouverez de tous cuits.

QUESTION IV.

Si la raison et la verité peuvent compatir ensemble.

TABARIN.

MOn maistre, donnez-moy un peu de
merde pour les dents.

LE MAISTRE. De remède, gros nigaut.

TABARIN. Et m'instruisez un peu de ce que je
vous vay demander : il y a long-temps que mon
jugement veut estre esclaircy d'une chose, sçavoir, si la raison et la verité peuvent demeurer
ensemble.

LE MAISTRE. Ouy dea, Tabarin, il n'y a aucun doute ny lieu de soupçon en cela : la raison
est tousjours conforme à la verité, et partout où

est la verité, là se trouve la raison ; elles sont tellement conjoinctes et unies, que si le mensonge vient à desmonter l'assemblage de l'un, il faut de necessité que l'autre perisse. Pour rendre cecy plus clair, prenons un exemple. Supposons que tu me doives dix escus.

TABARIN. Dix escus ! D'où diable vous devrois-je dix escus ?

LE MAISTRE. Je ne dis pas que tu me les doives ; mais faisons la supposition.

TABARIN. Je n'ay que faire de vos suppositions ; je ne vous doibs rien.

LE MAISTRE. O le gros lourdaut ! Il est très-certain que tu ne me dois rien, mais c'est pour te faire recognoistre que la verité et la raison sont ensemble. Supposons donc que tu me doives dix escus, c'est la verité que tu me les doibs.

TABARIN. Je vous ay desjà dit cent fois que je ne vous doibs rien ; vous seriez content d'abuser un pauvre orphelin de dix escus.

LE MAISTRE. C'est une chose estrange d'avoir affaire à des gens si hebêtez. Je te dis que je suppose.

TABARIN. Ah ! ah ! vous supposez ? dame ! c'est une autre chose.

LE MAISTRE. Selon ma supposition, il est vray que tu me les doibs.

TABARIN. Il est vray.

LE MAISTRE. Si tu me les doibs, n'est-ce pas la raison que tu me les paye ? Et ainsi voilà la raison et la verité qui sont ensemble.

TABARIN. Si vous vous attendez que je vous les paye, vous attendrez long-temps. Or ça, vous avez supposé ; laissez-moy supposer à mon tour, et je vous vay prouver le contraire. Supposons que vous avez vostre nez à mon cul : vous ne luy avez pas, mais, quand il vous plaira, la boutique est toujours ouverte ; la taverne n'est pas loing, on vous tirera du meilleur.

Le Maistre. Voylà les suppositions d'un gros vilain et d'un gros lourdaut comme toy.

Tabarin. Puisque vous m'avez fait supposer à vostre fantaisie, je vous rendray vostre change. Supposons donc que vous ayez vostre nez en mon cul : ô ! tous les diables ! qu'il feroit beau vous y voir ! ah ! que de senteurs aromatiques !

Le Maistre. Et bien, posons le cas, puisque tu le veux.

Tabarin. Supposant que vostre nez soit en mon cul, c'est la verité qu'il y est.

Le Maistre. Selon ta supposition.

Tabarin. Est-ce la raison qu'il y demeure ?

Le Maistre. Nenny dea, Tabarin.

Tabarin. Vous voyez donc que la raison et la verité ne peuvent demeurer ensemble.

QUESTION V.

Pourquoy les chiens, s'entre saluant, se flairent au derrière l'un de l'autre.

TABARIN.

JE me suis estonné de ce que j'ay veu les chiens qui, pour saluer leurs compagnons, de prime abord les viennent flairer au derrière ; je voudrois bien sçavoir la raison.

LE MAISTRE. La raison en est commune, Tabarin : c'est un instinct naturel qu'ils ont entre eux qui les porte à ceste action. La nature a esté tellement diversifiée en ses effects, et une mère si liberale, qu'elle a donné à chaque animal une proprieté et une passion particulière qui ne se retrouve point ès autres espèces : ainsi le linx de sa nature voit clair, les taupes ne voient goutte, le cheval hannit, le taureau beugle, le chien abboye ; brief, selon leurs instincts ils exercent les actions ausquelles ils sont conduits de la nature.

TABARIN. Ce n'est pas encore tout cela, mon maistre ; vous n'avez point veu les annales des chiens, à ce que je voy[1].

LE MAISTRE. As-tu quelque meilleure raison, Tabarin, je te prie de me l'enseigner.

TABARIN. Il faut que vous sçachiez que les chiens s'assemblèrent un jour ensemble et voulurent tenir les estats pour plusieurs raisons, car ils se voyoient aucunes fois bastonnez de leurs maistres et mal menez des serviteurs : ils tindrent donc conseil pour pourvoir à ce qu'on auroit à faire desormais. Les gros dogues, comme les plus grands, presidoient et recueilloient les sentences des plus petits : un qui avoit esté tousjours à la cuisine, et qui aymoit à lêcher les plats, fut d'avis de faire une bourse commune entre eux et d'acheter de la viande, et ainsi trafiquer sans estre tousjours subjects à autruy ; un autre plus ancien se lève et dit que ceste opinion n'estoit pas bonne, et qu'eux mesmes mange-

---

1. *Var. :* à ce que je peux remarquer.

roient toutes leurs viandes, et qu'ainsi ils ne feroient pas grand trafic ; un des plus bas vint à
opiner et dire qu'il falloit aller aux Indes pour
trafiquer en espiceries, et que c'estoit une matière qui ne seroit consommée. Son conseil fut
approuvé et bien receu : on faict une solde, chacun contribue, et deleguèrent un chien avec la
bourse pour aller faire trafic aux Indes. Le chien,
par cas fortuit, comme il estoit sur mer par une
grande tempeste qu'il fit [1], fut jetté en l'eau, pour
descharger le navire. Ses compagnons l'attendi-
rent long-temps ; et depuis, toutes les fois qu'ils
se rencontrent, curieux de sçavoir des nouvelles
des Indes, viennent flairer au derrière l'un de
l'autre pour voir s'il ne sent point les espices.
Voylà la vraye raison, mon maistre.

QUESTION VI.

En quoy les vieillards surpassent les jeunes.

TABARIN.

EN quelle chose particulierement les
vieillards excellent-ils les jeunes ?
    LE MAISTRE. En trois choses, Taba-
rin : en aage, en experience et en prudence. En l'aage, parce qu'ils ont atteint une
plus grande maturité ; en l'experience, parce
que, par une longue suitte d'années, ils ont veu

1. *Var. :* tempeste qui s'esleva.

d'avantage que les jeunes et remarqué plus d'effects ; troisiesmement, en prudence : car, les jeunes n'ayant aucune experience des choses, il n'est
pas de merveille s'ilz sont si souvent trompez ; au
contraire, les vieillards, après une longue experience, se manient avec plus de poids en leurs
actions et gouvernent leurs affaires soubs une
prudence plus prevoyante.

TABARIN. Vous avez fort bien rencontré de
dire que les vieillards surpassent les jeunes gens
en trois choses, mais ce ne sont pas celles que vous
venez de raconter ; car on voit de la jeunesse qui
fait les mesmes actions que les vieillards, et le plus
souvent les surpasse en prudence. Les trois choses en quoy les vieillards excellent les jeunes,
c'est premièrement en la veue, parce qu'ils
voyent d'avantage ; secondement, en ce qu'ils
commandent plus que les jeunes ; troisiesmement,
en ce qu'ils pissent plus haut.

LE MAISTRE. Voyons et examinons ces trois
poincts. Pour la veue tu seras contrainct d'advouer
que les jeunes voyent plus clair, et ainsi tu opi-
neras de mon costé ; pour les autres conditions,
venons aux preuves.

TABARIN. Premièrement donc, je prouve qu'ils
voyent d'avantage que les jeunes, parce que les
jeunes voyent les objects selon qu'ils sont gros,
et que les espèces sont representées à leurs yeux ;
les vieillards usent de lunettes où les espèces se
reflechissent et font paroistre l'object plus grand
qu'il n'est : de sorte que, s'ils regardent un estron non plus gros que mon doigt [1], ils croiront

1. *Var. :* non plus gros que vostre nez.

qu'il sera aussi gros que le poing. Voilà pour la première condition, qu'ils voyent d'avantage.

Secondement, ils commandent d'avantage, parce qu'ils commanderont cent fois une chose avant qu'on leur obeisse ; au contraire, un jeune, si on luy manque au premier commandement, Martin Baston ne manquera pas de marcher.

En troisiesme lieu, ils pissent plus haut, car les jeunes ont de coustume de pisser à terre, et eux, faute de vigueur naturelle, ils pissent sur leurs genoux.

QUESTION VII.

Qui doit plustost visiter le malade, ou le medecin,
ou sa mule.

TABARIN.

On maistre, je ne sçavois hier assez admirer un medecin qui, venant voir vostre père malade, fut bien si ehonté et si peu remply d'honneur qu'il laissa sa mule à la porte.

LE MAISTRE. Comment, Tabarin, t'estonnes-tu de telle chose ? il n'y a point pourtant grande cause d'admiration ny d'estonnement : attendois-tu qu'il fist monter sa mule à la chambre ?

TABARIN. Et comment l'entendez-vous doncques ? elle estoit plus digne d'y monter que luy.

LE MAISTRE. O l'estourdy ! ne vois-tu pas que c'est une chose hors de tout jugement, qu'un medecin face visiter le malade par une mule, et luy demeurer à la porte?

TABARIN. Je trouve que par raison la mule doibt plustost aller voir le malade que le medecin : dites-moy, je vous prie, pourquoy est-ce que le medecin va voir le malade ?

LE MAISTRE. C'est parce qu'il porte la doctrine et la science par laquelle il peut subvenir aux incommoditez du malade et le retirer de tant de maux où il trempe et va languissant; outre plus, que, cognoissant la maladie, il dispose des remèdes propres et salutaires pour la santé, et, par les compositions qu'il fait, renforce la composition de la nature et la remet en son entier.

TABARIN. En parlant de la façon, vous deffendez ma cause, car de là je tire un argument infaillible, que la mule doit plustost visiter le malade que le medecin. N'est-ce pas une pitié qu'il faille faire attendre une pauvre beste à la porte ce pendant que l'autre est auprès du feu à se rechauffer les entrailles d'un verre de bon vin ? La raison que vous apportés pour appuier vostre responce est que le medecin va veoir le malade parce qu'il porte la science quant et soy; et moy je dis que la mule y doit plustost aller, parce qu'elle porte la science et la doctrine et medecin tout ensemble.

QUESTION VIII[1].

Quel est le plus honneste, du cul d'un gentil'homme
ou du cul d'un paysant.

TABARIN.

MOn maistre, quel est le plus honneste,
du cul d'un gentil'homme ou du cul
d'un paysant? ou bien, si vous voullez
plustost gouster la substance de l'un
ou de l'autre, le quel des deux sent le plus mauvais?

LE MAISTRE. Tes questions ne ressentent que
la villenie, Tabarin, et tousjours tu nous repais
de matières illegitimes, qui sont d'aussi difficile
digestion à la langue de les prononcer qu'à ta
bouche de les mâcher.

TABARIN. J'auray tousjours cest advantage
qu'il y a du suc et de la substance à mes questions; c'est pourquoy je vous prie de m'en esclaircir.

LE MAISTRE. Bien que ce soit une chose peu
honneste de te repondre, je veux toutesfois satisfaire à tes demandes et contenter ta curiosité
en cecy, la partye posterieure d'un gentil'homme.

1. Cette question, l'une des plus sales de l'édition originale du *Recueil*, et qu'à ce titre on a insérée dans la *Biblio-
theca Scatologica*, p. 90, nº 248, n'a plus été reproduite
dans les publications subséquentes.

TABARIN. N'estropiés pas son nom, je vous prie : c'est le cul.

LE MAISTRE. Et bien ! le cul d'un gentil'homme me semble plus honneste que celuy d'un paysant, parceque estant plus courtois et mieux en ordre, garny tousjours d'ambre gris, de musc et de bonnes odeurs, il faut necessairement qu'il soit bien plus honneste en toutes ses partyes du corps.

TABARIN. Pour moy, je tiens tout le contraire, et asseure que le cul d'un gros villageois ne sent pas si mauvais que celuy d'un gentil'homme. Venons aux preuves : quant un gentil'homme veut chier (ne vous desplaise) et qu'il va au privé, il va en un lieu plein de puanteurs, une sentine de villenies, un cloaque d'emondices ; quant il est là, il met son derrière sur la bouche de monsieur le privé ; les vapeurs ce pendant s'eslèvent du bas de la cheminée privatique et montent droict amont, de sorte que bien souvent en peu de temps on y verroit naistre une comète si le gentil'homme ne se retiroit, tant l'exhalaison qui s'y amasse est puante. Après, s'il torche son derrière, il prendra du papier, et au lieu d'oster l'ordure, il ne faict qu'aplatir et replatrer les matières, et bien souvent le papier se perce, et puis ils mettent le doigt dans le trou. Venons maintenant faire la comparaison avec un paysant : un villageois ne mange que des viandes grossières qui ne sont pas si tost digerées ; ils ont le ventre constipé ; s'ils veulent aller à leurs affaires, ils n'iront pas chercher un privé, cela est trop vilain ; ils iront au milieu d'une vaste campagne, et si d'adventure il y a quelque ordure, ils

se garderont bien d'en approcher de peur de
des-honnorer leur derrière, ains chercheront une
place nette pour s'esvacuer. Ce n'est pas tout :
de peur que les vapeurs montantes ne viennent
à gaster et des-honnorer monsieur le cul, ils re-
garderont de quel costé vient le vent, afin de faire
passer la fumée à costé, et ainsi leurs ponnants
sont plus honnestes que les autres.

LE MAISTRE. Tes raisons sont tirées de trop
loing, Tabarin.

TABARIN. Je vous diray : vous parlez tant de
vos experiences, esprouvez et allez flairer au cul
de l'un et de l'autre qui sent meilleur. Vous y
trouverés de quoy boire et de quoy manger ;
vous n'aurés qu'à ouvrir les narines, l'odeur
vous montera au cerveau : cela vous confortera
les hippopondrilles et l'entendement.

QUESTION IX[1].

Pourquoy les chiens lèvent la jambe en pissant.

TABARIN.

On maistre, j'ay pensé faire tantost un
mauvais tour à un chien.

LE MAISTRE. Comment, Tabarin ? tu
luy as voulu mesurer les costes avec un
baston ?

---

1. On retrouve cette question dans le *Gratelard*, sous le
no 14, mais avec une solution différente.

TABARIN. Nenny, mais je luy ay pensé faire une bourguignotte d'un pot à chier : il estoit si impudent que de venir pisser contre nostre muraille ; et, qui plus est, comme se voulant moquer de moy, il levoit la jambe.

LE MAISTRE. C'eust esté mal fait de le frapper, Tabarin : il recherchoit à vuider les superfluités de la nature. Tous les animaux sont subjects à ces inconveniens, car la faculté concoctrice et la faculté retentrice, ayant jouy de leurs priviléges et receu l'aliment necessaire pour le cours de la faculté expultrisse, puis après agit et exclud le superflus ; de sorte qu'il ne te falloit courroucer contre ce chien, luy estant une chose naturelle d'esvacuer ses excremens.

TABARIN. Ce qui me faschoit le plus, c'est que je luy voyois lever la jambe ; je voudrois bien sçavoir pourquoy les chiens lèvent la jambe quand ils pissent, car je n'ay remarqué cela en aucun des autres animaux.

LE MAISTRE. Tu as tousjours des curiosités si discordantes avec la bienseance et la raison, qu'il me seroit plus convenable de ne te respondre du tout, que de te satisfaire ; toutesfois, je te diray en passant que cest animal, ayant les muscles, les tendons, les cartilages, les nerfs, les ligamens, difficiles à ployer, et ne pouvant avoir le mouvement si libre que les autres animaux, est contraint de lever la jambe pour faire place à son urine : ainsi l'ours, pour la mesme raison, ne se peut tourner en un costé qu'il n'y tourne le corps tout à faict, car ses muscles n'obeissent pas et sont plus bandés qu'ès autres animaux.

TABARIN. Je voulois esprouver si vous aviez

estudié ceste leçon mieux que moy ; mais je voy bien que vous n'estes qu'une beste, aussi bien qu'eux, puisque vous n'avez encore atteint ceste doctrine.

LE MAISTRE. As-tu quelque meilleur fondement, Tabarin ?

TABARIN. Je m'en vay vous l'enseigner. Vous sçavez que la nature a donné de la prudence à chaque animal pour se garantir des inconveniens qui leur peuvent arriver : ainsi les souris et les ratz ont un certain instinct de sçavoir quand une maison doibt tomber, et s'en retirent. Les chiens ont eu leur part de ceste provision et sont grandement prudens, esgallant en cela leur fidelité. Or, toute leur prudence ne se recognoist qu'en leur pisser, car vous ne voyés jamais un chien pisser au milieu des ruës ; ils s'en viendront contre une muraille, et choisiront la plus belle place, puis levant la jambe ils jouent du flageolet. Sçavez-vous pourquoy ils lèvent les jambes ? C'est de peur que la muraille ne tombe sur eux ; ils se servent comme d'un pillier pour appuyer la muraille.

QUESTION X[1].

Qui est le meilleur libraire du monde.

TABARIN.

Ui prenés-vous pour le meilleur libraire du monde ?

LE MAISTRE. Le meilleur libraire est celuy qui sçait trafiquer par tout un royaume, qui debite, qui vent, qui sçait employer ses moyens à imprimer de bons livres dont il retire du proffict par après : jouxte que les meilleurs libraires sont ceux qui non seulement sçavent debiter, trafiquer de païs en un autre, mais il est très-necessaire qu'ils sachent imprimer ; oultre plus, ils doibvent sçavoir relier un livre et le couvrir, le dorer, l'accommoder. Enfin, je trouve ce libraire le meilleur, qui est bon imprimeur, bon relieur et bon doreur.

TABARIN. Devinez, selon vostre opinion, qui je trouve pour le meilleur libraire du monde.

LE MAISTRE. Qui ce est, Tabarin, qui se peut à bon droit vendiquer de ce nom ?

TABARIN. C'est monsieur le cul. Je ne parle pas sans fondemens. Vous dites, premièrement, qu'un libraire doit sçavoir trafiquer de costé et

---

1. Cette question, aussi ordurière que celle qui figure précédemment sous le n° 8, fait partie de la première édition et n'a plus reparu dans aucun recueil. L'auteur des *Plaisantes Recherches* ne s'est pas aperçu de ce retranchement, qu'on signale ici pour la première fois.

d'autre; voulez-vous un plus grand trafiqueur que le cul? il est tousjours au milieu de la foire; il ouvre sa boutique à tous venans, si vous voulez y mettre le nez. Secondement, quel meilleur imprimeur sçauriez-vous rencontrer qu'un cul? d'une seule lettre il fait merde, la chemise ne luy est sitost appliquée qu'elle est imprimée. Pour bon relieur, il ne s'en retrouve pas de tel dedans l'université, car on ne sçauroit rien lier sans corde; or est-il qu'on dit en commun discours d'un cul qui est long-temps à l'estrade, qu'il chie cordelle : il est donc bon relieur. Quant à la dernière condition, n'est-il pas le meilleur doreur du monde? Je m'en rapporte à vostre haut de chausse : il en eut dernièrement tout son saoul. Puis y a-il dorure meilleure que dorure de merde? Pour moy, je croy qu'on ne sçauroit trouver de l'or plus fin au monde.

QUESTION XI.

Qui sont ceux qui se mocquent des medecins
et apoticaires.

TABARIN.

Ui sont ceux, à vostre advis, qui se mocquent des medecins et apoticaires?

LE MAISTRE. Ce sont les malavisez, qui, ne croyans avoir affaire d'eux, se gabbent de leurs receptes; gens de neant, qui ignorent que la medecine est un art tout à faict celeste et divin, qui restitue et reintègre la nature en sa perfection et en son entier apogée. La medecine est la science des sciences naturelles, et mal apris sont ceux qui la mesprisent.

Altissimus de cœlo creavit medicinam, et vir prudens non abhorrebit eam [1].

TABARIN. J'en disois dernièrement le mesme à un cousturier qui me fit un bas de chausses pour moy : *Homerus et vir prudens non abhorrebit eam.*

LE MAISTRE. Pour mon regard, je tiens que ceux qui contemnent les medecins, ce sont les ignorants et telle manière de gens qui ne croyent avoir affaire d'eux.

TABARIN. Vous vous trompez, car ceux qui se mocquent sont ceux-là mesmes qui ont plus besoin de leur aide : ce sont les malades.

LE MAISTRE. Les malades, Tabarin ! Comment se peut-il faire qu'un malade se mocque d'un medecin, veu qu'il le recherche et en a tant de besoin ?

TABARIN. N'est-ce pas une grande mocquerie quand on tire la langue de demy-pied de long à celuy qui vous vient voir ?

LE MAISTRE. A la verité, tirer la langue est un signe de derision.

TABARIN. Or est-il que si un medecin vient voir un malade, pour sçavoir la cause de son mal, le malade luy tirera la langue ; c'est une pure mocquerie.

---

1. Le paragraphe qui suit ne se trouve pas dans les éditions de 1622, où le maistre, après avoir débité son latin, continue en ajoutant : *Je dis donc que ceux qui contemnent...*

LE MAISTRE. Et l'apoticaire?

TABARIN. L'apoticaire en a bien d'avantage ; car, s'il vient de fortune pour apporter un clistère à un malade et le visiter, le malade, en se gaussant de luy, luy presentera le cul pour luy servir d'estuy à son nez : ne sont-ce pas là de grandes derisions et mocqueries ?

QUESTION XII.

Pourquoy les femmes sont faciles à surprendre.

TABARIN.

MOn maistre, pour quelle raison est-ce que les femmes sont plus faciles à surprendre que les hommes ?

LE MAISTRE. La cause en est très-evidente : c'est qu'elles sont d'une nature plus debile et d'un temperament plus froid ; elles ont le sang moins vigoureux : or est-il que l'homme de courage est celuy qui a le naturel fort, l'imagination plus excellente et mieux composée, le sang plus chaud, bref, qui ressent le viril d'avantage que la femme.

TABARIN. La femme ressent aussi bien le viril que l'homme ; mais passons outre. Vous dites que c'est par la foiblesse que la femme est si souvent surprise, et parce qu'elle est d'une nature plus fragile ; vous n'avez pas bien rencontré, car il ne se trouve pas de mémoire d'homme que

leur nature (bien qu'elle soit fendue de demy-
pied) se soit jamais cassée ; aussi ne tombent-
elles pas de haut, car elles tombent sur leurs
talons. La vraye raison pourquoy elles sont sitost
surprises est que leur sentinelle est si près du
corps de garde que, devant qu'elle ait adverty le
corporal, l'ennemy fonce la barrière et entre
dedans le tapital [1].

QUESTION XIII.

Pourquoy les vieillards petent et vessent.

TABARIN.

D'Où vient que les vieillards, quand ils
se remarient en leurs vieux jours, ont de
coustume, au lieu de courtiser leurs
espousées, de peter et de vessir ?

LE MAISTRE. Ce sont des incommoditez qui
suivent cest aage, Tabarin, parce qu'estans plus
remplis de vapeurs, et leurs estomacs ne pouvans digerer les viandes qui leurs sont entremi-
ses, ils sont plus subjects aux ventositez.

TABARIN. A la verité, ce sont pauvres gens;
ils ressemblent grandement bien aux meusniers.

LE MAISTRE. Comment, Tabarin ?

TABARIN. Parce que, quand les meusniers
sont laz et ont bien travaillé, ils couchent leur
tête sur les sacs et se reposent à leur aise : le

1. *Var. :* tapecul.

mesme en est des vieillards ; car quand ils ont assez travaillé et qu'ils sont saouls de la besongne, ils font incliner leur pauvre frère après tant de travaux, la teste sur le sac naturel.

LE MAISTRE. Ce n'est pas là où gist nostre question.

TABARIN. Je ne dis aussi cela qu'en passant. Pour revenir à nostre chemin, la raison pourquoy les vieillards pettent et vessent quand ils sont couchez auprès de leurs nouvelles mariées, est qu'ils ont tant travaillé en leur jeunesse qu'ils sonnent la retraitte en leur vieillesse, et ne veulent plus aller à la charge.

QUESTION XIV.

Qui sont les meilleurs logiciens.

TABARIN.

Nostre maistre, je suis philosophe depuis cest hyver, mais la philosophie ne me plaist guères.

LE MAISTRE. Pourquoy, Tabarin ? C'est une science qui doit allécher un esprit curieux comme toy à l'acquérir et s'en rendre possesseur.

TABARIN. Diable, vous dites vray ; mais il n'y a point grand acquest à l'acquerir. Je commence desjà à faire des arguments *in frissesomorum*, et avec cela je suis mal vestu, le vent me souffle au

derrière : si vous y voulez mettre votre nez, pour
me servir de chassis.

LE MAISTRE. Allez, gros porc ; sortez d'icy,
allez-vous en au logis.

TABARIN. Mais, à propos de logis, qui sont
ceux qui se peuvent dire à bon droict les meilleurs
logiciens ?

LE MAISTRE. Les meilleurs logiciens sont ceux
qui sçavent bien definir, diviser et argumenter ;
qui ont une notion parfaicte et intelligence scientifique des operations de l'ame et de l'objet de
la logique ; qui cognoissent les natures universelles, et de là trouvent les vrayes definitions
des secondes substances, et les constituent en
leurs vrayes espèces.

TABARIN. Quoy ! pour estre bon logicien, on
doit sçavoir toutes ces brouilleries ? Vostre père
toutesfois fut un des premiers logiciens de son
temps, et jamais pourtant ne sceut-il faire un
syllogisme *in celantes*. Sa boutique estoit ouverte
à tout le monde, aussi bien que celle de la nouvelle encre qui est sur le Pont-neuf.

LE MAISTRE. Qui prends-tu donc, Tabarin,
pour estre les meilleurs logiciens ?

TABARIN. Les meilleurs logiciens du monde
sont les macquereaux de la Samaritaine, parce
qu'ils ont une entière et parfaite cognoissance
des bons logis de Paris.

QUESTION XV.

Qui est le premier inventeur des notes de musique.

TABARIN.

ON maistre, peut-estre que vous ne sçavez pas qui a esté le premier inventeur
de la musique.

LE MAISTRE. L'invention de la mu-
sique est bien une des plus belles particularitez
qui soit en l'univers : aussi tient-elle son rang
parmi les arts liberaux, comme une chose rare
et excellente. Les accords dont elle est composée
est l'harmonie, dont elle monstre assez que son
extraction est plus que celeste. Les anciens en
attribuent l'invention à un Amphion et Orphée,
qui ont esté les plus grands musiciens de leurs
siècles ; aussi ont-ils peu, par les doux tons de
leurs accords, l'un fleschir les furies infernalles
et les cœurs des Eumenides enragez, l'autre adou-
cir les flots de la mer et calmer sous ses douces
chansons le courroux de Neptune. Si l'antiquité
leur a deferé cet honneur et ceste invention,
pourquoy, d'un mesme vol, n'embrasseray-je la
mesme opinion ?

TABARIN. Vous vous estes grandement trompé en vostre election, car l'invention des notes
vient d'Italie. Vous devez sçavoir qu'une certaine
damoiselle italienne avoit un jour les souliers

decousus, et qu'en voulant remedier à cet in-
convenient, elle se porta chez un savetier et luy
dit : *fa, mi, la, re, sol, la*, refaites-moy mes souliers. Le savetier, qui vouloit respondre à sa demande, luy dit : *yo*, vous, *la*, *re*, *sol*, *la*, *re*;
c'est-à-dire, je vous les referay. Voylà desjà une
partie de la besongne faite, et la moitié des notes trouvées. Pour les achever, c'estoit en plein
hyver, il commanda à son garçon de monter au
haut de son grenier, et il crioit d'en bas : *fa, sol,
la?* car il n'avoit point de feu, il luy demandoit
s'il faisoit soleil. Le garçon luy respondit *la, sol,
fa*. Et voylà toutes les notes de la musique ren-
contrées.

QUESTION XVI.

*Pour raser la barbe et mouiller en un mesme
temps.*

TABARIN.

ON maistre, quelle invention trouverez-
vous pour raser la barbe et mouiller
tout en un mesme temps? C'est une
chose que les barbiers devroient pratiquer; l'invention en est rare.

LE MAISTRE. Ceste invention-là regarde les
barbiers. Tu leur devrois enseigner, Tabarin.
Pour moy, bien que ce ne soit mon mestier,
toutesfois serois-je bien aise d'en apprendre

quelque chose. Je n'y sçay pas autre finesse que de prendre le rasoir d'une main et de l'autre avoir une esponge et mouiller le costé que l'on veut raser.

Tabarin. Vostre subtilité n'est pas beaucoup grande : ainsi ce ne seroit mouiller et raser en mesme temps, ains à diverses fois. Je vous veux apprendre un secret. Vous sçavez que quand les servantes vont tirer du vin, et principallement quand le tonneau a la gravelle et qu'il ne sçait pisser, cependant que le pot sera à attendre les faveurs de robinet, elle se mettra en ung coin de la cave et vous fera un gros estron. Qu'arrive-il ? Il arrive que par negligence cet estron ve-vant à vieillir, la barbe luy commencera à crois-tre de demy-pied de long. Si maintenant vous voulez user de mon secret et sçavoir mouiller et raser en un mesme temps, il ne vous faut que lescher ceste venerable pièce : en mesme temps vous le mouillez et luy rasez la barbe.

Question XVII.

Pour faire passer une troupe d'oysons sur un pont sans le gaster.

Tabarin.

Uisque vous vous vantez d'avoir tant d'experience, auriez-vous bien l'esprit de faire passer un escadron d'oisons sur un pont sans que le pont fust souillé ny gasté de leurs defluxions merdiques? car vous sçavez que c'est un animal qui a tousjours la porte de derrière ouverte.

LE MAISTRE. Tu me fais tousjours [1] des questions si insolentes, que je me desiste doresnavant d'y plus respondre.

TABARIN. Si est-ce pourtant que mes questions ne manquent point de sentiment; et ce qui est d'advantage, il y a tousjours de la substance et de quoy boire et manger; cependant je vous prie de me dire ce que vous en sentez.

LE MAISTRE. Il est très-facile de les faire passer sur un pont sans le gaster : il n'y faut qu'estendre une toille et les faire passer par dessus.

TABARIN. Oui, mais vous ne les feriez pas passer sur un pont, ains sur la toille.

LE MAISTRE. Il faudroit donc les porter l'un après l'autre ?

TABARIN. Et tendre vostre chappeau au trou de derrière. Non, non, si vous n'y sçavez autre finesse, vous pouvez bien retourner à l'ecolle Sainct-Germain voir combien vallent les cotterets. Sçavez-vous, quand vous vous rencontrerez en telle besogne, ce que vous ferez ?

LE MAISTRE. Que faut-il faire, Tabarin ?

TABARIN. Il faut faire passer le premier devant et mettre le bec du second au cul du premier, et le bec du troisiesme au cul du second, et ainsi consequutivement les attacher l'un au cul de l'autre, jusques au dernier.

LE MAISTRE. Et le dernier, qui l'empeschera de faire ses ordures ?

TABARIN. Vous y mettrez votre nez et bou-

---

1. *Var.:* ordinairement.

cherez sa fenestre de derrière, et ainsi vous passerez sur le pont sans aucunement le gaster.

QUESTION XVIII.

Quel est le premier creé, de l'homme ou de la barbe.

TABARIN.

Mon maistre, vous estes philosophe?

LE MAISTRE. Non pas si excellent qu'un Aristote, ou un Platon ; mais si ceux qui ont faict leur cours et employé une partie de leur diligence à ceste estude se peuvent appeller philosophes, je ne craindray de me mettre au rang des autres, bien que je n'en aye acquis une entière cognoissance.

TABARIN. Resoudez-moy une question, je vous prie ; c'est toute philosophie que je vous demande : Quel est le premier creé, de l'homme ou de la barbe?

LE MAISTRE. Pour te faire comprendre cecy, Tabarin, il te faut sçavoir qu'entre les philosophes il y a deux sortes de prioritez : l'une s'appelle priorité ou primauté de nature, l'autre priorité du temps. Or, il est très-certain que l'homme est premier que la barbe, selon sa priorité de nature, car *prius est hominem esse hominem quam esse talem,* bien que pour la priorité du temps cela soit à disputer.

TABARIN. Et moy je soustiens que, selon la

priorité de nature et selon la priorité du temps, la barbe est première que l'homme. N'est-il pas vray que Dieu créa le ciel, la terre, les animaux et les plantes devant que bastir et composer la structure de l'homme? Or est-il que le bouc a de la barbe et fut creé devant l'homme, estant animal irraisonnable. *Ergo* la barbe est première que l'homme. O le brave philosophe! Allez, mon amy, on vous a desrobé vostre argent, de vous avoir apris de la sorte.

QUESTION XIX.

En quelle partie du corps la peau est la plus dure.

TABARIN.

IL y a longtemps que je suis en doute d'une chose.

LE MAISTRE. De quoy, Tabarin? Si cela est dedans la sphère d'activité de ma cognoissance, je serois bien aise de t'en esclaircir. La science que nous avons acquise doit paroistre à l'exterieur, autrement elle ne seroit plus science.

Scire tuum nihil est, nisi te scire hoc sciat alter.

TABARIN. Je desirerois sçavoir en quelle partie du corps la peau est la plus dure.

LE MAISTRE. La partie la plus dure du corps est celle où se retrouvent les callositez qui se font pour le mouvement continuel dont telles parties sont agitées, comme, par exemple, au dedans des mains, qui, par la continuation du travail, se rendent calleuses et s'endurcissent ; ou bien, si tu veux, la plante des pieds est la partie la plus dure, pour ce que la peau y est espaisse, à cause du mouvement perpetuel, et cecy se remarque principallement aux villageois, à cause du travail qu'ils exercent journellement et la compression qu'ils font tant aux mains qu'aux autres parties du corps.

TABARIN. Ne bougez de là, vous n'y estes pas. La peau la plus dure du corps de l'homme est celle qui est au devant de la teste, en la suture cornale, je veux dire corronalle.

LE MAISTRE. Pourquoy, Tabarin ?

TABARIN. Parce que vous verrez des hommes qui, durant l'espace de vingt ans, auront porté des cornes en la teste, et toutesfois la peau est si dure, que, bien qu'elles soient de leur nature assez pointues, elles ne la peuvent percer et se monstrer au jour. C'est une chose visible, et toutesfois on a bien du mal à les voir.

QUESTION XX[1].

Pour quelle raison les femmes portent ordinairement
des croix pendues en leur col.

TABARIN.

Our quelle raison est-ce que les femmes portent ordinairement des croix pendues en leur col ?

LE MAISTRE. Ceste coustume est

1. Elle ne se retrouve pas dans les *Recueils en deux parties.*

pratiquée de long-temps, Tabarin, comme une chose pieuse. Tu sçais que les femmes sont de soy très-devotes, et qu'elles ayment à porter avec soy les marques de la devotion ; jouxte aussi qu'il y en a qui ne le font que par ostentation et pour se braver et faire d'avantage paroistre le lustre de leur beauté.

TABARIN. Vous n'avez pas penetré au fond de la besongne. N'avez-vous jamais veu aux grands chemins des croix qui monstrent aux passans la route qu'ils doivent tenir ?

LE MAISTRE. J'ay remarqué cela en plusieurs endroits, et le plus souvent, Tabarin, telles croix ne servent que d'addresses aux passagers et voyageurs.

TABARIN. Vous en devez estimer le mesme de ces croix que portent les femmes : ce n'est que pour enseigner le grand chemin par où il faut passer pour descendre en la vallée paphienne.

QUESTION XXI.

En quel temps les femmes pissent plus nettement.

TABARIN.

MOn maistre, en quel temps est-ce que les femmes pissent plus nettement ?

LE MAISTRE. Est-il possible que tu m'importuneras tousjours de demandes

si impertinentes? Ne sçaurois-tu t'esvertuer à rechercher quelque chose de plus haut?

TABARIN. J'ayme mieux rechercher les choses
basses que les choses hautes. Je vis l'autre jour
un certain en la grève, qui montoit sur une eschelle, comme les escrevisses, à reculons : sans
doute qu'il vouloit rechercher quelque chose
de haut ; mais, le pauvre homme, il y demeura
pour les gages. Peut-estre qu'il n'avoit de quoy
payer.

LE MAISTRE. J'entends que tu dois exercer
tes imaginations à des choses plus relevées.

TABARIN. Mais cependant rendez-moy responce de ce que je vous demande.

LE MAISTRE. Je ne te puis dire autre chose,
sinon que quand elles sont malades et qu'elles
veulent monstrer leur urine au medecin, je croy
qu'alors elles taschent à pisser plus nettement
que l'ordinaire.

TABARIN. Il vaut mieux que je vous l'apprenne,
car c'est une curiosité que vous ne devriez igno-
rer. C'est en esté, quand il fait de la poudre, que
les femmes pissent le plus nettement : et pour
mieux entendre cecy, vous sçavez que quand les
femmes veullent pisser, elles se retroussent et
s'accroupissent, et, la pièce ne pouvant distiller
si on ne luy donne vent par derrière, elles vous
font une vesse qui par son souffle nettoye toute
la place : c'est alors qu'elles pissent plus nettement [1]. Nostre maistre, si vous ne me voulez
croire, prenez des lunettes de Holande et regardez.

---

1. Ce qui suit est ajouté dans les *Recueils en deuxparties*

QUESTION XXII.

Quelle difference y a-il d'une femme à un flacon ?

TABARIN.

Uelle difference trouvez – vous entre une femme et un flacon ? Vous n'ignorez pas qu'un flacon, c'est un vaisseau où on a de coustume de mettre le vin.

LE MAISTRE. Difference, Tabarin, autant que du jour à la nuit.

TABARIN. Je scay bien, à la verité, qu'une femme n'est pas un flacon, et qu'elle en differe de genre et d'espèce. Toutesfois il y en a beaucoup qui ayment à boucher leur bouteille. Dittes-moy donc, s'il vous plaist, en quoy vous fondez la vraye difference.

LE MAISTRE. Quand les philosophes veulent faire la distinction d'une chose à une autre, ils apportent la difference essentielle, qui, conjointe avec le genre, constitue une espèce toute distinguée des autres : ainsi je diray que le flacon differe de la femme par sa nature propre.

TABARIN. C'est la verité, vous ne rencontrates jamais mieux ; elle n'est differente qu'en sa nature.

LE MAISTRE. L'essence d'un flacon ou d'une bouteille est toute autre que l'essence d'une femme.

TABARIN. L'essence d'une bouteille est quand elle est pleine de vin [1].

LE MAISTRE. Je trouve donc que la vraye difference et distinction d'une femme et d'une bouteille ou flacon est que l'essence et l'existence de l'une ne communique aucunement avec l'essence de l'autre.

TABARIN. Et moy, je trouve, dans mes rubriques des jours ouvriers, que les femmes et les flacons sont une mesme chose, et qu'ils ne different qu'en un seul point ; ne sçavez-vous pas qu'on appelle les servantes flacons, et qu'elles ne font que causer et flaconner envers leurs maistresses ?

LE MAISTRE. Et en quoi diffèrent-ils ?

TABARIN. En ce qu'un flacon se ferme à vis par dehors, et une femme se ferme à vis par dedans : voilà la difference.

QUESTION XXIII.

Quelle difference il y a d'une eschelle à une femme.

TABARIN.

Ependant que nous sommes sur les femmes, faisons nostre discours à loisir. Dittes-moy, quelle distinction mettez-vous entre une femme et une eschelle ?

1. Ce passage est tronqué dans presque toutes les éditions.

LE MAISTRE. Nous voicy en la mesme peíne qu'au flacon. Pour en parler philosophiquement, je te diray qu'il y a quatre genres supremes en la nature, dont les especes sont distinguées de leur propre intresec, *à parte rei*, comme disent les philosophes : *la substance, le corps, le vivant* et *l'animal*. De sorte que tout ce qui est animal est vivant, tout ce qui est vivant est corps, et tout corps est substance. *Non e converso* ; car il n'est pas vray de dire, en descendant, que toute substance soit corps, car les anges sont incorporels ; ny que tout corps soit vivant, car les pierres n'ont aucune vie ; ny que tout vivant soit animal, car, bien que les arbres ayent la vie vegetante, ils n'ont pourtant la sensibilité qui les distingue des derniers.

Or tous ces quatre genres supremes ont chacun leurs espèces distinguées les unes des autres, en tant qu'elles sont immediatement constituées sous genres divers. Toute substance est spirituelle ou corporelle. La substance corporelle est ou vivante ou sans vie : vivante, comme les arbres, qui ont l'ame vegetative ; sans vie, comme les pierres, mineraux, etc. Le corps qui a vie est sensible ou insensible : sensible, comme les animaux ; insensible, comme les plantes. De sorte que, si je veux trouver la vraye distinction d'une femme et d'une eschelle, je regarde s'ils sont soubs un mesme genre immediat : je trouve que la femme est une substance corporelle vivante, sensible et animée ; de l'autre partie, je voy que l'eschelle est seulement une substance corporelle, ny vivante ny sensible. Je conclus donc qu'elles diffèrent en l'espèce, et que par consequent

elles sont distinguées l'une de l'autre, reellement
et de fait.

TABARIN. O tous les diables! voylà l'escolle
effondrée, la philosophie s'enfuit par les fenestres . allez-vous tourner si loin pour venir tomber
si près? Ne sçavez-vous pas que la femme est une
substance et l'eschelle une substance?

LE MAISTRE. Il est vray de ce que tu dis.

TABARIN. *Ergo est animal.*

LE MAISTRE. O la bonne conséquence!

TABARIN. Laissez faire, avec le temps je de-
viendray philosophe; je ne feray pas tant d'arguments que vous, et prouveray mieux mon dire.
La femme n'est differente d'une eschelle qu'en
une seule chose.

LE MAISTRE. En quoy, Tabarin?

TABARIN. En ce que, quand on veut monter
sur une eschelle, on la dresse, et quand on veut
faire le mesme en une femme, on la couche.
Diable! il n'y faut point d'estrier; ce sont de
bons chevaux de poste, ils ont bientost mené un
homme de Paris à Naples.

QUESTION XXIV.

Quelles sont les differences de l'amour.

TABARIN.

Puisque nous sommes sur les differences, n'en sortons que bien à propos.
Quelle difference trouvez-vous entre
l'amour mangeatif et l'amour carnatif?

LE MAISTRE. Il y a autant de difference que de la terre au ciel, Tabarin. Ignores-tu que les poëtes nous feignent que l'amour est de la race des Dieux, et que, par consequent, sa demeure ordinaire est le ciel? Au contraire, l'amour mangeatif se recouvre parmy les animaux, qui ne sont que terrestres. L'amour est une chose divine et une des premières passions qui ont empire sur nostre ame, et la mangeaille est une chose corporelle et materielle qui ne regarde que le corps.

TABARIN. Il y a donc une grande distance entre l'amour carnatif et l'amour mangeatif, puis qu'il y a autant d'espace qu'entre la terre et le ciel. Et moy je suis de contraire advis; je trouve qu'il n'y a pas de difference de quatre doigts. Par où entre l'amour carnatif?

LE MAISTRE. Il entre par les yeux, c'est l'organe de l'amour, par où il fait voir ses passions, ses gehennes et ses tourmens.

TABARIN. Les aveugles ne sont donc guères amoureux, à vostre conte. Et l'amour mangeatif, par où entre-il?

LE MAISTRE. Par la bouche.

TABARIN. O la grande distance! Mesurez s'il y a plus de quatre doigts entre les yeux et la bouche! Ce n'est pas tout; l'amour mangeatif sort par la porte de derrière, et l'amour carnatif par la porte de devant. Voilà pas un grand espace? Allez à l'escole, nostre maistre, et apprenez que c'est d'une difference.

———

QUESTION XXV.

Qui sont ceux qui sont les plus courtois.

TABARIN.

Uelles gens trouvez-vous les plus courtois du monde ?

LE MAISTRE. J'ay esté en Italie,
j'ay veu les Espagnes et traversé une
grande partie des Allemagnes, mais je n'ay jamais remarqué tant de courtoisie qu'en France :
vous voyez les François qui entre toutes les nations s'embrassent, se caressent, se bien-veil-
lent, s'ostent le chappeau. Enfin je n'ay, entre
toutes les contrées où je me suis trouvé, veu
n'y remarqué gens si courtois qu'en France.

TABARIN. Appellez-vous un traict de courtoisie que d'oster le chappeau ? Je ne voudrois
pas beaucoup voir de telles caresses, moy.

LE MAISTRE. La coustume d'oster les chappeaux, enseigne de bienveillance, est ancienne,
Tabarin, pour tesmoigner l'honneur, le respect
et l'amitié qu'on doit à ceux qu'on salue. Les
Romains furent les premiers qui inventèrent ceste
coustume : car, lorsque le sacrificateur immoloit
les victimes aux Dieux, il avoit la teste couverte
pour montrer plus de majesté, et tout le reste
des assistans estoit au dessous de l'autel teste
nue, pour tesmoigner la reverence.

TABARIN. De façon que toute l'essence de

courtoisie, vous la jugez consister à oster le chappeau. Voulez-vous sçavoir qui sont les gens les plus courtois du monde?

LE MAISTRE. Qui, Tabarin?

TABARIN. Ce sont les tireurs de laine de Paris, car ils ne sont pas contens de vous oster le chappeau, mais le plus souvent ils ostent le manteau quand et quand.

QUESTION XXVI.

Si le serviteur est aussi grand seigneur que le maistre.

TABARIN.

On maistre, contons un peu nous deux, je vous prie : il y a longtemps que nous n'avons pas regardé nos parties; il est desormais temps que je sois le maistre, j'ay trop esté serviteur.

LE MAISTRE. Allez, gros coquin, gros pendart! Vous voulez estre le maistre, marmiton que vous estes! Voulez-vous donc me commander? Et moy, que seray-je? Vostre serviteur? Ah! vrayement il feroit beau vous voir!

TABARIN. Ouy vrament, il feroit beau me voir. Ne suis-je pas autant que vous et aussi grand maistre que vous?

LE MAISTRE. Qu'est-ce d'un homme quand il se persuade quelque chose et qu'il s'imprime

dans l'intellect quelque insolence? Viens çà,
gros maraut : qui t'entretient? qui te nourrit?
qui te fournit toutes tes necessitez?

TABARIN. A la verité, vous vous deviez bien
vanter de me nourrir! Vous estes un beau maistre. Quand je vins vous servir, vous fistes un
pact avec moy et me promistes de m'habiller,
me vestir et me nourrir; au diable si vous en
avez observé la centiesme partie! Toutes les fois
que je me suis levé, j'ay esté contrainct de
m'habiller moy-mesme. Quand il m'a fallu disner, m'avez-vous donné à manger? J'ay esté
contrainct moy-mesme de prendre la peine de
porter la main aux plats, et de la charier en ma
bouche: encore, pour en trop prendre, j'ay sou-
vantesfois versé. J'en ay trop enduré de vous;
mais doresnavant je vous apprendray que c'est
que d'estre maistre.

LE MAISTRE. As-tu la cervelle si troublée et
le jugement si louche et hors des allignemens,
que tu ne cognoisse pas que je suis ton maistre?

TABARIN. Non dea; je vous maintiens que je
suis aussi grand maistre que vous. Dites-moy,
s'il vous plaist, en quoy reconnaissez-vous le
maistre d'entre le serviteur?

LE MAISTRE. Il est aisé de le cognoistre,
soit à son lever ou à son coucher, mesme parmy
les rues : le maistre marche tousjours devant.

TABARIN. Ah! je vous tiens au piège, venez-
çà. Vous dites que le maistre se recognoist à ce
qu'il marche toujours devant; dites-moy, je vous
supplie, toutes les fois que vous allez souper en
ville et que vous revenez le soir au flambeau,
qui est-ce qui marche le premier de nous deux?

LE MAISTRE. C'est toy, Tabarin, car, portant le flambeau, tu dois m'esclairer.

TABARIN. Je suis donc le maistre, car je marche devant. O le brave laquais qui me suit alors!

QUESTION XXVII.

Qui sont les plus obstinez du monde.

TABARIN.

Ostre maistre, diriez-vous bien qui sont ceux qui sont les plus obstinez du monde?

LE MAISTRE. Les gens les plus obstinez du monde sont les ignorans, Tabarin, comme toy; hommes qui se persuadent ce qui leur vient en la teste; gens estourdis et sans consideration quelconque, qui, depuis qu'ils ont imbu une opinion, il est impossible, ny par raisons naturelles, ny par artifice, de leur faire quitter, ny de les sortir du labyrinthe où ils sont plongez; et tant plus on les prie à quitter leur erreur, plus ils s'obstinent contre ceux qui taschent à les ramener au sentier de la verité.

TABARIN. Vous n'y estes pas arrivé ce coup là, nostre maistre; il vous falloit fueilleter d'avantage les fables d'Esope, vous y eussiez trouvé que les plus obstinez du monde sont les bossus et les boiteux: car, en despit de ceux qui

les regardent, ils iront tousjours de tortu jusques
à la mort, et n'y a aucun moyen de les faire re-
dresser jusques à la sepulture, tant ils sont entiers en leur obstination.

QUESTION XXVIII.

Quel est le meilleur peintre du monde.

TABARIN.

Uel est le meilleur peintre de tout l'u-
nivers ?
LE MAISTRE. Le meilleur peintre
qui se puisse rencontrer est celuy qui
par son industrie peut tromper nos jugemens et
les faire balancer à l'estimation de ce que les
yeux regardent : aussi, Appelles estoit au rang
des premiers peintres du monde, parce qu'il
sçavoit si bien par son art tromper la vue des assistans, que leurs sens estoient quasi contraincts,
à l'interieur, d'avouer pour veritable ce que
leurs yeux approuvoient à l'exterieur, bien que
l'imagination taschast de leur desrober leurs jugemens. Et n'estoient pas seuls qui y furent trompez : les peintres mesmes se sont laissé prendre
à la peinture et ont creu la realité de ce qui n'estoit que feintise. Aussi Alexandre le Grand def-
fendit que personne ne fust si hardi de le peindre,
que cest Appelles.

TABARIN. Appelles ny Zeuxis ne peuvent

aller de front avec celuy dont j'entends parler, soit pour broyer les peintures, soit pour les appliquer.

LE MAISTRE. Qui est donc ce peintre si expert, Tabarin, qui a une telle addresse que tu vantes ?

TABARIN. N'est-ce pas une grande subtilité à un peintre de broyer les couleurs et les appliquer en un mesme temps ?

LE MAISTRE. A la verité, c'est une perfection qui se retrouve en peu de gens.

TABARIN. Il n'y a donc au monde meilleur peintre que le cul, parce qu'en même instant il broye les couleurs dans le marbre de ses deux fesses et les applique sur la chemise ; et encore, ce qui plus est, il ne peint que des choses confuses et qui apportent mauvais air, sçavoir les comettes : il est bien plus expert à peindre ces choses que d'autres. Jouxte aussi qu'il ne crayonne jamais ses patrons.

QUESTION XXIX.

En quoy consiste la noblesse.

TABARIN.

Uand je considère mon extraction et l'origine de mes ayeulx, il me prend un desir de sçavoir en quoy consiste d'estre noble.

LE MAISTRE. On peut estre noble en trois

façons, Tabarin : ou de race et par le sang, ou par lettres, ou par quelque bel acte genereux où on ayt fait signaller sa vertu. Ceux qui sont nobles de sang sont ceux qui de leur ancienne extraction se trouvent avoir jouy des priviléges dont jouissent les nobles, et ceux de qui la famille et l'ancienne tyge est annoblie par les roys et princes anciens. Les autres sont nobles par leurs faicts glorieux, comme ceux qui se sont montrez courageux en quelque rencontre, ou siege de ville, et qui ont fait paroistre leur vertu et leur valeur au faict des armes, prodiguant genereusement leur vie à l'abandon des coups, pour acquerir de l'honneur et de la reputation à jamais.

Nam genus et proavos et quæ non fecimus ipsi
Vix ea nostra puto.

La troisiesme sorte par laquelle un homme peut se qualifier du tiltre de noble, c'est par les lettres et par les escrits qui le vont eternisant et luy servent de bouclier pour deffendre sa gloire contre les coups du temps et de la fortune : ainsi, Ciceron, Virgille, Homère, et tant d'autres graves autheurs, dont la memoire est gravée [1] sur le front de l'immortalité, bien que de basse condition et de foible racine, se sont toutesfois annoblis par leurs estudes.

TABARIN. S'il est vray de ce que vous venez de dire ; je veux desormais porter l'espée, car je suis gentil-homme.

LE MAISTRE. Allez, gros nigaut, gros villa-

---

1. *Var :* emburinée.

geois que vous estes! Voilà pas un brave gentilhomme !

TABARIN. Ouy, je soustiens que je suis gentilhomme. Premièrement par race et par le sang :
je suis noble de sang, car mon père estoit boucher. Pour la seconde condition, n'avez-vous pas
remarqué que mon grand père se trouva un jour
à la deffaite d'un escadron de morpions et au
siege d'un haut de chausse, et qu'il fit une telle
destruction de soldats, qui couroient la campagne
et ravageoient ce qu'ils trouvoient au passage,
que le sang luy en vint jusques au bout des
ongles ?

Quant à la noblesse qui vient des lettres,
quand on recueilleroit l'opinion de tout le monde,
il n'y a personne qui ne donnast un arrest en
ma faveur ; car la noblesse que j'ay acquise par
les premières conditions n'est rien en prix [1] de
celle que je me suis acquise par mes lettres : car,
dès ma jeunesse, j'ay tousjours esté messager
et distribué quantité de lettres. Jamais Mercure,
messager de Jupiter, ne fit tant de despesches
que moy, et ainsi me voylà gentil-homme, et de
sang, et de merites, et de lettres.

---

1. *Var.* : en regard.

QUESTION XXX.

Qui sont ceux qui ne se servent point de gands en hyver.

TABARIN.

E m'esmerveille qu'au temps de la froidure et où les aquilons soufflent de tous costez, comme il y a des gens qui ne se servent pas de gands ; en sçavez-vous bien la raison, mon maistre ?

LE MAISTRE. Je te diray, Tabarin, il y a certaines personnes qui sont plus chaleureux que les autres, parce qu'ils participent d'une nature ignée et d'un temperament plus chaud, estans composez et fabriquez d'un element plus leger, comme est le feu et l'air : car tout ce qui est en la nature, qui croit et a vie, ou qui est insensible, est composé des quatre qualitez elementaires qui par un meslange discordant font un accord harmonieux et bastissent un corps auquel ils donnent mouvement temperé, selon qu'elles sont meslées. Ainsi les unes ont un temperament plus sec et participent plus de la terre (parce que c'est la qualité qu'elle a *in octavo gradu*, la froideur ne luy estant que adjacente et conjoincte *in gradu remissiori*). Les autres abondent d'avantage en humidité ou froideur, et, selon que ces qualitez se rencontrent ou plus ou

moins intenses, ils tiennent moins ou d'avantage
de la nature de l'eau, ou de l'humidité de l'air.
Les autres participent plus du feu et ont une
temperie plus chaloureuse, et de ceux-cy je te
pourrois asseurer qu'ils n'ont beaucoup besoin
de gands, mesme en plein hyver, car la chaleur
naturelle qu'ils ont s'opposant entièrement au
froid qui vient du dehors, par ceste antiperistaze
dissipe et chasse aussi le froid qui tasche à s'in-
sinuer en ces parties; jouxte que plus le chaud
est environné de son contraire, plus il agit, *nam
agens agendo repatitur, et patiens patiendo reagit.*
Ainsi le chaud, qui est en hyver plus grand en
l'estomac, se communique aux parties lointaines
et les empesche du froid. Je t'en fournirois bien
d'autres qui ne se servent de gands en hyver:
ceux qui s'engraissent de ma pommade n'en ont
beaucoup de besoin, car le froid ne les peut attaquer; ils ont un remède fort bon pour les crevasses qui arrivent de froidure.

    TABARIN. Vous auriez besoin de me garnir
de deux ou trois boistes de vostre pommade,
car j'ay une crevasse sous mon nez qui m'empesche bien d'amasser: je l'engraisse tous les
jours, j'y fais des lavemens, et toutesfois je ne
peux rejoindre les labies. Mais venons *ad rem.*
Toute vostre philosophie n'a point rencontré ceux
que je demande: car ceux mesmes qui participent d'avantage de la nature aquatique que des
autres elemens, comme les maquereaux, sont
ceux qui mesmes en plein hyver ne se servent
point de gands, et toutesfois se veulent-ils
chauffer. Ceux qui n'ont que faire de gands en
hyver sont les coupeurs de bourses, parce qu'ils

eschauffent leurs mains dans les poches de leurs
compagnons.

QUESTION XXXI.

Combien y a-il de sortes de natures.

TABARIN.

Ostre maistre, vous parliez l'autre jour
de la nature, et que vous aviez des
medicamens et des secrets les plus
rares et les plus exquis que jamais la
nature ait descouvert; dites moy un peu, combien y a-il de sortes de natures?

· LE MAISTRE. Il n'y a qu'une sorte de nature,
Tabarin, qui sustente, qui nourrit, qui alimente
et soustient tout ce que nous voyons, qui fait
croistre les plantes, vegeter les arbres et nous
donne toutes les vicissitudes, alterations et changemens que nous remarquons en cest univers.
La nature est une en sa substance et en son essence, que les physiciens definissent : *principium
motus et quietis*, le principe du mouvement et du
repos; c'est de ceste unique pièce dont toutes
choses prennent leur accroissement, mandient
et empruntent leur estre : aussi, s'il y avoit plusieurs natures, on verroit du melange et brouil-
lement en ce monde inferieur, car de toutes
choses creées il n'y doit avoir qu'un seul principe, d'où derive et procède leur estre et leur
essence.

TABARIN. Je voy bien que nous ne tomberons pas d'accord, car je trouve qu'il y a quatre natures et qu'elle se divise en quatre espèces.

LE MAISTRE. Voyons un peu ta division : je serois très-aise d'apprendre quelque chose de toy qui meritast, car tu n'as jamais que des recherches si insolentes qu'elles me font plustost envie de me taire que de m'en enquerir.

TABARIN. La première sorte de nature est la nature salle, la seconde la nature chaste, la troisiesme la nature nette, et la quatriesme la nature commune.

LE MAISTRE. Voyons maintenant et espluchons un peu toutes tes natures par le menu. Premièrement, la nature salle, quelle est-elle ?

TABARIN. La nature salle est la nature d'une vache, car elle chie tousjours sous soy ; la nature chaste est la nature des mulles, car elles n'engendrent jamais ; la nature nette est la nature des chiennes, car les chiens la leschent souvent avec leur langue : c'est la première saluade qu'ils font l'un à l'autre que de se baiser au cul.

LE MAISTRE. Et la nature commune, quelle est-elle, Tabarin ?

TABARIN. Puisque vous en estes si curieux, je n'osois vous le dire, mais il n'y a pas de danger de contenter votre curiosité. La nature commune c'est la nature de vostre mère : elle estoit ouverte à tout le monde [1]. O le curieux philosophe,

1. Les *Recueils en deux parties* disent ici : *C'estoit la porte de la ville, tout le monde y entroit.* Et plus bas, après les mots : *belle boutique, on pouvoit bien crier largesse quand elle passoit.*

qui veut sçavoir que c'est que la nature commune ! Vertu de ma vie ! c'estoit une belle boutique ; on la devoit bien appeller la porte de la ville, car tout le monde y entroit à la foule.

QUESTION XXXII.

A qui on doit porter plus de reverence : à un estron,
ou à du musc.

TABARIN.

Onsieur, y a-il longtemps que vous n'avez mangé ?

LE MAISTRE. Depuis le disné, Tabarin ; pourquoy ?

TABARIN. Parce que je vous vay apporter une bonne matière. Bouchez le nez, s'il vous plaist, et me dites vostre opinion : à qui on doit plustost porter honneur, à un estron ou à du musc.

LE MAISTRE. Allez, gros porc ! vous me voulez tousjours embausmer de discours villains et deshonnestes. Ne sçavez-vous pas que le musc est d'une odeur suave, agreable et delicate, et qui de soy alleiche un chacun à le porter sur soy ? outre plus, que les odeurs qui sentent bon ont une force et une vertu particulière pour conforter le cerveau et le maintenir en son entier, où au contraire les odeurs puantes gastent, infectent et corrompent l'air, excitent des mal-de-cœur et des sincopes aux malades, qui puis après apportent de grands detrimens aux hommes.

TABARIN. Si vous faites tant de cas du musc pour l'odeur, il y a pour le moins autant d'odeurs et de sentimens à la merde qu'au musc : c'est ce qui me faict conjecturer qu'on ne luy doit point porter tant de reverence qu'à un estron. Et pour establir d'avantage mon dire et affermir mon discours sur des pilotis et des fondemens plus veritables, imaginez-vous un jeune muguet qui, venant du Palais acheter du musc, de la civette ou de l'ambre gris, par cas fortuit, en pensant tirer son mouchoir hors de sa poche, en aura laissé tomber quelque partie à terre : un gros villageois viendra à l'estourdy et le foulera aux pieds, sans beaucoup se soucier si c'est civette ou ambre gris. Mais si de fortune il rencontre un estron au passage, principallement de ceux qui ont desjà atteint la vieillesse et portent la barbe grise (car ils sont plus venerables et plus anciens que les autres), vous verrez mon villageois qui, au lieu de suivre son grand chemin, ira faire un grand contour et un long circuit, et tournera en arrière de peur d'offenser monsieur l'estron. N'est-ce pas luy porter plus de reverence qu'au musc ?

QUESTION XXXIII.

Qui on doit prendre pour les meilleurs palferniers.

TABARIN.

Ui prenez-vous pour estre les palferniers les meilleurs de Paris ?

LE MAISTRE. Les palferniers les meilleurs sont ceux qui pensent leurs chevaux avec un grand soin et diligence, qui les

peignent, qui les lavent, qui les estrillent, es-
poussent, avec un labeur très-curieux de les bien
entretenir ; bref, qui ont une cure particulière de
leur donner l'avoine à leur heure et de les abreu-
ver quand il est temps ; et avec ceste diligence il
est aussi expedient que les palferniers ayent quelque legère cognoissance des maladies et accidents qui peuvent arriver aux chevaux, affin d'y
apporter un prompt remède : car les maladies
qui dès leur naissance sont contrepointées par de
bons et vallables medicamens sont bien plustost
guaries que celles qu'on laisse croupir et languir
dans une morne paresse.

Ignis ab exigua nascens extinguitur unda ;
Sed postquam crevit volitantque ad sidera flammæ
Vix putei, fontes, fluvii, succurrere possunt.

TABARIN. Tournez de l'autre costé, car vous
n'estes pas au vray chemin. Les meilleurs palferniers de Paris sont les barbiers.

LE MAISTRE. Quelle raison as-tu pour prouver ton dire, Tabarin? Les barbiers et chirurgiens
ont-ils des chevaux à penser ?

TABARIN. Nenny, mon maistre ; mais ils sont
si adroits et si subtils qu'ils pensent les poulains
sans estrille.

QUESTION XXXIV.

Pourquoy les femmes ont les fesses plus grosses que les hommes.

TABARIN.

POur quelle raison les femmes ont-elles les fesses plus grosses que les hommes ?

LE MAISTRE. Allez, gros vilain ; n'avez-vous point de honte de me remplir de ces discours ? C'est une chose estrange que, depuis qu'un homme s'est laissé emporter à des folies, que la coustume et l'usage ordinaire qu'il embrasse s'enracine et s'emburine [1] de telle sorte dedans son âme que le temps mesme, bien qu'il corrompe et dissipe toutes choses, ne peut faire esvanouir ces folies de son esprit, et ce qui estoit auparavant coustume se change et se metamorphose en nature. Tabarin est tellement imbu de questions sales et deshonnestes, qu'il ne me fait qu'importuner de ses folles demandes.

TABARIN. Voilà comme il faut dire quand on est au bout de son roollet.

LE MAISTRE. Ma science ne s'estend pas si avant que de respondre directement à tes demandes [2], Tabarin.

1. S'engrave. Var.
2. Questions. Var.

TABARIN. C'est la verité, je sçay bien dès long-
temps que vous n'estes qu'un asne; je voy bien
qu'il faut que je vous apprenne mon secret. La
raison naturelle pourquoy les fesses des femmes
sont plus grosses que celles des hommes est que
l'enclume doit estre tousjours plus grosse que le
marteau; si vous ne me voulez croire, deman-
dez-le plustost aux mareschaux et aux serruriers,
ils vous en diront des nouvelles.

QUESTION XXXV.

Pourquoy on vesse en pissant.

TABARIN.

On maistre, devinez un peu pourquoy
le plus souvent quand on pisse l'on
vesse ou on pette?

LE MAISTRE. Cela se faict naturellement, Tabarin, car la nature ne demande qu'à
vuider et esvacuer ses excremens et les causes
qui ne luy sont utiles ou necessaires.

Nostre nourriture se fait premièrement par
l'intromission de la viande dedans l'esophague;
de là estant porté dedans le creux de l'estomach
la concoction se faict; estant faicte, l'estomach,
par une vertu expultrice qu'il a en soy, pousse
dehors l'aliment, qui, changé en chil, entre dedans les boyaux; les veines masaraïques qui
viennent du foye attirent, par une subtile vertu
et puissance, ce chil et ce qu'il y a de meilleur

dedans l'aliment. Ce qui est inutile passe outre, et naturellement se faict chemin selon que les canaux sont disposez.

TABARIN. Ce n'est pas là la raison ny le centre de l'affaire dont il est question; vous n'estes pas bon tonnelier : ne sçavez-vous pas que quand un tonneau est plein, qu'il luy faut donner vent pour en tirer quelque chose ? La raison pour laquelle un homme pette ou vesse en pissant, c'est qu'il ne peut tirer rien de son robinet s'il ne donne vent à sa pièce par derrière. Soufle, nostre maistre.

QUESTION XXXVI.

La difference d'une femme à une fille.

TABARIN.

Uelle difference avez-vous entre le tuautem d'une femme mariée et la coquille d'une pucelle ? ou plustost, pour le vous donner mieux à entendre, en quoy diffèrent la nature d'une femme et la nature d'une fille ?

LE MAISTRE. Leurs natures ne sont nullement distinguées, Tabarin, et participent la mesme essence et connivent en une mesme espèce, sçavoir, sous le vivant sensible.

TABARIN. Vous dittes la verité, il n'y a rien au monde de plus remuant ny de plus sensible, elles sentiront l'avoine d'une lieue loing, il faict beau voir les femmes quand elles sont eschauffées; mais pourtant vous n'estes pas encore dedans par vostre resolution. La difference que je trouve entre ces deux natures est que l'une est formée, bastie et composée de chair de ciron, et l'autre de terre de marets.

LE MAISTRE. Voicy de nouvelles inventions; pour quelle cause fais-tu ce discours, Tabarin?

TABARIN. La nature des filles est de chair de ciron, parceque leur coquille leur demange tousjours.

LE MAISTRE. Et la nature des femmes?

TABARIN. Elle est composée de terre de marets, parce qu'on y enfonce jusques au ventre, et le plus souvent on y demeure si bien embourbé qu'on est contrainct de voyager en Suède pour s'en retirer.

QUESTION XXXVII.

En quel mestier il est meilleur d'estre serviteur que maistre.

TABARIN.

Uel est le meilleur, d'estre maistre ou d'estre serviteur?

LE MAISTRE. Et, gros asne, revoques-tu cela en doute? Ne sçais-tu pas que le maistre a surintendance sur ses subjects,

qu'il faut qu'on luy obeysse, qu'on le serve ?
C'est luy qui dispose, qui règle, qui conduit tous
ceux qui sont au logis. S'il y a quelque urgente
occasion où il y aille de son interest, c'est le
maistre sur qui reposent toutes les affaires de la
famille, c'est luy qui doit soigner de les faire
aboutir à une heureuse fin ; au contraire, le serviteur n'est pas maistre de ses actions, ains par
un respect honorable il se soubmet aux loix et
commandemens qui luy sont prescrits de son
maistre.

TABARIN. Si est-ce que je trouve un mestier
où j'aymerois mieux servir que commander.

LE MAISTRE. Quel mestier, Tabarin ?

TABARIN. C'est aux Quinze-Vingts où l'on trouve ces conditions-là ; je vous conseillerois volontiers de vous y porter, vous y pourriez gaigner
vostre vie à estre serviteur de quelque aveugle.
Pour moy, j'aymerois mieux estre serviteur d'un
aveugle que d'estre le maistre : diable ! c'est une
pitié, depuis qu'on ne voit goutte à manger sa
soupe.

QUESTION XXXVIII.

Qu'est-ce qu'un aveugle retourné ?

TABARIN.

Puisque nous sommes sur les aveugles,
qu'estimez-vous que ce soit d'un aveugle retourné ?

LE MAISTRE. Un aveugle retourné,
Tabarin, certes je me trouverois bien empesché

à respondre à ta demande, si ce n'est que tu entendes comme il y a au mot *aveugle*, quand les lettres sont anagrammatisées et renversées : car de ceste sorte je trouve qu'un aveugle retourné, c'est un *gueu* parce qu'il y a *le gueu* dedans son anagramme.

TABARIN. Croyez-vous trouver des aveugles qui vous donneront de l'argent ? Vrayement, ils sont bien rares semez : chascun sçait bien que ce sont tous gueux ; mais il ne faut viser aux anagrammes, car dedans vostre nom de Montdor il y a bien *Rodomont*, si on le veut anagrammatiser (aussi faites-vous aucune fois son personnage en vos tragedies). Un aveugle retourné n'est autre chose qu'un coquin à qui on a gravé les armoiries de France sur les espaules.

LE MAISTRE. Pourquoy cela, Tabarin ?

TABARIN. Pource qu'un aveugle ordinaire de la maison des Quinze-Vingts porte une fleur de lis devant soy, et l'autre la porte derrière : voilà un aveugle retourné.

QUESTION XXXIX.

De quelle matière est composée une femme.

TABARIN.

On maistre, de quelle matière est composée une femme ? Encores, puisque vous estes medecin, devez-vous sçavoir et respondre à ceste demande ; autrement vous auriez perdu vostre argent à l'eschole.

LE MAISTRE. Il est très-facile de respondre à cecy, Tabarin. La femme, aussi bien que l'homme, est composée de peaux, de chair, d'os, de muscles, de fibres, de membranes, de cartilages, de tendons, de ligamens, de nerfs, de veines, de tuniques et autres infinies parties où la nature a faict voir ce qu'elle avoit de plus exquis en toute l'estendue de sa puissance : parties que je serois trop prolix à en faire le desnombrement; il me suffira d'en avoir esfloré le dessus.

TABARIN. Il ne faut pas tant de drogues ny de mixtions pour composer une femme; elle n'est bastie et assemblée que de trois sortes de bois : premièrement, de bois de tremble; secondement, de bois de sapin; en dernier lieu, de bois de buis.

LE MAISTRE. Voicy une composition toute fresche composée à l'invention de Tabarin; voyons un peu sa subtilité.

TABARIN. Premièrement donc, elle a la teste de buis, dure comme tous les dyables; elle a le cul de bois de tremble, car elles ne font que remuer, jamais elles ne sont en seureté; et en troisiesme lieu, si le derrière est de tremble, le devant est de bois de sapin, car il n'y a rien de plus tendre ny de plus delicat que ceste pièce; il ne faut pas beaucoup pousser pour la percer; on n'y a que faire des ville-brequins des menuisiers ny des ferremens des serrures : la porte en est bientost ouverte.

QUESTION XL.

Lequel est le meilleur d'estre cheval ou asne.

TABARIN.

U'aymeriez-vous mieux estre, cheval ou asne, mon maistre? Ce sont de belles qualitez, ouy.

LE MAISTRE. Telles demandes ne veulent point de responses, Tabarin; mais si, par un renversement et meslange des deux natures, cela se faisoit, j'aymerois mieux imbuer la nature du cheval que la nature asinine. Les poëtes racontent que les meslanges se sont autrefois faits en la nature, et que Mercure, messager des dieux, descendoit du ciel et venoit sur le fleuve d'oubly, aspergeant les âmes; qu'il y trouvoit de l'eau d'oubliance, qui, leur faisant perdre memoire de ce qu'elles avoient veu au monde durant leur vie, leur engendroit un nouveau desir de r'entrer en nouveaux corps et de revoir la lumière. Pytagore, philosophe ancien, a esté le premier qui a ouvert le passage à ceste fable, croyant que ce changement et ce meslange se practiquast en nos corps par une certaine *metempsicose*, qu'il appelloit. Et ainsi, ceux qu'il voyoit vivre en epicuriens et en gens libertins addonnez à leurs volontez, il disoit qu'autrefois leurs âmes avoient esté dans le corps de quelque pourceau; le mesme en asseuroit-il des hommes genereux, qu'il attribuoit à divers effects.

TABARIN. De sorte que, si la metamorphose de Pytagore avoit lieu, vous aymeriez mieux estre cheval qu'asne, mon maistre ?

LE MAISTRE. Je ferois ce choix parce que, les chevaux excellant les asnes, les tient-on en plus grande estime.

TABARIN. Sans doute que vostre père estoit macquignon de chevaux, que vous plaidez si bien pour eux; et moy je suis de contraire opinion en cest endroit avec vous, car j'aymerois mieux estre asne que cheval.

LE MAISTRE. Pourquoy, Tabarin ?

TABARIN. Parce que les chevaux ont la peine de courir les benefices, et le plus souvent les asnes les prennent.

LE MAISTRE. Allez, gros asne.

TABARIN. Allez, gros cheval, tirez-vous d'icy. Mais cest homme-là n'auroit-il pas bonne morgue à estre cheval ?

QUESTION XLI.

En quoy consiste l'essence d'un soulier.

TABARIN.

MOn maistre, je ne sçay si vous avez esté savetier. Dites-moy, je vous supplie, en quoy consiste l'essence, la nature, la quiddité et la raison formelle, les proprietez, la formalité informante et le dernier ingredient d'un soulier.

Le Maistre. Il te faudroit aller chez les cordonniers, Tabarin, pour tirer de certaines nouvelles de ta demande.

Tabarin. Mais je vous prie de m'oster de ceste
peine, vous me ferez plaisir ; car j'userois la
moitié de mes souliers à y aller, comme l'autre
jour que vous m'envoyastes porter une lettre à
une damoiselle, je receus le plus grand affront
que j'aye jamais eu au monde.

Le Maistre. Quel affront receus-tu si grand ?

Tabarin. Vostre avarice en fut cause : vous
m'aviez fait attacher des coines de lard à mes
souliers ; je fus tout estonné qu'en pensant faire
la reverence en baillant ma lettre, qu'un petit
chien me vint deschirer la moytié du talon de
mon soulier gauche. Mais venons à nos moutons.

Le Maistre. Pour satisfaire à ta demande,
on ne peut pas autrement dire en quoy consiste
l'essence d'un soulier, sinon en sa figure et en sa
composition : il est de cuir, il a ses liaisons, ses
conjonctions, carrures, semelles, etc.

Tabarin. Je ne suis point philosophe ; toutesfois je trouveray bien la raison et en quoy
consiste la nature et l'essence du soulier. Sa
quiddité et raison essentielle consiste en la forme
du talon : car un soulier sans talon, ce n'est pas
un soulier, c'est une pantoufle.

QUESTION XLII.

Pour faire cinquante paires de souliers en une demie heure.

TABARIN.

Ependant que nous sommes chez messieurs les savetiers, sçavez-vous bien l'industrie pour faire cinquante paires de souliers en une demie heure? C'est un grand secret : je ne crois pas qu'il y ait homme au monde qui ait jamais practiqué ceste invention.

LE MAISTRE. A la verité, Tabarin, ce secret doit estre curieusement recherché : c'est une des gentilles inventions qui se soit veue de longtemps. Pour moy, je suis contrainct en cela d'advouer mon ignorance, sinon que, pour parvenir à ce but, je prendrois cent cordonniers et leur donnerois à chacun un soulier à faire; ainsi je croy qu'en peu de temps je viendrois à terme de ce que je desirerois.

TABARIN. Je ne l'entens pas ainsi : je ne parle que d'un homme seul qui en moins de demye heure fera cinquante paires de souliers. Il n'y a rien de plus facile : vous advouerez vous-mesmes, quand vous sçaurez le secret, que c'est une des plus belles remarques qui se puisse imaginer; les savetiers des halles en tireront de grands proffits. Or, pour en avoir l'experience, il vous faut prendre cinquante paires de bottes toutes neufves (si vous desirez que vos souliers soient neufs) et les coupper tous egallement à l'endroit de la cheville du pied ; par ce moyen, au lieu de cinquante paires de bottes que vous aviez auparavant, vous trouverez en moins de demye heure cinquante paires de souliers toutes faites. N'est-ce pas une jolie invention ?

QUESTION XLIII.

Pourquoy les femmes pleurent et vessent si souvent.

TABARIN.

IL y a long-temps que je me suis mis en peine pour quelle cause les femmes pleurent et vessent si souvent ; car vous les voyez tousjours eslargir le derrière, et encore, ce qui plus est, elles gardent ceste mode entr'elles qu'à mesure qu'elles ouvrent la bouche, elles ferment le ponant ; et si de cas fortuit elles veulent ouvrir la porte de derrière et lascher la bride à quelque sifflement (car c'est la montagne d'Eole, je croy que tous les vents sont enclos en ceste caverne), vous les voyez serrer les lèvres et faire la petite bouche. J'en voudrois bien tirer la raison de vous.

LE MAISTRE. Les larmes sont le propre des femmes, et la raison est qu'elles sont plus humides que les hommes. Or les larmes ne viennent

que d'une compression de cerveau qui s'espraint
par la douleur ou tristesse que nous concevons
en l'âme, ainsi qu'une esponge pressée; de
sorte que les femmes ne pleurent qu'à cause de
l'humidité qui abonde en elles. La mesme raison
est pour la deuxiesme demande : car la nature, se
voulant descharger et esvacuer l'humidité, cause
des ventositez d'avantage, et ainsi elles vessent
souvent.

TABARIN. Ce n'est pas la vraye raison; voulez-vous la sçavoir ?

LE MAISTRE. Je desire tousjours d'apprendre
quelque chose.

TABARIN. La seule cause qu'elles pleurent et
vessent si souvent est qu'elles veullent estre
mouillées par devant et soufflées par derrière.

QUESTION XLIV.

Qui sont les plus devots.

TABARIN.

On maistre, quelles gens estimez-vous
les plus devots et plus assidus à l'e-
glise ?

LE MAISTRE. Nous voyons plusieurs
gens qui font profession de la devotion, jusques-
là qu'ils semblent confits en prières et en devotion, et qui mesme participent d'avantage du
ciel que beaucoup d'autres. Il y en a qui font

des austeritez, des aumosnes, jeusnes et orai-
sons : ceux-là, je les trouve grandement devots ;
toutesfois, il semble que les femmes veulent aller
de pair avec eux, et certes j'estime que les
femmes, tant pour leurs simplicitez et ferventes
prières que pour leur assiduité à l'eglise, j'estime (dis-je) qu'elles sont les plus devotes.

TABARIN. Vous ne seriez pas bon sur le bout
du pont sainct Michel à priser les marchandises
qui s'y vendent et distribuent ordinairement,
car vous n'estimez pas bien. Que s'il est vray que
les plus devotieux sont ceux qui sont assidus
aux eglises, je ne trouve pas que ce soyent les
femmes, mais je croy plustost que ce sont les
gueux.

LE MAISTRE. Pourquoy, Tabarin ?

TABARIN. Parce qu'on est contraint, le plus
souvent, de les chasser à coups de baston hors
des eglises, tant ils y sont assidus : tesmoin l'autre jour que vous eustes de si belles baston-
nades, quand vous faisiez le demy crucifix.

LE MAISTRE. Demy crucifix, Tabarin ! qu'en-
tends-tu par ces paroles ?

TABARIN. Vous sçavez que les crucifixs ont les
bras ouverts, et un demy crucifix est celuy qui
tend le chappeau à un autre et luy demande
l'aumosne, car il n'ouvre que la moytié du bras.

QUESTION XLV.

Pour dire trois veritez d'un mot.

TABARIN.

N'Avez-vous jamais appris à dire trois veritez d'un mot ?

LE MAISTRE. Nenny, Tabarin, nous ne sommes pas si heureux en nostre langue que d'avoir des mots qui signifient tant de choses. Encore les Hebreux, comme les premières familles de la terre, et ceux dont la langue est la plus ancienne, ont ceste prerogative par dessus toutes les nations de l'univers, qu'en un mot ils disent plusieurs choses ; au contraire, nous, souventefois en beaucoup de mots et de parolles nous ne signifions que la mesme chose.

TABARIN. Il vous faut aller à nostre servante, elle me l'apprit l'autre jour.

LE MAISTRE. Et comment, Tabarin, a-elle ceste science ?

TABARIN. Elle passoit avec une autre servante de ce quartier en la rue sainct Denys ; il avoit grandement pleu, de sorte que, peur d'avoir des crottes au derrière (mais la pauvre fille avoit beau faire, elle en a tousjours), elle commence à lever le cotillon par derrière, ayant pratiqué la mesme chose par le devant, puis elle disoit : « Dieu, ma commère, qu'il fait sale icy ! » En disant ce mot, elle disoit trois veritez : premièrement, qu'il faisoit sale au chemin par où elle passoit; secondement, à son devant, où elle avoit mis la main; et en troisiesme lieu à son derrière.

QUESTION XLVI.

Quel est le meilleur jardinier de Paris.

TABARIN.

On maistre, qui trouvez-vous à Paris qui soit bon jardinier, et qui sçache bien cultiver une plante ?

LE MAISTRE. Il faut aller chez les princes et grands seigneurs, Tabarin : c'est en ce lieu où se recouvrent les meilleurs jardiniers. Or, telles gens doivent sçavoir parfaitement cultiver, planter, emonder, esbrancher, coupper, inciser, embellir et labourer la terre, les arbres, les racines; outre plus, avoir une grande curiosité de belles et rares fleurs et un amas de toutes les plus belles graines qui se puissent trouver ; puis sçavoir le temps de planter et de semer, et avoir quelque notion des astres et des changemens de temps qui peuvent arriver, afin qu'il en tire son profit.

TABARIN. Il ne faut pas aller chez les princes pour rencontrer le meilleur jardinier de Paris : vous n'y en sçauriez trouver de plus expert que le fils de maistre Jean Guillaume; et s'il vous prend un desir de le veoir, allez vous en à la Grève. C'est un jardinier ordinaire : il n'a point si tost

planté un arbre qu'au bout de deux heures vous
y voyez du fruict. Diable ! c'est une mauvaise
chose que de faire des cabrioles en l'air, et quand
il faut qu'un pauvre homme aille malgré soy faire
la sentinelle à Montfaucon, ou qu'il est contrainct d'aller garder les moutons à la clarté de la
lune.

QUESTION XLVII.

*Pour faire passer une femme toute nue au milieu
de Paris sans qu'on se mocque d'elle.*

TABARIN.

Uelle invention trouveriez-vous pour
faire passer au milieu de la ville de
Paris une femme toute nue sans qu'on
se mocquast d'elle ?

LE MAISTRE. De nostre naturel nous sommes
plustost enclins à la risée et à la mocquerie qu'à
autre chose, Tabarin ; et, bien que l'homme soit
garny du liberal arbitre qui nous peut faire embrasser le bien ou le mal, et incliner nos passions
à faire choix de l'un ou de l'autre, toutesfois,
nostre nature est de soy tellement depravée et
corrompue, que je tiens comme impossible de
faire ce que tu dis sans empescher que ceste action engendrast de la risée et de la mocquerie à
ceux qui la regarderoient. Pour moy, si j'avois
à me manier en ceste affaire, je voudrois la faire
passer par la ville en plein minuict : au moins se-

rois-je certain que personne ne la verroit et qu'elle ne seroit aucunement mocquée.

TABARIN. Je ne l'entens pas de la sorte : car je suppose que ce soit en plein jour, et mesme au temps qu'il y auroit le plus de gens parmy les rues.

LE MAISTRE. De ce costé-là, Tabarin, je confesse mon peu d'experience : car je ne voy surgir aucune invention qui me facilite ceste affaire.

TABARIN. Je vous en veux enseigner le secret. Si jamais vous vous trouvez en ceste besongne, il vous faut mettre vostre nez dedans son cul, et la faire passer toute nue asséurement parmy la troupe. Je vous promets qu'on ne se mocquera pas d'elle, mais toute la risée et la mocquerie tombera sur vostre dos.

QUESTION XLVIII

Quelles sont les qualitez d'un parfait musicien.

TABARIN.

QUelles qualitez sont requises et neces-saires pour estre parfait et excellent musicien ?

LE MAISTRE. Il y a quatre qualitez principales, Tabarin, en quoy singulièrement le musicien doit exceller : il faut qu'il aye bonne veue, bonne ouye, bonne voix et bonne mesure. Premièrement, il est très-necessaire et expedient

qu'un bon musicien soit fourny d'une bonne
veue et d'un œil penetrant, pour veoir les notes,
demis-tons, souspirs, et ce qui est requis au
chant de la musique ; secondement, bonne ouye
pour observer et discerner les tons discordans,
et les accents mal entonnez ; outre ce, pour estre
parfait en cest art, ce n'est assez d'avoir acquis
la theorique si elle n'est secondée de la pratique : il est requis, avec les deux premières conditions, d'avoir une bonne voix et un accord agreable, car c'est l'objet total de la musique ; la
quatriesme condition est d'avoir bonne mesure
pour donner l'harmonie au corps des musiciens.

TABARIN. De sorte donc que ceux qui ont ces
quatre conditions sont parfaits musiciens.

LE MAISTRE. Il est vray, Tabarin.

TABARIN. Par ainsi, je prouve que les asnes
sont les plus excellens musiciens du monde.

LE MAISTRE. Par quels arguments prouverois-
tu ton dire [1] ?

TABARIN. Premièrement, selon vos conditions
il est requis d'avoir bonne veue et bons yeux ;
ne trouvez-vous pas ceux des asnes d'une assez
grande proportion ? ils les ont aussi larges que
des sallières. En deuxiesme lieu, il est necessaire d'avoir bonne oreille ; voulez-vous voir
de plus belles oreilles que celles d'un asne, mon
maistre ? il y en a qui les ont longues de demy
pied : sans doute on ne leur a pas mis de beguin en leur jeunesse. Je jure la barbe d'un vieil
et venerable estron, vous ne sçauriez voir chose

---

1. Cette réplique du Maître est omise dans plusieurs
édit. du *Rec. en deux parties.*

pareille. En troisiesme lieu, il faut qu'un musicien ait bonne voix ; la douce melodie d'un
asne, la douce harmonie quand il commence à
entonner un air au milieu d'une prairie [1] ! je ne
crois pas qu'il se retrouve musique pareille au
monde. En quatriesme lieu, vous dites qu'un
excellent musicien doit avoir bonne mesure ; tous
les diables ! les asnes ne manquent pas de ce
costé-là, ils sçavent bien battre la mesure, principalement au moys de may, c'est le temps où ils
sont amoureux : vous leur voyez une mesure plus
longue que mon bras. O les braves musiciens
que les asnes ! Les beaux et harmonieux accords qu'ils font quand ils sont ensemble !

QUESTION XLIX.

*Lequel de l'asne ou de l'homme a le plus
grand jugement.*

TABARIN.

On maistre, lequel des deux a le plus
de jugement, l'asne ou l'homme ? Puis
que nous sommes sur les asnes, encore
faut-il parler en leur faveur.

LE MAISTRE. Voylà la question d'un vray asne,
Tabarin. Je voy bien que tu as imbu la nature

---

1. *Var. des Rec. en deux parties :* Il faut qu'un musicien
ait bonne voix ; y a-il plus douce melodie que celle d'un
asne, ny plus douce harmonie que quand il commence à....

asinique, de me faire ceste demande [1]. As-tu oublié que l'homme est l'honneur et le premier des animaux, et qu'il les passe d'autant en excellence que son esprit est relevé par-dessus leurs natures terrestres. Les hommes ne doivent aucunement entrer en comparaison avec les bestes irraisonnables ; autrement on ravalleroit d'autant leur essence qu'on esleveroit la nature des animaux. La raison domine en leurs corps, les rend inconferables avec les bestes.

Altior est ollis anima et cœlestis origo.

Nostre âme exerce ses fonctions et ses conceptions avec les organes qui luy sont preparez de la nature. Le jugement est une de ses premières parties et des plus rares pièces qu'elle contienne en soy, et c'est à toy une grande indiscretion de comparer le jugement d'un asne au jugement humain ; en cela je recognois bien que ton jugement dement la nature en laquelle tu vis et t'entretiens.

TABARIN. Vous avez beau conter tout ce que vous voudrez, si est-ce que je prouve qu'un asne a bien plus de jugement qu'un homme.

LE MAISTRE. En quoy, Tabarin ?

TABARIN. Premièrement, en ce que, si un homme meine un asne au marché pour porter sa charge, l'asne, comme mieux judicieux, marchera devant ; si son maistre luy fait le moindre signe à dia ou à hurhau, l'asne l'entend ; ne sont-ce pas là les traits d'un grand jugement ? Il en a bien plus que l'homme : car s'il vient à entonner

1. Puis que tu me fais ceste demande. (*Rec. en deux parties.*)

son langage et parler en la langue asinique, son maistre n'a pas l'esprit de l'entendre seulement ; luy, au contraire, il entend le langage de son maistre.

QUESTION L.

Quelle est la chose la plus hardie.

TABARIN.

On maistre, auriez-vous bien l'esprit de me dire quelle est la chose du monde la plus hardie ?

LE MAISTRE. C'est la mort, Tabarin ; il n'y a rien de plus hardy ny de plus audacieux : elle combat, renverse et terrasse les plus foudroyans monarques et les princes les plus sourcilleux ; les dieux mesmes (pour parler avec les anciens) ont craint de l'offenser. Elle affronte les plus puissans empereurs, boulverse leurs desseins. La mort ravit, pille, emporte et saccage tout ; elle se rend tributaire de tout ; les villes les plus fortes, les chasteaux les plus munitionnez, l'espaisseur des ravelines ny l'esclat des canons foudroyans ne la peuvent empescher qu'au milieu des armes, dans les herissements d'un million de piques, le plus souvent elle ne s'attaque au capitaine et ne brandisse ses javelines meurtrières contre l'acier de sa cuirasse.

TABARIN. Mais venez ça, je vous veux rembarer vostre responce : tout ce qui est en vie n'est-il pas suject à la mort?

LE MAISTRE. Ouy, Tabarin, c'est un arrest irrevocable de la nature, que tout ce qui a vie n'a autre but pour le bout de sa carrière que la mort; et, qui plus est, elle est tellement attachée aux choses d'icy-bas, qu'outre ce que personne ne s'en peut exempter, il n'y a rien de plus espouvantable, et si elle est certaine à tout le monde par la loy commune, il n'y a rien de plus incertain que son arrivée.

TABARIN. Poursuivons nos demandes. La mort est-elle morte ou vive? Si elle est en vie, il faut qu'elle ait peur de la mort, puis que tout ce qui est en vie est soubs le joug de la mort; si elle est morte, pourquoy seroit-ce la chose la plus hardie du monde? Je vous laisse à penser la hardiesse qu'il y a en un estron quant il est mort.

LE MAISTRE. Elle n'est ny morte ny vive, Tabarin : c'est une pure privation de la forme precedente et un renouvellement de forme en la matière.

TABARIN. Ce n'est donc pas si grande chose que vous disiez. La chose la plus hardie du monde, c'est la chemise d'un meusnier.

LE MAISTRE. Pour quelle raison, Tabarin?

TABARIN. Parce qu'elle prend tous les jours au matin un larron au colet.

QUESTION LI.

Quelle est la force des medicamens Tabariniques.

TABARIN.

On maistre, vous vantez tant vos drogues, principalement vostre baulme, vostre pommade et tous les autres medicamens que vous dispensez ; je desirerois grandement sçavoir leur energie, leur proprieté et puissance.

LE MAISTRE. A la verité, il faut que je confesse sans philavtie ou ostentation que mon baulme est un des plus rares secrets que la nature ait jamais descouvert, tant pour les experiences qu'il a fait paroistre, tant à Paris qu'és autres villes de France où je l'ay distribué, que pour les evenemens et guarisons admirables qui en sont reussis, outre mesme mon attente. Il est très-bon aux douleurs de testes, aux migraines, vertigo, tenebrosité de cerveau ; il est singulier pour le mal d'estomac, sincope, vomissements, palpitations, et autres incommoditez qui naissent en ceste partie ; il est rare pour l'obstruction du foye, pour l'opilation de la ratte, pour le mal de reins, defluxions catarreuses ; et pour les sciatiques, il ne faut qu'en engraisser la partie malade avec un linge bien chaud ; après, on en voit des effets admirables.

TABARIN. Vous dites qu'il est souverain pour

les defluxions. J'ay une mauvaise defluxion au derrière, qui me tombe le long des boyaux; je desirerois bien en estre guary. Je croy que c'est une defluxion merdique.

LE MAISTRE. Pour le mal de teste, il se faut graisser les deux temples, la nuque et la suture coronale.

TABARIN. Je trouveray bien une invention par laquelle ceux qui se trouveront malades de la teste auront bien plustost fait : il ne faut que prendre soixante ou quatre-vingts douzaines de boëttes de baulme (plus ils en prendront, plus nous aurons d'argent) et en graisser tous les Marets et l'Eschelle du Temple.

LE MAISTRE. Les deux temples, gros asne.

TABARIN. Ou bien s'ils ont mal aux reins, qu'ils aillent à Chaalons, il n'y a que dix lieuës de là, je leur promets qu'ils n'auront plus mal à Rheins. Quand à vostre pommade, vous dites qu'elle est très-bonne aux crevasses et fentes? Je vous prie de m'en donner une boëtte sur mes gages : nostre chambrière a une fente qu'il n'y a point de drogue qui la puisse resserrer; tant plus on y applique d'onguents, plus la playe s'eslargit. Outre plus, ceux qui ont le pignon de leur maison fendue, il la faut graisser de ceste pommade. N'est-il pas vray, mon maistre?

LE MAISTRE. O le gros lourdaut, la grosse masse de chair! tu ne sçauras jamais rien faire que folastrer.

Question LII[1].

*Pourquoy femme ny fille ne respondent aux prestres
quand ils celèbrent le service divin.*

Tabarin.

Ourquoy ne voyez-vous jamais femme
ny fille qui responde aux prestres quand
ils celèbrent le service divin ?

Le Maistre. La raison de cecy est
manifeste, Tabarin : ce sont des mystères sacrez et qui ne se doivent traitter que par des
hommes, et non par des femmes, ny par le sexe
feminin, qui de son naturel est foible et debile et
de basse complexion, qui mesmes ne sont pas
dignes de s'approcher des choses si hautes et si
relevées.

Tabarin. Vous n'avez pas bien rencontré,
mon maistre. Ne sçavez-vous pas bien que les femmes, partout où elles se trouvent, veulent tousjours avoir le dernier ? La vraye cause pourquoy
elles ne sont admises aux divins offices, c'est
qu'on ne pourroit jamais achever. Par exemple, le
prestre commence et finit le *Kyrie eleyson*; si une
femme luy respondoit, il n'auroit jamais fait,
car elle voudroit tousjours avoir le dernier : car
elles sont d'une humeur toute contraire aux hom-

1. Cette question est la 5oe de la 3e édition; elle manque
dans les *Rec. en deux parties.*

mes : les hommes expliquent en deux mots ce
qu'elles disent en cent paroles.

QUESTION LIII[1].

*Quel est le plus noble, le cuisinier ou l'homme
de chambre.*

TABARIN.

Uel est le plus noble, et à qui doit-on
plus porter d'honneur, à l'homme de
chambre ou au marmiton de la cuisine ?
LE MAISTRE. Tu me presentes une
demande qui n'est pas beaucoup espineuse ny
difficile à respondre. La noblesse d'une chose
se prend tousjours et se recueille de la noblesse
de l'object : c'est luy qui specifie la chose et qui
la constitue en son rang. Ainsi les philosophes
disent que la metaphisique est la plus noble, la plus excellente de toutes les sciences,
pour ce qu'elle a un object qui surpasse et laisse
derrière soy tout autre object qui se puisse imaginer. J'en diray le mesme de ta question : l'office et le devoir de l'homme de chambre est bien
plus relevé et en degré plus haut que celuy de la
cuisine.

TABARIN. Examinons, je vous prie, un peu de
plus près ceste question, car elle merite d'estre
vuidée avec justice. Premièrement, l'affaire d'un

---

1. No LI de la 3e édition.

cuisinier, quel est-il? C'est de mettre le pot au feu et recurer la marmitte. O qu'il fait beau voir gorgoter un pot, quand il est bien garny et absolu de toutes ses parties! En après, l'office d'un cuisinier est de dresser le disner, d'apprester à manger et de vuider la marmitte. Voyons maintenant l'office d'un homme de chambre. Il faict le lict et ballie la chambre, il vuide le pot à pisser, et le plus souvent son cousin-germain le pot à chier. Quel est le plus honorable, de vuider le pot à chier ou de vuider la marmitte? Monsieur, le cuisinier n'est-il pas plus noble et plus honorable?

QUESTION LIV[1].

De six oyseaux en tuant trois, combien il en demeure.

TABARIN.

JE me promenois l'autre jour aux champs, du costé de Madrid, et vis un homme qui avoit une harquebuse sur son dos, qui alloit chassant avec deux limiers le long d'une coste. Je n'avois jamais veu chose pareille, j'estois estonné que par où il passoit tous les oyseaux prenoient la fuitte; je me resolus d'en avoir le passe-temps et de voir l'issue de sa chasse. Il avoit une corde en sa main et un charbon de feu au bout.

1. No LII de la 3e édition.

Le Maistre. O l'ignorant! on voit bien que tu n'as jamais sorty de ton village. C'estoit une mesche allumée qu'il portoit pour tirer sur le gibier, si de fortune il en rencontroit.

Tabarin. Il ne falloit pas aller à Madrid pour tirer au gibet : il n'avoit qu'à aller à Montfaucon, ou, s'il ne sçavoit le chemin, s'y faire mener par le fils de maistre Jean Guillaume.

Le Maistre. Je te dis gibier, gros asne ; je ne te parle point de gibet.

Tabarin. En fin, comme tousjours il alloit chassant, il s'arresta à un arbre où il y avoit six estourneaux qui s'estoient perchez sur une des branches dudict arbre ; incontinent il banda son harquebuse, bien qu'il n'y eust pas de roüet, puis il y mit le feu et le tira si dextrement que de six oiseaux qui estoient sur l'arbre il en tua trois. Je vous demande maintenant combien croyez-vous qu'il y en soit demeuré ?

Le Maistre. O la subtile demande !

Tabarin. Peut-estre serez-vous assez empesché à la resoudre.

Le Maistre. Il y en avoit six et il en tua trois ?

Tabarin. C'est la verité.

Le Maistre. Je veux donc dire asseurement qu'il y en demeura trois, puisqu'il n'en avoit tué que trois.

Tabarin. Vous en avez menty. Ne sçavois-je pas bien que vous broncheriez en si beau chemin ? Il n'y en demeura pas un, car les trois premiers estans tuez, les trois autres s'enfuirent. Voylà un grand esprit ! il croit que ces trois autres oyseaux soient de si pauvre entendement que d'attendre que le chasseur ait rechargé son harquebuze !

QUESTION LV[1].

Lequel il faudroit coupper, si le nez estoit dans le cul.

TABARIN.

On maistre, si par cas fortuit ou par quelque mauvaise rencontre de fortune vous aviez tellement vostre nez attaché dans l'estuy et le trou du souspirail de mon venerable cul, de sorte qu'il n'y eust aucun moyen de vous en deffaire sinon en couppant la pièce de l'un ou de l'autre, lequel choisiriez-vous des deux, ou de coupper vostre nez, ou de faire une incision dedans mes fesses ?

Le Maistre. Allez, gros maraut ! de quelle parole nous venez-vous icy embausmer ? N'y a-il point de questions plus subtiles que celles-là ?

Tabarin. Ne vous courroucez point, il n'y a point de sentiment à ce que je vous demande ;

---

1 Des dix questions suivantes, la dernière est la seule qui fasse partie de l'édition originale, et son numéro d'ordre est LV. Ces mots, entre deux crochets, qui la terminent : *et onc depuis il ne parla*, et le sixain final expliquent pourquoi dans la 3e édition (1622) les neuf nouvelles questions ont été placées après la cinquante-quatrième ; autrement la conclusion du *Recueil* auroit manqué d'à-propos. Cette transposition a été également suivie dans les *Recueils en deux parties*, bien qu'en publiant la seconde on ait rationnellement supprimé le sixain final et la phrase qui le précède.

bien qu'il y ait de la substance à foison, l'odeur toutesfois ne vous corrompra point le cerveau. Cependant je vous convie de faire eslection de l'un ou de l'autre : de coupper vostre nez, ce ne seroit pas seulement luy faire tort, ains luy faire un affront très-impudent, et à mon cul quand et quand, car je ne l'ay point accoustumé à porter de tels bouchons.

LE MAISTRE. S'il me falloit passer par là, j'aymerois bien mieux qu'on te couppast le cul que mon nez, Tabarin.

TABARIN. O le bel homme ! Qu'il feroit beau le contempler avec une partie de mon cul ! Cela luy serviroit de masque. Vous auriez une belle paire de lunettes, mon maistre ! On donneroit de l'argent pour vous voir.

QUESTION LVI.

Quel est le plus liberal, d'un homme ou d'une femme.

TABARIN.

Ui est le plus liberal d'un homme ou d'une femme ?

LE MAISTRE. Entre toutes les espèces des animaux, il ne s'en trouve pas de plus liberal que l'homme ; la liberalité se campe en son ame et se saisit de ses sens, produisant souventesfois des effets au dehors, non seulement à ses amis et plus confidens, ains à ses ennemis mesme. Aussi la liberalité vient et procède d'un cœur libre et net. Au contraire, les femmes sont tenues mesnagères, n'ayant autre soin que d'espargner, que d'attirer et d'attraper; mesmes souvent elles sont chiches à elles-mesmes, se laissant abbattre et mourir de faim pour peut-estre gaigner un double; vous les verrez faire cinquante pas dans un marché, tournoyer, virer et faire mille tours pour gaigner un denier.

TABARIN. Je suis d'un contraire advis, car j'estime qu'il n'y a rien au monde qui puisse contrecarrer, ains aller de front avec la liberalité des femmes, principalement de nuict. C'est le temps où elles font plus de liberalitez.

LE MAISTRE. Pour quelle raison vas-tu contrecarrant la verité de ce que je te dis?

TABARIN. Parceque les femmes vous donneront tousjours deux gros jambons pour une andouille. N'est-ce pas là une grande liberalité?

QUESTION LVII.

A qui doit estre l'enfant, ou à la mère, ou au père.

TABARIN.

Llegresse, allegresse, resjouissance, mon maistre! il y a bien des nouvelles.

LE MAISTRE. Quelles nouvelles, Tabarin?

TABARIN. Ma sœur est accouchée d'un fils. C'est mon nepveu, ouy.

LE MAISTRE. Il y a de quoy se resjouir : c'est le bonheur d'une femme mariée, Tabarin, quand elle a ce bien que de voir des enfans de son mariage. Jadis les femmes sterilles estoient en grandissime deshonneur parmy les anciens, qui tenoyent ce cas pour une punition des dieux.

TABARIN. Ne parlez-vous pas de mariage? Ma sœur ne fut jamais mariée.

LE MAISTRE. C'est donc une putain et une femme impudique?

TABARIN. Je vous prie, ne touchez point sur son deshonneur; elle est bien autre chose que les femmes mariées[1]. Vous en verrez qui seront vingt ans mariées sans voir aucuns enfans issus d'eux; mais elle a fait d'avantage, car, sans estre mariée, elle en a fait un beau et excellent à merveille. J'en suis le plus joyeux du monde. Voylà la famille et la race tabarinique qui commencera à se peupler et pulluler desormais. Mais il y a bien des affaires au quartier : celuy qui a fait cest enfant à ma sœur veut avoir l'interest de son ouvrage et intenter un procez contre nous; il demande l'usufruict de ses semences. Ma sœur luy a refusé tout à plat : c'est pour son nez, qu'on luy face des enfans pour luy donner en charge. Je vous en voudrois demander vostre advis, si nous luy devons donner ou non.

LE MAISTRE. Il ne faut pas douter que si cest homme-là vous poursuit par justice, qu'il gai-

---

1. *Var.* : les femmes d'aujourd'huy.

gnera sa cause, comme disant qu'il n'est pas en bonne main et qu'il le veut faire instruire.

TABARIN. Et nous, nous luy dirons que c'est le nostre aussi, et que nous le ferons aussi bien instruire que luy. Pourquoy l'auroit-il plustost que nous? Vous estes un beau juge, vrayement! Je vous soustiens, par droict de justice et de raison, que l'enfant nous doit demeurer, et non pas à luy, et ce par un exemple tiré de la cour des vachers. Quand un villageois meine sa vache au taureau, et que par l'accointance dudit taureau elle vient à produire un veau, à qui, de droit et de raison, doit-il appartenir, au maistre du taureau, ou à celuy qui luy a mené la vache?

LE MAISTRE. Il appartient d'equité et justice à celuy à qui est la vache, en payant le salaire de son taureau.

TABARIN. Demeurez là : nous sommes dedans. Par ainsi, cest enfant n'appartient qu'à ma sœur, et non pas à l'ouvrier qui a travaillé. Diable! j'ayme bien mieux luy donner un teston pour sa peine, et que l'enfant nous demeure.

QUESTION LVIII.

Quel est le meilleur chirurgien de Paris.

TABARIN.

On maistre, qui estimez-vous qui soit le meilleur barbier de Paris?

Le MAISTRE. Les meilleurs chirurgiens sont ceux qui ont une parfaitte notion et cognoissance du corps[1] humain et des parties d'iceluy; qui, avec une methode bonne et une cure singulière, apportent guarison aux playes; blessures et autres maladies du corps. Outre cecy, il est encore grandement requis et necessaire aux barbiers de bien sçavoir faire le poil, sçavoir friser la moustache, accommoder la barbe et autres petits secrets qui embellissent la face de l'homme.

TABARIN. Ce n'est pas encores là le nœud de la besongne : vous n'avez pas mis vostre nez assez avant. Le meilleur chirurgien qui soit nonseulement en cette ville, mais en tout le monde, est le *quoniam bonus* d'une femme, pource qu'il lave la teste et tient le bassin tout en un mesme instant.

1. Ce qui suit jusqu'à *maladies du corps* manque dans les *Recueils en deux parties.*

QUESTION LIX.

Pourquoy on fend les marrons, les mettant cuire.

TABARIN.

Ou maistre, je me suis grandement es-tonné de voir hier nostre servante, qui, jettant des marrons dans le pot pour les faire cuire, les fendoit tous l'un après l'autre avec un cousteau. J'ay remué tous les cayers et vieux registres de mon subject[1], et ay esté par tous les antichambres, coins, recoins et cabinets de mes imaginations, et toutesfois je n'ay peu trouver la raison de ce que j'avois veu luy faire.

LE MAISTRE. Je ne m'estonne pas beaucoup que tu as tant cherché sans trouver : il ne faut pas beaucoup de difficulté pour arrester et amuser un ignorant. L'ignorance, comme dit fort bien Senèque, est la mère de l'admiration et de la curiosité ; et encore, qui plus est, jamais un ignorant ne se trouve satisfaict aux responces qu'on luy donne. La seule cause pourquoy l'on fend les marrons, Tabarin, est de peur qu'ils ne pettent, parce qu'estant d'une matière plus aërique et venteuse, en mesme temps qu'ils viennent à s'eschauffer, la chaleur fait dilater et rarefier l'air

1. *Var. :* intellect.

qui est enclos dedans eux, qui, ne trouvant libre accez pour s'exhaler et evaporer, il fait effort et rompt avec d'autant plus d'impetuosité que l'escorce luy est contraire; c'est ce qui esmeut le bruit qu'ils font quand ils ne sont pas fendus, ce qui n'arrive pas si on les fend.

TABARIN. Je n'approuve pas ceste raison là ; elle n'est aucunement vallable : car, s'il est vray qu'on fend les marrons de peur qu'ils ne pettent, il s'ensuivroit que nostre servante ne devroit jamais peter, car elle a pour le moins demy pied de fente. Tous les diables ! on l'entend aucunefois tonner, petarder, canonner ; on la prendroit pour un roussin d'Allemagne, tant elle joue bien de la fluste du cul. Jamais l'aquilon ne sort avec telle impetuosité de la caverne d'Eole.

QUESTION LX.

Quelle difference il y a entre le nez et le cul.

TABARIN.

Uelle difference avez-vous entre le nez et le cul ?

LE MAISTRE. Gros vilain , impudent que vous estes, qui vous a appris à me faire telles demandes ?

TABARIN. Retournons plustost l'escuelle : quelle distinction mettez-vous entre le cul et le nez ?

LE MAISTRE. Puis que ta curiosité te porte si avant, je responds que le nez est une partie bien plus recommandable, faitte de la nature pour la commodité du cerveau et pour vuider ce qui luy est nuisible.

TABARIN. Aussi le cul est-il destiné pour vuider les excremens du corps.

LE MAISTRE. Jouxte que le nez est un organe particulier pour juger des senteurs et odorer les objets qui nous sont presentez.

TABARIN. Encore mieux, le nez donc est pour recevoir les odeurs et le cul pour les distribuer. Cela est beau, ouy, quand le cul met quelque chose en lumière, et qu'il donne en public ce qu'il a de plus odoriferant; si est-ce que cela n'empesche point que vous ne soyez une beste de n'avoir attaint à la cognoissance de ma question. Voulez-vous que je vous enseigne la difference de ces deux pièces?

LE MAISTRE. Je seray tousjours bien ayse, avec cest ancien philosophe, jusques à la mort mesme, d'apprendre quelque chose de nouveau.

TABARIN. La vraye difference est que le cul a le poil dehors, et vostre nez dedans, mon maistre. Voylà en peu de mots ce qu'il falloit respondre, et mettre vostre nez dedans l'affaire tout d'un coup sans tant tournoyer.

QUESTION LXI.

Pour escrire un sot en deux lettres.

TABARIN.

Vous avez appris à escrire, mon maistre ; escrirez-vous bien un sot en deux lettres ?

LE MAISTRE. A la verité, il y a long temps que je verse en l'escriture, mais il me semble impossible d'escrire ce mot en deux lettres ; je n'y trouve aucune abreviation par laquelle je puisse racourcir le mot.

TABARIN. Il n'y faut point aussi d'abreviation, et n'est aucunement necessaire de rechercher l'invention de le racourcir : il ne faut qu'allonger le nez, la chose est très-facile, pour escrire un sot en deux lettres. Il faut premierement mettre un S sur une de mes fesses, et un T sur l'autre, puis laver vostre nez et le nettoyer bien nettement, et le mettre dedans mon cul : vous trouverez qu'il servira d'O, et par ce moyen il y aura sot en deux lettres.

Le mesme en est de plusieurs nouveaux astrologues qui devinent et prognostiquent les choses passées ; et quand de mauvaise rencontre ils mettent la main dans un estron, ils devinent en mesme temps que c'est merde, et pour escrire merde ils usent de cinq lettres ; mais moy qui sçay les abreviatures, j'en auray plustost escrit et barbouillé une page entière qu'eux deux lignes.

LE MAISTRE. Si est-ce qu'il faut cinq lettres pour escrire ce mot.

TABARIN. Vous estes sans doute de la categorie des premiers. Je vous dis pour mon regard que quand je veux inscrire merde, je ne me sers que d'un Q. En une lettre vous avez l'abreviation de merde ; je tiens ceste doctrine d'un sçavant personnage qui mesme m'apprint à escrire *apud* en une seule lettre. Il fit un grand A sur une fueille de papier blanc. Je m'estonnois de ce qu'il vouloit escrire ; comme j'estois en ceste estonnement, il chia sur son papier.

LE MAISTRE. O le gros porc ! tousjours tu me parles de ces villenies.

TABARIN. Bouschez vostre nez, si vous ne voulez gouster les odeurs. En fin, cest homme ayant esvacué les superfluitez de son ventre, il me le bailla à sentir. Je tournay le nez de l'autre costé, disant : Retirez-vous de moy, voilà un A qui put grandement ; et il me dit que c'estoit le moyen d'escrire *apud* en une seule lettre.

QUESTION LXII.

Pour passer sur un pont où il y auroit des fouilles-
merdes.

TABARIN.

MOn maistre, s'il vous falloit passer une petite rivière, et que pour la traverser il fallût de necessité passer sur une petite planche large de deux pieds, et qu'icelle planche fust toute remplye de fouilles-merdes, quelle invention trouveriez-vous pour passer sans marcher sur eux, ny leur faire aucun tort?

LE MAISTRE. J'y marcherois librement, car je les renverserois et jetterois toutes dedans la rivière.

TABARIN. Mais vous leur feriez tort; vous seriez cause en partie que peut-estre elles se romperoient le col ou se desnoueroient les hipopondrilles du derrière; puis les petits enfants se mocqueroient d'eux, les voyant sans testes.

LE MAISTRE. Je ne sçay pas d'autre invention; je te prie de me l'enseigner, Tabarin.

TABARIN. Il n'y a point grande chose à faire: c'est qu'il vous faut desnouer vos esguillettes et excrementer sur un des bouts de la planche. Elles ne manqueront toutes de se trouver au rendez-vous à l'assignation, principalement si le

vent souffle à propos et que l'odeur merdique
leur ait penetré dans l'antichambre du cerveau ;
ils vous feront place nette, et alors vous passerez librement sur la planche, sans les toucher ny
leur faire tort.

QUESTION LXIII.

Quel est l'animal le moins glorieux.

TABARIN.

Ostre maistre, qui est l'animal le moins
glorieux des animaux ?

LE MAISTRE. C'est l'homme, Taba-
rin ; car, bien qu'il ait le moyen de s'ex-
toller et se glorifier par dessus toutes les creatu-
res, comme estant le plus parfaict et le plus excellent, toutesfois il ne se glorifie sinon en une
seule chose[1], sçavoir est, d'estre homme. C'est
sa plus grande gloire, et où il se sent relevé par
dessus toutes choses ; et, bien que plusieurs des
animaux ayent des particularitez qui surpassent
en quelque chose ceste nature humaine, comme
le lynx en la veue, les chiens en l'odorat, le cerf
en la course, le lion en la force[2], et autres telles
proprietez où la nature s'est voulu esgayer pour
montrer sa puissance et declarer son industrie,

1. *Var.* : en un seul poinct.
2. *Var.* : le lion en envie.

si est-ce que la raison de laquelle l'homme jouit surpasse et laisse derrière soy toutes les autres considerations, et toutesfois l'homme ne se glorifie point tant que la chose requiert, ains se contente de ce que nature luy a donné de plus rare et de plus precieux.

TABARIN. Vous n'y estes pas. L'animal le moins curieux d'honneur, c'est le pourceau, mon maistre, parce qu'il ayme cent fois mieux avoir un estron en sa gorge qu'un bouquet à son oreille.

QUESTION LXIV.

Quelle est la chose la plus pesante du monde.

TABARIN.

E voy bien qu'il y a trop long-temps que je vous importune, mon maistre : il est temps d'aller fricasser la farce ; mais cependant qu'on rince les verres, dittes-moy encore ce mot : Quelle est la chose la plus pesante et la plus lourde du monde ?

LE MAISTRE. C'est l'or, Tabarin, parce qu'estant composé d'une matière plus terrestre, il est plus pesant ; car il est à remarquer que toutes les choses estant faictes et basties de quatre elemens : feu, air, eau et terre, plus elles participent de l'un, plus elles s'impriment les qualitez qui se retrouvent en luy. La legèreté, *simpliciter* (comme disent les philosophes), convient au feu et la legereté, *secundum quid* convient à l'air, ainsi la gravité, *simpliciter* convient et s'approprie à la terre, et la gravité, *secundum quid*, suit la nature de l'eau. De manière que les choses qui sont plus terrestres ont aussi plus de gravité et de pesanteur, outre que *ad levitatem sequitur rarefactio et ad gravitatem condensatio;* plus les choses sont pesantes, plus elles sont condenses et ramassées; ainsi l'or est le plus lourd des metaux, tant parce qu'il participe plus de la terre que pource qu'il est plus condense.

TABARIN. Vous rencontrez fort bien de dire qu'il n'y a rien au monde de plus lourd que l'or; mais vous le prenez de biais, et moy je vous prouveray par un argument *in brocardo* que la merde est la chose la plus pesante du monde; *sic autem argumentor, ex concessis*, il n'y a rien de plus lourd ny de plus pesant au monde que l'or.

C'est vostre majeure; venons à la mineure. Or est-il qu'il n'y a rien de plus ord que la merde : donc la merde est la chose la plus lourde du monde. Voilà pas une demonstration toute entière? Venons aux preuves[1]. Si un crocheteur a une charge de cotterets sur le dos, il les portera plus facilement; mais si de fortune il a seulement une demie livre de merde qui vueille sortir, il la trouvera si pesante qu'il sera contraint de descharger ses espaules pour descharger son fardeau de derrière.

LE MAISTRE. Allez, gros vilain! n'est-ce pas une honte qu'il faille tousjours vous reprendre de

---

1. Et à l'experience (*Rec. en deux parties*).

ces salletez ? Je vous deffends de me plus parler
de ces vilainies, ny de m'importuner d'avantage
de vos folles demandes[1]. (Et onc depuis il ne
parla.)

Ainsi Tabarin devisoit,
Ainsi il se resjouissoit,
Vendant son baume et ses pommades.
Heureux sont ceux qui comme luy
Peuvent gaigner l'argent d'autruy
En faisant deux ou trois gambades !

1. Ce qui suit, y compris le sixain, a été supprimé dans
les *Rec. en deux parties*.

TABLE DES QUESTIONS

CONTENUES EN CESTE PREMIÈRE PARTIE.

Pages.

1. Qui sont les meilleurs medecins, et comme on cognoist les maladies.   25

2. Lequel des deux est le meilleur, d'avoir la veue
aussi courte que le nez, ou le nez aussi long que
la veue.   29

3. Chercher ce qu'on ne veut pas trouver.   30

4. Si la raison et la verité peuvent compatir ensemble.   33

5. Pourquoy les chiens, s'entre saluant, se flairent au
derrière l'un de l'autre   35

6. En quoy les vieillards surpassent les jeunes. . . .   37

7. Qui doit plustost visiter le malade, ou le medecin
ou sa mule.   39

8. Qui est le plus honneste, du cul d'un gentil'homme ou du cul d'un paysant   41

9. Pourquoy les chiens lèvent la jambe en pissant.   43

10. Qui est le meilleur libraire du monde   46

11. Qui sont ceux qui se mocquent des medecins et
apoticaires   47

12. Pourquoy les femmes sont faciles à surprendre. .   49

13. Pourquoy les vieillards petent et vessent.   50

14. Qui sont les meilleurs logiciens.   51

15. Qui est le premier inventeur des notes de musique.   53

16. Pour raser la barbe et mouiller en un mesme temps   54

17. Pour faire passer une troupe d'oysons sur un pont sans le gaster   55

18. Quel est le premier creé, de l'homme ou de la barbe.   57

19. En quelle partie du corps la peau est la plus dure.   58

20. Pour quelle raison les femmes portent ordinairement des croix pendues en leur col.   59

21. En quel temps les femmes pissent plus nettement.   60

22. Quelle difference y a-il d'une femme à un flacon.   62

23. Quelle difference il y a d'une eschelle à une femme   63

24. Quelles sont les differences de l'amour.   65

25. Qui sont ceux qui sont les plus courtois.   67

26. Si le serviteur est aussi grand seigneur que le maistre.   68

27. Qui sont les plus obstinez du monde.   70

28. Quel est le meilleur peintre du monde.   71

29. En quoy consiste la noblesse.   72

30. Qui sont ceux qui ne se servent point de gands en hyver.   75

31. Combien y a-il de sortes de natures.   77

32. A qui on doit porter plus de reverence, à un estron ou à du musc.   79

33. Qui on doit prendre pour les meilleurs palferniers.   80

34. Pourquoy les femmes ont les fesses plus grosses que les hommes.   82

35. Pourquoy on vesse en pissant.   83

36. La difference d'une femme à une fille.   84

37. En quel mestier il est meilleur d'estre serviteur que maistre.   85

38. Qu'est-ce qu'un aveugle retourné ?   86

39. De quelle matière est composée une femme. . . .   87

40. Lequel est le meilleur, d'estre cheval ou asne . .   89

41. En quoy consiste l'essence d'un soulier.   90

42. Pour faire cinquante paires de souliers en une demie heure. 92

43. Pourquoy les femmes pleurent et vessent si souvent 93

44. Qui sont les plus devots. 94

45. Pour dire trois veritez d'un mot. 96

46. Quel est le meilleur jardinier de Paris. 97

47. Pour faire passer une femme toute nue au milieu de Paris sans qu'on se mocque d'elle. 98

48. Quelles sont les qualitez d'un parfait musicien. . 99

49. Lequel, de l'asne ou de l'homme, a le plus grand jugement. 101

50. Quelle est la chose la plus hardie. 103

51. Quelle est la force des medicaments tabariniques. 105

52. Pourquoy femme ni fille ne respondent aux prestres quand ils celèbrent le service divin. 107

53. Quel est le plus noble, le cuisinier ou l'homme de chambre. 108

54. De six oyseaux en tuant trois, combien il en demeure 109

55. Lequel il faudroit coupper si le nez estoit dans le cul. 111

56. Quel est le plus liberal, d'un homme ou d'une femme 112

57. A qui doit estre l'enfant, ou à la mère, ou au père. 113

58. Quel est le meilleur chirurgien de Paris. 116

59. Pourquoy on fend les marrons, les mettant cuire. 117

60. Quelle difference il y a entre le nez et le cul. . . 118

61. Pour escrire un sot en deux lettres 120

62. Pour passer sur un pont où il y auroit des fouilles-merdes 122

63. Quel est l'animal le moins glorieux. 123

64. Quelle est la chose la plus pesante du monde. . . 124

Tabarin. I.

SECONDE PARTIE

DU

RECUEIL GENERAL

DES

RENCONTRES ET QUESTIONS

DE TABARIN

Contenant plusieurs Questions, Preambules
Prologues et Farces, le tout non encor
veu ny imprimé

Sur les imprimés

A PARIS

Chez Anthoine DE SOMMAVILLE, au Palais,
à l'entrée de la gallerie des Libraires

M.DC.XXIII-XXIV

A Messieurs les disciples et sectateurs
ordinaires

DE LA PHILOSOPHIE DE TABARIN

Docteur Regent à Paris, en l'Université
de l'Isle du Palais 1.

MESSIEURS,

A diligence et le concours ordinaire que j'ay recogneu en vous depuis trois ans en çà, tant aux leçons, escrits et thèses publiques de Tabarin, qu'aux disputes, altercations, demandes, questions et responses d'yceluy, m'a convié à vous tracer ces lignes et vous representer, non si naïfvement et au vif comme vous avez veu, ains en crayonner, esbaucher et effleurer quelque chose, afin qu'à tout le moins il vous en restast quelque idée imprimée en la memoire, et que toutes ces plaisanteries, dont la sausse vous a semblé autresfois de goust, ne fussent du tout abysmées et ensevelies dans le fleuve d'Oubly ; et, certes, ce seroit une chose

1. Cette dédicace, qu'on trouve parmi les pièces liminaires
de l'édition originale du *Reçueil*, fait ici double emploi.

autant desplorable pour vos contentemens que regretable pour vostre memoire, si, après avoir fait un si long cours et idolatré si long-temps de vos yeux ce que vos oreilles ont jugé jusques icy si agreable, vous demeuriez à sec, sans rien remporter d'un si brave maistre, qui se peut vanter d'avoir esté aussi bien suivy que regent de son temps.

Je vous offre donc un brief recueil, abbregé et compendion de ses plus rares discours, un amas de pointes les plus aiguës, où vous verrez luire une naïfveté naturelle, un langage sans fard, non feint ou dissimulé, remply de varietez et sentences bien choisies. En ceste lecture, tous, de quelque qualité et condition qu'ils soient, en pourront puiser de grands profits. Le courtisan y apprendra une diversité et changement correspondant à son humeur; le noble y trouvera l'antiquité de sa race, le roturier l'etymologie de son nom; le marchand y rencontrera tousjours la foire ouverte et favorable à ses desseins; les chevaliers de la table ronde y trouveront de quoy boire, pourveu qu'ils eslargissent les narines; les pastissiers y verront les bignets touts faicts; les aveugles n'y verront rien, car, suivant un arrest donné en la cour des Quinze-Vingts, il leur est deffendu de lire; les femmes sçauront de quel bois sont faites les cornes dont elles annoblissent leurs maris; les cocus apprendront les meilleurs cuisiniers. Ceux qui ayment à se repaistre de conceptions plus relevées et nourrir leurs esprits parmy des cognoissances plus hautes, tant en droict qu'en philosophie, y sçauront qui sont ceux qui se peuvent qualifier justement du tiltre et du nom de logicien. Les criminels de la Conciergerie auroient cest advantage de sçavoir en peu de temps comme on doit faire un argument in baroco. Ceux qui, poussez d'un vent plus fort, desirent penetrer dans les cabinets de la physique, y trouveront les matières toutes fraisches in potentia ad omnes formas. Pour les formes, messieurs les savetiers, à Dieu n'en desplaise! les pourront trouver toutes enformées. Quant à la privation, qui est un des principes qui concourre à la production des choses na-

turelles, nous aurons forces questions sur le privé. Les mathematiciens, astrologues, et ceux qui appètent les abstractes, y mangeront souvent leur pain au flair : l'on leur fricassera des farces en nouveau volume. Bref, toutes sortes de gens y seront bien receus. Pourveu qu'ils apportent le pain et la viande, ils ne payeront que le vin.

LA SECONDE PARTIE

DES

QUESTIONS ET RENCONTRES DE TABARIN

Avec ses Prologues, Preambules, et autres gaillardises

LE TOUT NON ENCOR VEU NY IMPRIMÉ

A la fin est inserée l'extraction de sa race et l'antiquité de son chappeau.

QUESTION I.

Qui sont ceux qui font la pire fortune entre les hommes.

TABARIN.

MOn maistre, j'avois juré par la vertu *nobis* que je ne vous importunerois plus de mes discours; mais, puis que nous nous sommes rencontrez de rechef en banque, je trouve qu'il ne seroit pas mal à propos de passer joyeusement le temps et tromper le loisir.

LE MAISTRE. Pourveu que tu me veuilles entretenir de choses serieuses et d'où je puisse puiser[1] quelque profit, j'en suis très-content, Tabarin; car de consommer le temps en frivoles, comme tu as de coustume, c'est faire une perte irreparable. Le temps coule sans cesse : les minutes chassent les heures, les heures tirent le jour, une journée pousse l'autre, l'hyver chasse l'esté, et continuellement nous vivons dans une revolution de siècle, d'années, de saisons, de mois, de jours, d'heures et de minutes. La fin d'une année est le commencement de l'autre; les jours coulent insensiblement, à guise des flots, qui, roulans peu à peu leurs bouillons, viennent enfin se descharger dans la mer. Ainsy malheureux est celuy qui pert le temps et qui consomme ses années ès choses inutiles, puis qu'il n'y a rien au monde de si precieux.

TABARIN. Vous m'espouvantez de prime abord, nostre maistre, car ce sont de fort belles gaillardises inventées à plaisir, desquelles je vous veux entretenir ce jourd'huy, en quoy il n'y a pas trop grande nourriture pour un esprit fort.

LE MAISTRE. Quelques fois sous telles gaillardises se recouvrent de belles pointes, Tabarin. *Nam nugæ seria ducunt.*

TABARIN. *Maxime domine.* Mais, pour entrer en lice, mettez le pied dans l'estrier et la lance à l'arrest, et me dites qui sont ceux qui font la pire fortune entre les hommes.

1. *Var.* : tirer.

LE MAISTRE. Tu me donnes un champ de longue estendue, Tabarin. La Fortune est aveugle et ne regarde pas à qui elle despartit ses faveurs. Quelques fois les hommes de merites sont mesprisez, et les hommes de neant s'avancent. L'estat de la vie humaine est perpetuellement en bransle; l'un monte, l'autre descend; la cheute de l'un est l'advancement de l'autre. Ceste aveugle deesse balance ainsi nos sorts, et n'est jamais asseurée qu'en son incertitude. Il n'y a rien en ce monde inferieur qui ne soit sous l'empire de ses loix; elle tient les resnes des royaumes, les donne et les despartit à qui bon luy semble; et, qui pis est, la vertu, pour le jourd'huy, est mesprisée, et le vice reveré et respecté. Telle est la decadence de nostre aage, pire cent fois que le siècle de plomb, et qui doit en bref engendrer un temps plus miserable. Ceux que j'estime faire la pire fortune sont ceux qui quittent la vertu pour embrasser le vice, et qui font choix de la deshonnesteté pour fuyr ce qui est honneste et recommandable, et le plus souvent quand ils se sont long temps entretenus dans leurs meschancetez et sont repris de justice et punis selon leurs demerites; mais sur tout je deplore la condition de ceux qui vont aux galères pour tirer à la rame, car on les peut nommer les vrays esclaves et le rebut de la fortune.

TABARIN. Voilà mal enfourné, mon maistre, pour le premier coup. Peut-estre que vostre père estoit à Marseille, puis que vous desplorez tant les galeriens. Pour mon regard, ceux que je trouve faire la pire fortune, ce sont les joueurs de violon, de luth et d'espinette.

LE MAISTRE. Comment, Tabarin? Y a-il quelques-uns au monde qui vivent avec plus de contentement qu'eux? Ils sont continuellement en danses et en banquets.

TABARIN. Ils sont d'une condition si miserable que toutes leurs commoditez, leurs biens, leurs richesses et leur vie mesme ne despend que du bois et de la corde. N'est-ce point estre bien infortuné? Ceux qu'on meine à la Grève n'en ont point d'avantage.

QUESTION II.

Quelle difference y a-il entre une femme et une maison [1] ?

TABARIN.

Ar ma foy, je viens d'un lieu où j'ay bien eu du plaisir, il n'en faut point mentir : car, comme dit l'autre, la volupté qu'on conçoit, ce neantmoins... Plaist-il? Dame! en voilà un qui me regarde, mon maistre. Est-ce pour bien ou pour mal?

LE MAISTRE. C'est pour bien : il n'y a personne en la compagnie qui te vueille mal.

---

1. C'est la demande 1 du *Gratelard*. Même solution, texte identique.

TABARIN. Regardez donc aussi bien le derrière que le devant.

LE MAISTRE. Mais tu te perds en tes discours, Tabarin. En quel lieu as-tu eu tant de
contentement?

TABARIN. A propos, ouy, à la verité. Par ma
foy, ç'a esté dans le Palais, où j'ay veu plaider
quatre sortes de personnes bien differentes. La
cause s'agitoit entre un bossu, un boiteux, un
chastré et un aveugle. Le bossu disoit qu'il y
avoit long temps qu'il estoit en procez, et qu'il
vouloit estre deschargé de ses pièces. Le boiteux
presentoit sa requeste là-dessus, et disoit qu'il
avoit fait une infinité de pertes, et qu'on luy feroit tort si on ne luy bailloit le droit. Mais ce de
quoy je m'estonnay d'avantage, ce fut d'un
aveugle qui dit qu'il ne payeroit jamais les in-
terests si on ne faisoit en sorte qu'il vît les pièces, et qu'il vouloit estre necessairement esclaircy du fait. Devinez qui a perdu la cause,
mon maistre.

LE MAISTRE. Lequel est-ce de ces quatre qui
a perdu son procez?

TABARIN. Ç'a esté le chastré, par ma foy, car
il ne sceut jamais faire exhibition des pièces necessaires au procez; et, bien d'avantage, il fut
seul qui demeura sans pouvoir monstrer ne produire aucuns tesmoins, et ainsi perdit son procez
faute de produire. Mais, à propos de marée,
quelle difference trouvez-vous entre une femme
et une belle maison?

LE MAISTRE. Il n'y a point grande difference,
Tabarin. Une belle maison, bien bastie et enri-
chie au dedans de toutes ses particularitez, peut

en quelque chose symboliser et convenir avec les beautez de la femme. Les philosophes apportent des differences et des raisons pourquoy les femmes ne peuvent pas s'accorder, quant à leur nature, ensemble avec une maison; mais, quant aux accidens, il y a bien de la convenance.

TABARIN. Ny en la nature, ny aux accidens, il n'y a rien de plus discordant qu'une maison et une femme.

LE MAISTRE. Comment, Tabarin?

TABARIN. La difference d'une femme et d'une maison est que, quand on veut bastir une maison, on la couvre de peur qu'il ne pleuve dedans; et la femme, au contraire, plus vous la couvrirez, plus il y pleuvera. Voilà la difference, mon maistre.

QUESTION III.

Quel est le plus grand voleur du monde.

TABARIN.

Ntre tant de coupeurs de bourse qui sont dans Paris, qui empruntent l'argent d'autruy sans interest ny intention de le rendre, pourrez-vous bien me dire lequel vous estimez estre le plus grand et le plus insigne voleur?

LE MAISTRE. Je ne communique nullement avec telles gens, Tabarin; trop bien sçay-je qu'il y en a un grand nombre dans Paris, car le vice est aujourd'huy tellement impuni, que tout le monde y court à bride abattue, sans crainte des loix ny des malheurs qui en peuvent reüssir.

TABARIN. J'en vis dernièrement prendre un sur le Pont-Neuf à qui on pensoit couper l'oreille ; mais on trouva qu'un autre avoit desjà fait l'office.

LE MAISTRE. Pour moy, je tiens que le plus grand et le plus insigne voleur qui se puisse trouver est celuy qui mesdit d'autruy et qui desrobe sa bonne renommée. Ce larcin est un des plus grands vols qu'on puisse faire à un homme, car de lui prendre un manteau ou un chappeau, cela est de peu de consequence.

TABARIN. C'est toujours un trait de courtoisie d'oster le chappeau, nostre maistre.

LE MAISTRE. Mais quand on s'attaque à l'honneur, et que d'une langue mesdisante nous deschirons la renommée d'autruy, il n'y a vol, pour signalé qu'il soit, qui puisse entrer en paralelle avec celuy-ci : *Volat irrevocabile verbum.* Une parole, une fois sortie, ne se peut r'appeller : c'est pourquoy la nature, sage et prudente en ses effects, nous a donné deux oreilles et une langue, voulant signifier qu'il faut beaucoup ouyr et peu parler ; et jaçoit que nos sens exterieurs soient limitez de quelque empeschement pour retarder l'action, comme les yeux sont couverts de paupières, la nature, en attachant nostre langue au palais, nous a baillé deux obstacles, afin de ne l'exercer en vain, qui luy servent comme de murailles, qui sont les dents et les lèvres, afin qu'estans retardez par l'ouverture de ces deux ponts, nous peussions premediter deux fois une chose devant que de la dire. Y a-il larcin plus dangereux que celuy qui ravit la bonne renommée de son prochain ? Tout autre larcin se peut restituer, mais celuy-ci ne se peut rendre, et n'y a raison qui puisse oster la tache que la medisance a imprimée sur l'honneur de quelqu'un.

TABARIN. Vos discours ont bien quelque chose de superficiel, mais vous ne touchez jamais au fond de la question. Ceux que j'estime les plus grands voleurs de France sont les procureurs et les advocats, parce qu'ils n'ont qu'une plume, et toutesfois il n'y a personne qui se puisse vanter de voler aussi haut qu'eux.

QUESTION IV.

Pourquoy on mouille les œufs quant on les met cuire[1].

TABARIN.

ON maistre, je fus l'autre jour le plus estonné du monde de voir nostre chambrière qui, mettant cuire un œuf à la coque, cracha dessus ; sçavez-vous bien la raison pourquoy cela se fait ?

LE MAISTRE. C'est l'ordinaire coustume qui se pratique, Tabarin ; j'ay veu tousjours ceste façon

1. Demande II du *Gratelard*. Même solution, même texte, sauf un léger retranchement à la fin.

de faire depuis ma jeunesse. Je parlois l'autre jour à un certain philosophe de cecy; il me disoit que le feu ou la chaleur estant autour d'un air condensé.....

TABARIN. Qu'appellez-vous condensé? je n'entens point le grec.

LE MAISTRE. C'est-à-dire agregé et ramassé, qu'elle fait eslargir cest air, qui se rarefie, et qu'il faut necessairement qu'il s'evapore, ou par amitié ou par force; et cela se fait souvent avec grand bruit, principalement quand le feu environnant est aspre.

TABARIN. Il faut donc dire qu'il fait bien chaud quelquefois derrière moy, car j'y entens souvent de grandes canonnades.

LE MAISTRE. Voilà la cause pourquoy on les rafreschit, afin qu'ils ne s'esclattent et ne petent.

TABARIN. C'est donc pour les empescher de peter qu'on crache sur les œufs et qu'on les mouille, mon maistre?

LE MAISTRE. C'est la verité, Tabarin.

TABARIN. Mon maistre, faites-moy un plaisir.

LE MAISTRE. Je le veux, Tabarin; il n'y a rien que je ne face pour toy.

TABARIN. Si vous voulez m'empescher de peter, crachez-moy au cul, et je vous chiray au nez.

LE MAISTRE. O l'impudent vilain! sera-il dit que tu nous embausmeras incessamment de tes vilenies?

QUESTION V.

Qui sont ceux qui s'accordent mal en musique.

TABARIN.

On maistre, quels gens estimez-vous qui s'accordent mal en musique?

LE MAISTRE. Pour te respondre plainement, il faut sçavoir quelle est la nature de la musique, pour de là venir en la cognoissance des effets. Aristote, liv. VIII, *De la République*, ch. 4, dit que la musique est une branche qui a la vertu pour son tronc, parce qu'elle n'engendre point seulement ceste melodie qui vient frapper nos oreilles, mais aussi elle fait naistre une certaine proportion en toutes nos œuvres, sur laquelle nous moulons nos actions. Ceste harmonie produit en nos ames un accord melodieux, qui fait que nous suivons ce que nous dicte la raison ; aussi la musique est-elle tout à fait divine et derive des astres, où les anciens philosophes tiennent qu'il y a un son harmonieux qui règle et donne bransle aux mouvemens des cieux. Aussi, pour respondre à ta demande, je diray qu'un homme vertueux s'accordera toujours mieux qu'un autre ; mais, pour ce qui est de la musique et de son harmonie, celuy qui s'est le plus exercé en cest art me semble se devoir mieux accorder, parce qu'il s'est acquis l'habitude, qui le facilite pardessus les autres, tant à bien chanter qu'à regler le ton et le corps des musiciens, où au contraire celuy qui ne l'a jamais exercé s'accorde très-mal.

TABARIN. Je croirois, pour moy, que le fils de maistre Jean Guillaume seroit fort bon musicien, car, depuis qu'il a pris la mesure du col d'un pauvre patient, il fait bander la chanterelle sur un ton si haut que bien souvent l'harmonie de la corde qui bande trop fort convertit toute la musique en souspirs et syncopes.

LE MAISTRE. La musique a ses parties, ses tons, demy-tons, souspirs, clefs, et autres singularitez qui regardent la melodie ; et faut qu'un homme aye une grande experience pour accorder le chœur, principalement quand on entremesle les luths, violes, et autres instrumens musicaux ; et ainsi ceux qui n'auront acquis ceste habitude s'accorderont très-mal, Tabarin.

TABARIN. Toutes vos definitions ne sont que des paroles inutiles ; ceux qui s'accordent trèsmal en musique, c'est un vieillard marié avec une jeune femme.

LE MAISTRE. Comment se fait ceste dissonante harmonie, Tabarin ? je ne vois aucune raison qui authorise ton discours.

TABARIN. Premièrement, le plus grand defaut vient du vieillard, qui ne bat point bien la mesure.

LE MAISTRE. Si est-ce pourtant qu'il a de l'aage et de l'experience.

TABARIN. En second lieu, la femme veut tousjours chanter par *nature*, et le vieillard ne chante que par B *mol*, lettre qui en grec vaut autant qu'un V. Qu'arrive-il en troisième lieu là-dessus ?

LE MAISTRE. Qu'arrive-il, Tabarin ?

TABARIN. La jeunesse de la femme luy fait faire deux ou trois souspirs ; puis elle change de partie, de ton et de notte, et prend la quinte.

LE MAISTRE. A la verité, les femmes sont bien quinteuses, Tabarin ; tu as quelque raison en cecy.

TABARIN. Ce n'est pas tout. Quand elle a pris une quinte, elle retourne le fueillet, et, au lieu de deux nottes vuides en prenant une pleine, elle change de clef, et met une crochue sur le front de son mary. Voilà ceux qui s'accordent le plus mal en musique.

QUESTION VI.

Quels advocats il fait bon consulter pour un procez[1].

TABARIN.

Onsieur, depuis deux jours en ça on m'est venu donner un adjournement touchant une fille que j'avois enflée (mais je ne songeois point à mal, par ma foy). Cela fut fait à l'impourveu. J'estois allé en la cave pour me descharger d'un flux de ven-

---

1. Demande III du *Gratelard*. Même solution, texte identique.

tre. Nostre servante y vint sans chandelle, et, comme je m'estois mis auprès du tonneau, elle vint aussi tost pour tourner le robinet; mais, sentant que le vin ne venoit plus, elle demeura toute estonnée. C'est la plus plaisante drollerie du monde, je vous asseure que vous en ririez trop. Elle se laissa donc tomber à la renverse de frayeur qu'elle eust, et, moy pensant par courtoisie la relever, elle me fit tomber aussi tost après, et je vous laisse un peu à penser là où nous estions; et maintenant je ne sçay si quelque couleuvre luy est entrée dans le ventre, mais elle m'a fait appeller pour estre ouy en jugement. Pour moy, je ne luy demande rien, je la tiens quitte et me tiens pour content.

LE MAISTRE. Elle a bien raison, Tabarin, de te faire appeller; tu seras en fin contraint de l'espouser par droict de justice.

TABARIN. Par la mordiable, vous en aurez menty; je veux garder le droict pour moy-mesme; vous estes un sot.

LE MAISTRE. A qui parles-tu? Est-ce à moy à qui tu adresses ces paroles?

TABARIN. Non da, mon maistre, ce n'est pas vous que j'appelle sot; mais les paquets s'adressent à vostre seigneurie. Cependant quel remède, quel conseil me donnerez-vous? qui dois-je consulter?

LE MAISTRE. Bien qu'en vain tu cercherois des remèdes en ceste cause, il est bon toutefois de regarder à qui on s'adresse; il te faudroit consulter quelque vieillard qui, par une longue experience qu'il a acquise depuis sa jeunesse, te pourroit donner un bon conseil et un remède très-souverain pour ce sujet.

TABARIN. Non, non, mon maistre : les vieillards ne font que tousser et qu'esternuer ; je n'aurois jamais raison d'eux. Devinez, selon mon jugement, lequel il fait bon consulter.

LE MAISTRE. Qui, Tabarin ?

TABARIN. On ne sçauroit consulter jamais un meilleur advocat que monsieur le cul, parce qu'en peu de temps il vous rendra ses affaires si claires et liquides que mesmes vous les pourriez boire et avaler sans mascher. Tout ce qu'il dit, ce ne sont que sentences dorées ; tout ce qu'il escrit, ce n'est qu'en lettres d'or ; et, qui plus est, il y a du sentiment, nostre maistre.

LE MAISTRE. O le gros porc ! nous repaistras-tu toujours de telles viandes.

TABARIN. Il n'y a rien pourtant de plus delicat au monde ; c'est un hachis et une capilotade la plus delicieuse que vous ayez jamais gousté ; esprouvez le seulement, vous verrez que la consultation vous reussira à vostre contentement.

QUESTION VII.

Quelle difference il y a d'une femme à un oyseau.

TABARIN.

On maistre, quelle distinction mettez-vous entre une femme et un oyseau? encore est-ce une belle particularité à un homme quand il esveille ses sens à la cognoissance de quelque secret.

LE MAISTRE. Tu dis la verité, Tabarin; nostre ame est eternelle, *a parte post*, et desire toujours d'apprendre, jusques à ce qu'elle soit arrivée à la source et à l'origine de toutes les cognoissances, qui est le souverain bien. Ce desir et cest appetit s'esveille en nous par une certaine curiosité que la nature nous a infusée à nostre naissance, de façon que les esprits mesmes les plus indigestes ont ceste inclination, et sont bien aises d'apprendre quelque chose.

TABARIN. Respondez donc à ma demande sans tant tournoyer, et ne consommez point le temps en vain.

LE MAISTRE. J'ay donné il y a long-temps une solution à ceste question, Tabarin, touchant les differences dont tu m'as autrefois entretenu; mais, de parler philosophiquement avec un esprit lourd comme le tien, et de luy faire concevoir les raisons naturelles de cecy, ainsi qu'elles sont en degré plus haut que tes conceptions, aussi est-il très-difficile de te les faire entendre.

TABARIN. *Ad rem*, je vous prie; vous m'allez tousjours cercher un *alibi* extravagant.

LE MAISTRE. La difference que je mets entre un oyseau et une femme, bien qu'elle soit en l'espèce comme je t'ay enseigné autrefois, et que de sa propre nature la femme soit distinguée de l'oyseau, tu le peux remarquer au plumage, en la composition des organes, au bastiment tant des parties exterieures qu'interieures, tant contigues que continues, tant similaires que dissimilaires; tu le peux cognoistre au vol et à la legereté.

TABARIN. Pour ce costé-là, je deffie le plus subtil du monde de cognoistre lequel des deux est plus leger, de la femme ou de l'oyseau; pour moy, je tiendray tousjours l'affirmative pour les femmes.

LE MAISTRE. Je te pourrois apporter la definition de Platon, bien qu'accidentelle à l'homme et à la femme, *homo est animal implume, bipes*, et par là tu pourras recognoistre la grande difference qu'il y a d'une femme à un oyseau.

TABARIN. Je m'en vay vous faire un argument *in dabitis*, par lequel je vous prouveray que ce n'est point là où est la difference. Toute femme n'est-elle point corporelle?

LE MAISTRE. On en trouve peu de divines et de spirituelles, Tabarin; c'est *rara avis in terris*.

TABARIN. L'oyseau a un corps, donc l'oyseau et la femme ne sont qu'une mesme chose; n'estans qu'un, ils n'ont qu'une essence, ils sont indivisibles; estans indivisibles, ils participent à la mesme nature, ils sont sous un mesme genre;

estans sous mesme genre, ils constituent un mesme esprit ; *ergo* semblables, *ergo* sans difference,
ergo vous estes une beste. Voilà desgoiser de la
philosophie à pleine cuvée, cela ; voyez, je vous
prie, esquelles extremitez je vous reduits, *a primo
ad ultimum*. Reprenant la queue de tous mes syllo-
gismes, je prouve que vous estes un animal. La
vraye difference qu'il y a d'un oyseau à une
femme se remarque en ce que, quand l'oyseau est
sur un arbre, et qu'il apperçoit l'arquebusier ou
l'archer qui bande son arbalestre, il s'enfuit ; et,
quand la femme voit l'arbalestrier qui bande sa
raquete, elle se couche. Falloit-il tant tournoyer
pour venir tomber si près ?

QUESTION VIII.

Quelle distinction il y a d'une femme à un verre [1].

TABARIN.

 On maistre, allons boire, j'ay le go-
sier bien aride ; par ma foy, j'avallerois
maintenant une douzaine de verres de
vin sans m'arrester. Mais, à propos de
verres, quelle distinction et difference mettez-vous
entre un verre excellent et une femme ?

LE MAISTRE. Tu ne parles jamais que de man-

---

1. C'est la Demande IV de *Gratelard*, avec même solution,
texte presque identique.

ger ; à quoy bon de comparer une femme à un verre ?

TABARIN. Je m'en vay vous le dire : parce que la nature qui au commencement venant en fin à symboliser dans l'antiperistase d'une navigation où le Dieu Neptune, assis sur le mas d'un navire ; ouy, par ma foy, il est vray : car la chose venant, plaist-il ?

LE MAISTRE. Tu ne sçais ce que tu dis ; ne vois-tu pas que tu t'esgares en tes discours ? Un beau verre de cristal, bien net, bien poly, dont la glace transparante aille monstrant l'esclat de ses richesses, peut se comparer à une belle femme dont la face reluisante produit mille rayons dans l'ame de ceux qui regardent ; c'est dans leurs yeux, où, comme dans un cristal parfaict, l'amour se bagne et prend plaisir à s'esgayer.

TABARIN. Tous les diables, nostre maistre, vous me faites venir l'eau à la bouche, par ma foy ; n'en parlez pas d'avantage ; et puis ce n'est pas par là qu'il faut chercher la difference et la distinction d'une femme et d'un verre.

LE MAISTRE. Où la trouves-tu, Tabarin ?

TABARIN. Je la trouve en ce que, quand on a beu dans un verre et qu'on n'y veut plus boire, on le jette par terre, et il se casse ; au contraire d'une femme : car, quand vous aurez beu vingt ans dans son vaisseau hipopondriaque, et que vous le jetteriez cent fois contre terre, encor qu'il soit fendu, il ne se cassera jamais, de sorte que vous serez contraint toute vostre vie d'y boire malgré vous. Vrayement, ce n'est point un verre de fouchère, car on dit que, quand on y met de la poison, que le verre se casse ; mais il y aura plus de cinquante ans que la poison operera dans ce vaisseau infect, et toutefois on n'en pourra voir le bout ; il faudroit bien cent boites de vostre bausme pour le purger : c'est une playe incurable.

QUESTION IX.

En quel temps un homme travaille d'avantage pour les femmes.

TABARIN.

’Admirois l'autre jour dans le Palais un homme qui se fust volontiers transplanté aux quatre coins du monde pour l'affection qu'il porte à sa femme. En quel tems est-ce, je vous prie, que l'homme travaille d'avantage pour les femmes ?

LE MAISTRE. Toute nostre vie n'est qu'un perpetuel travail, Tabarin ; ce n'est qu'un continuel flus et reflus. Depuis que l'homme est marié, il engage sa liberté et se vend soy-mesme à l'envy des mescontens : car dèslors le soin et le souci de son mesnage l'attire dans un monde de peines ; il est en perpetuelle agitation. Tantost il court les mers, va aux Indes, traverse les Moluques, pour tascher d'attraper quelques richesses, *Effunduntur opes, irritamenta malorum.* Il n'est à peine retourné que la fin de son travail est le commencement d'un autre; le repos se bannit de son ame; il a tousjours l'esprit bandé sur les affaires de sa famille, et, comme balancé dans l'incertitude de sa fortune, il revient, il coupe, taille et rongne de tous costez. Quelquefois il arrivera qu'une femme luy aura apporté quelque dot; mais, pour la difficulté de l'avoir, il faudra suer sang et eau, se consommer en procez, et alors j'estime que les hommes travaillent d'avantage pour les femmes, car il n'y a rien de si penible qu'à soliciter un procez, ny où on employe tant de soin; et le plus souvent, après avoir bien travaillé, on se trouve frustré de ses esperances. Quelquesfois il arrive aussi que les femmes travaillent pour les hommes.

TABARIN. Pour cela, c'est une chose qui arrive assez souvent: quand elles voyent que leurs maris sont empeschez, elles ne veulent point perdre de tems de leur costé; elles ayment mieux faire travailler un autre en leur place.

LE MAISTRE. En quel temps estimes-tu donc que les hommes travaillent d'avantage pour les femmes, Tabarin?

TABARIN. C'est quand ils suent la verole, nostre maistre: car ils vuideroient volontiers jusques à la dernière goutte de leur sang pour leur consideration; ils font des dietes admirables pour les femmes; bref, leur travail est si penible qu'ils suent perpetuellement pour elles; ils font des voyages estranges pour ce sexe; ils vont en poste à Naples; de là, passans sur la ligne equinoctiale, où est la zone torride, ils reviennent par le pays de Surie, Suède et Bavière, et tous ces voyages se font sans bouger de leur place, et quelquefois sans boire ny manger. Voulez-vous travaux plus penibles que ceux-cy?

LE MAISTRE. J'estois bien estonné si tu ne m'allois repaistre de ces vilains discours.

TABARIN. J'estois bien estonné si vous respondiez à une seule de mes demandes.

QUESTION X.

A qui la barbe vient premier que la peau [1].

TABARIN.

'Ay admiré cent fois les chats et les chèvres, et une infinité d'autres bestes, mon maistre, qui portent de la barbe. Je m'estonnois de voir croistre leur barbe insensiblement avec l'aage, et toutesfois je voyois d'autres choses où la barbe estoit première au monde que les autres particularitez du corps : à qui pensez-vous que la barbe vienne premier que la peau?

LE MAISTRE. Cela ne s'est jamais veu; il faut toujours voir l'arbre devant que voir les fueilles, et les fleurs devant qu'apercevoir les fruicts; la nature a ainsi ordonné la dependance et la constitution des choses que nous voyons en l'univers : tout ce qui prend accroissement s'aug-

1. Demande V du *Gratelard*. Même solution, texte presque identique.

mente peu à peu, ainsi qu'un feu qui, excité par le souffle de vents, produit une petite fumée, puis s'embrase en soy-mesme; de là il esclatte et monte au faiste des arbres, prend vigueur, et de sa flamme rapide emporte, dissipe, ravit et consume ce qu'il rencontre. Quand quelque chose commence de naistre, ce n'est qu'une masse d'imperfections, qu'un meslange confus de discorde, qui avec le temps se digère, se perfectionne et prend ses accroissemens.

TABARIN. Teste non pas de ma vie! et puis vous dites que vous ne sçavez point de science! il n'y a asne en nostre pays qui en puisse tant dire; mais vous n'y estes pas arrivé : vostre nez n'est pas long assez pour penetrer dans ceste affaire. La chose à qui la barbe vient premier que la peau, c'est à un estron, mon maistre : vous le voyez fleurir et velu devant que jamais il aye une seule particule de peau.

QUESTION XI.

Pourquoy on pette quelquesfois en pissant.

TABARIN.

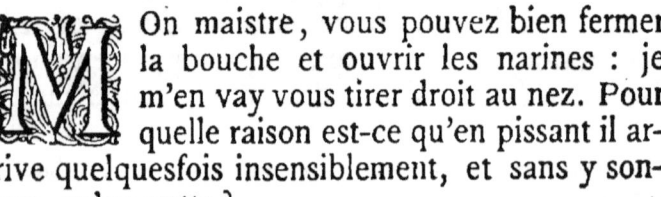

On maistre, vous pouvez bien fermer la bouche et ouvrir les narines : je m'en vay vous tirer droit au nez. Pour quelle raison est-ce qu'en pissant il arrive quelquesfois insensiblement, et sans y songer, qu'on pette?

LE MAISTRE. O le vilain! Nous voilà pas entrez dans l'ordure?

TABARIN. Vous y estes embourbé jusques au nez, mon maistre. Vous avez moyen de boire vostre saoul et de manger tout ensemble.

LE MAISTRE. Mais faut-il que je te reprenne continuellement de ces vilenies et saletez?

TABARIN. Il est vray que les paroles ne puent point, mais cela sieroit mieux en vostre bouche qu'en la mienne.

LE MAISTRE. A quoy servent les galères, que tu n'y es attaché pour tirer à la rame? Tu verrois à tout le moins de quel costé vient le vent.

TABARIN. Pourveu qu'il ne vienne point du septentrion culique, il ne m'en chaut; mais je ne sçay, vous estes de nature humide et estes fort subject aux exhalaisons. Retirez-vous d'icy. Mort de ma vie! vous m'avez bridé le nez d'une mauvaise odeur. Trente diables! quelle puanteur! Voilà un mauvais vent de bise. S'il pleut de ce vent-là, nous sommes en danger d'estre embrenez tout à fait.

LE MAISTRE. Mais à qui en as-tu? Es-tu yvre? Veux-tu entretenir le monde de tes ordures?

TABARIN. A quoy sert Monfaucon, que vous n'y allez estaller vos marchandises, sans venir icy empuantir nostre theatre? Pleust aux oignons que le gibet fust changé en taverne! vous viendriez tout à propos pour y servir de bouchon; le vent vous souffleroit au derrière, mais ce seroit bien autrement.

LE MAISTRE. Vien çà, gros vilain. Ne vois-tu pas qu'on se mocque de tes ordures, et qu'il n'y a paroles plus malseantes à un homme que celles que tu profères? Nous devons estre aussi bien nets en nos discours et communs entretiens qu'en nos mœurs. Un langage vilain desplaist à tous; nous devons conformer nos paroles à ce qui est de l'honnesteté, et ne nous laisser emporter à ces ordures : c'est vomir nos saletez et rendre par la bouche ce que nous devrions expulser par un autre endroit. Apprens à estre plus modeste en paroles : c'est une vertu qui doit estre courtisée esgalement de toutes sortes de personnes. Un homme sage ne se laisse jamais prendre à tels vains discours, qui sont de leur nature boufonnesques. On n'en peut remporter que du deshonneur et du blasme.

TABARIN. Où allez-vous cercher midy à quatorze heures? Respondez seulement à ce que je vous demande, ou confessez vostre ignorance en ceste matière.

LE MAISTRE. J'ayme mieux confesser mon ignorance en cecy que de proferer aucune parole qui tournast à mon deshonneur. Nous devons estre intègres et nets en nos discours, ou autrement nous symboliserions avec la nature des pourceaux, desquels la saleté me fait horreur.

TABARIN. Puis que vous ne voulez mordre en ceste matière, je vous en vay raconter ce que j'en sens. La seule raison pour laquelle il arrive qu'un homme pette en pissant est que monsieur le cul est un organe très-prudent (aussi a-il de la barbe comme les philosophes). Quand il voit donc qu'on veut pisser, il donne advertissement à tous ceux qui sont aux environs, et dit en son langage merdique : *Garre l'eau!* Voilà pas un beau traict d'une grande prevoyance?

QUESTION XII.

Qui sont les meilleurs tripotiers de la France[1].

TABARIN.

Ous en avez menty, vilaine ! Vous estes une gueuse ! Mordienne ! me voylà en colère ; je suis fasché, par ma foy !

LE MAISTRE. Qu'y a-il, Tabarin ? Il semble, à te voir, que tu sois esmeu.

TABARIN. N'est-ce pas une honte d'endurer des injures d'une femme ? Mort de ma vie ! je luy ay bien trippoté les joues. Vous estes une coquine !

LE MAISTRE. Tout beau, tout beau, Tabarin ; appaise un peu tes feux. Qu'y a-il ? Sçachons voir.

TABARIN. Pour le confesser, j'estois allé prendre une heure de recreation dans un tripot. Maintenant ceste maraude de servante me vient contester.

LE MAISTRE. C'est à faire à des chiens à abbayer contre leurs femelles, et non aux hommes, qui sont d'une nature plus courageuse.

1. Demande VI du *Gratelard*, même solution, texte presque identique.

TABARIN. Je ne suis point de la nature des chiens, nostre maistre : quand on me pique, j'esgratigne. Mais, puis que nous sommes sur le tripot, qui trouvez-vous en France qui se puisse qualifier du nom de meilleur tripotier ?

LE MAISTRE. Le jeu de tripot est l'exercice ordinaire des grands, et à ce mestier se portent ordinairement les plus experts et les plus adroits. Pour moy, je tiens qu'en la France on ne sçauroit trouver de meilleur tripotier que dedans Paris : car, comme c'est la metropolitaine du royaume, aussi prend-on plaisir de tous costez, et principalement les hommes industrieux, à y venir choisir leur demeure et habitation.

TABARIN. Ce n'est pas là, mon maistre. Il est bien vray que c'est à Paris où l'on retrouve les premiers tripotiers de France ; mais ceux qui, à bon droict, se peuvent qualifier de ce nom, ce sont les macquereaux.

LE MAISTRE. Pour quelle raison, les macquereaux ?

TABARIN. Parce qu'il n'y a personne qui sçache mieux addresser dans le petit trou, dans la belouse et dedans la grille qu'eux. Ils ont tousjours leur tripot ouvert, mais il faut apporter les balles et les raquettes ; et, bien d'avantage, on s'y eschauffe tellement que, souvent, en quatre coups ils vous font gagner une partie qui vous contraint d'aller au royaume de Suède pour vous rafreschir et vous faire frotter.

———

QUESTION XIII.

Pour faire un diable d'artifice, ce qu'il faudroit pratiquer.

TABARIN.

Uelle invention vous imagineriez-vous pour faire un diable d'artifice, mon maistre ?

LE MAISTRE. Il faudroit aller à l'original, Tabarin : on ne le peut depeindre si artificieux qu'il est ; et quand bien mesme un Appelles en voudroit crayonner la forme, il seroit impossible. Le diable est un Protée qui change de toutes couleurs et s'accommode à l'humeur de ceux qu'il suit pour les attraper. De recercher rusé plus industrieux ny artificiel, il est impossible. Ainsi, ta demande est inutile et vaine : car quel artifice pourroit-on prendre pour faire la ressemblance d'un artifice ? Si l'art a tant de peine à imiter le naturel et vouloir perfectionner par ses industries ce qu'elle enfante et met au jour, combien auroit-elle plus de peine à representer ce qui n'est point et ce qui ne s'est jamais veu ! Si c'est en bosse et en relief que tu veux jetter et former ce diable artificiel, il faudroit presupposer toutes les furies devant que de venir à un assemblage, ce qui ne se peut faire, puis que le diable est invisible et qu'il n'a point de corps : car de là suit qu'il est indivisible, et, n'ayant pas de parties materielles, on ne le pourroit former. Si c'est en platte peinture que tu le veux crayonner, il n'y a peintre, pour expert qu'il soit, qui le peut faire, puis qu'en vain il donneroit des couleurs à ce qui n'en a point, outre qu'il est requis à un peintre d'avoir l'objet devant ses yeux ; autrement les idées s'evaporent hors de sa puissance imaginative, qui est la matrice où il forme la representation et les postures des choses qu'il veut representer.

TABARIN. Je voy bien que vous n'avez jamais esté en enfer, nostre maistre, puis que vous ne sçavez comme il faut faire un diable d'artifice ; mais vous irez bien tost, s'il plaist à Dieu.

LE MAISTRE. C'est un chemin que je ne veux point apprendre, Tabarin :

Noctes atque dies patet atri janua Ditis ;
Sed revocare gradum superasque evadere ad auras,
Hoc opus, hic labor est : via lata quæ ducit ad Orcum.

Le chemin de l'Averne est large et spacieux, et bien souvent il arrive que l'artifice du diable nous y precipite et nous y entraîne.

TABARIN. Revenons, je vous prie, et ne nous perdons point en si beau chemin. Vous dites qu'on ne peut faire un diable artificiel : n'a-on pas autrefois peint des chimères et des fantasies qui n'ont jamais eu autre estre que celuy que l'intellect humain leur a donné ?

LE MAISTRE. Il est vray qu'on a peint autrefois des chimères, lesquelles, jaçoit qu'elles n'ayent aucune essence *a parte rei*, toutesfois, *habent fun-*

damentum in re (πρόσθε λέων, ὄπιθεν δὲ δράκων μέσση δὲ χίμαιρα) [1]. Les chimères se font dans nostre esprit par l'assemblage et union de diverses choses que l'intellect conçoit comme jointes par ensemble.

TABARIN. Sçavez-vous comment vous ferez une belle chimère, nostre maistre ? Il faudroit que vous missiez vostre nez dedans mon cul : ce seroit la plus belle chimère qui se peut imaginer ; il y auroit de la realité et de la *parte rei*. Mais, par mesme moyen, je vous veux enseigner comment il faudroit faire un diable d'artifice. Premièrement, il lui faudroit bailler des jambes de laquais et des souliers de solliciteur de procez, un cul de convent afin que le vent luy soufflast tousjours au derrière, des oreilles d'asne pour ouyr de plus loin, un nez de sergent pour avoir meilleur flair, des cornes de cocu pour sonner la retraicte, et finalement une teste de femme, car il n'y a rien qui rapporte tant aux actions des diables que ce sexe maudit. Voilà comme il faudroit faire un diable d'artifice, nostre maistre, sans aller cercher la quinte essence de l'alchimie et employer tous les vieux registres de Nostradamus pour trouver ceste invention.

1. Homère, *Il.*, VI, 181.

QUESTION XIV.

Qui sont ceux qui trafiquent le plus en ce monde.

TABARIN.

On maistre, l'experience que vous peut avoir donné vostre vieillesse me pourroit-elle bien declarer qui sont ceux qui trafiquent le plus dans l'univers ?

LE MAISTRE. Le monde est de large estendue, Tabarin ; chacun a droit de s'en dire bourgeois, chacun y trafique ; l'un y vend, l'autre y achète ; tous, de quelque condition qu'ils soient, taschent, tant par le travail de leurs corps que de leurs esprits, à gagner leur vie, et trafiquer pour leurs descendans et pour leur vieillesse. Exemple : des fourmis qui recueillent l'esté pour leur hyver. Malheureux est celuy qui ne travaille point et qui croit que les allouettes luy doivent tomber toutes rosties ; c'est un traict d'une grande imprudence que de ne point trafiquer pendant qu'on a le temps et que la fortune nous rit. L'occasion est chauve ; pendant nostre jeunesse si nous ne trafiquons pour nos vieux jours, nous sommes en danger de ne la rappeller jamais. Or, tout trafic se fait ou dedans ou dehors nostre pays ; toutes les nations ont esté poussées par je ne sçay quel instinct à trafiquer chez leurs voisins, et par ce moyen à avoir le commerce libre ; c'est l'intention de la vie humaine et l'union qui joint les hommes l'un avec l'autre. Ce trafic vient de ce que toutes les provinces ne sont pas remplies d'une mesme chose. La nature prudente n'en a departy ses faveurs esgalement à toutes les regions, leur donnant à toutes quelque chose de particulier, afin d'engendrer en nos ames un desir d'y trafiquer :

> *Non omnis fert omnia tellus :*
> *India mittit ebur, molles sua thura Sabæi ;*
> *At Chalibes nudi ferrum ; virosaque Pontus*
> *Castorea ; Eliadum palmas Epiros equarum.*

Ainsi une region, ayant en soy ce que l'autre n'a point, trafique, donne et emprunte de ses voisins, et ses voisines d'elle ; mais le plus grand trafic vient tousjours du dehors, et plus loin on va, plus le trafic est grand.

TABARIN. Voilà bien trafiqué, et toutesfois tout vostre trafic ne me plaist point ; vous allez chercher des alibis forains ; il vaudroit mieux demeurer dans les termes de lard et frotter vostre nez de la coine. Ceux qui trafiquent d'avantage en ce monde, selon mon jugement, se sont les femmes.

LE MAISTRE. Il est bien difficile de croire ce que tu dis, Tabarin ; je n'estime pas que ta proposition soit appuyée d'aucune verité.

TABARIN. Il est très-aisé de le croire pourtant par l'experience, car elles sont si subtiles et si artificieuses en leur trafic que pour une peau de conin elles gagneront les queues de cent veaux ; c'est un trafic usuraire à dix pour cent, ou à cent pour dix, prenez lequel vous voudrez.

QUESTION XV.

S'il y avoit une araignée dans le corps, comme la faudroit-il tirer dehors.

TABARIN.

C'Est une belle chose que d'appliquer son esprit à quelque belle invention et subtilité, nostre maistre, cela est digne d'un homme doué de prudence et de raison ; ainsi peu à peu l'experience des choses a produit des artifices et inventions que nous voyons devant nos yeux. Sçavez-vous bien, vous qui estes medecin, tirer une araignée du corps d'un homme, s'il l'avoit avallée par mesgarde, sans qu'elle envenimast ses entrailles ?

LE MAISTRE. L'araignée est une beste venimeuse qui ne vit que d'ordures, et qui par consequent feroit un grand mal à un homme si elle estoit entrée dans son corps. Devant que te declarer l'invention que je trouverois pour la jetter dehors, il faut que tu sçaches que l'estomach est celuy qui cuit, qui enferme et qui reçoit les viandes qui lui sont envoyées par l'esophage, dans la concavité duquel, comme dans un pot, la viande, après avoir bouilli, sort et s'escoule dans les boyaux : ceste pièce est une des principalles

pour le soustien de l'homme, car de la bonne ou
mauvaise disposition de l'estomach depend toute
l'economie generalle du reste du corps ; or, s'il
vient à recevoir quelque viande qui luy soit contraire, il ne la peut endurer, et bien souvent se
souslève pour la jetter dehors ; mais il est très
dangereux quand il la cuit parmy les autres : car
celle qui est mauvaise se communique à ses voisins et gaste tout le chil, et de là viennent les in-
dispositions de ceste pièce : *Nam vitiata una con-
coctione vitiantur,* etc. Or il n'y a rien qui corrompe d'avantage l'estomach que le venin et les
choses venimeuses : car cela se communique incontinent au cœur et le rend livide, le brusle et le
remplit d'ulcères. A tout cecy on a l'antidote, ou
composition qui, excitant un vomissement, fait
jetter dehors ce qui empeschoit les fonctions de
la vertu concoctrice, et remet l'estomach en son
entier. Or, entre toutes les herbes qui me semblent
pouvoir expulser le venin de l'araignée, si elle
estoit entrée dans le corps, ce seroit celle qui est
appellée des femmes atheniennes *Agnus castus*,
car elle a une vertu particulière à chasser les bestes venimeuses.

TABARIN. Vous n'y estes pas, mon maistre,
car je suppose que l'araignée eust desjà passé
les boyaux, et qu'elle fust proche du souspirail
culique, et alors on n'auroit aucun besoin de
medicament ny de regimes pour la faire vomir
par le haut, puis qu'estant une fois sortie des
ventricules de l'estomach, elle n'y pourroit plus
entrer.

LE MAISTRE. Il est vray qu'en ce cas la nature
ne la pourroit faire remonter par haut, mais

comme de soy elle se descharge sans se laisser violenter par des medicaments laxatifs, elle le rendroit par bas, et ainsi l'homme n'endureroit aucune alteration de cecy, trop bien l'araignée laisseroit-elle quelque impression et reliques de son venin, qu'il faudroit purger par bons et salutaires remèdes.

TABARIN. Je vay vous enseigner la façon qu'il y faudroit proceder, car je voy que d'aujourd'huy vous n'y parviendrez. Vous sçavez que l'araignée aime grandement les mousches, et qu'elle leur fait une guerre continuelle.

LE MAISTRE. Chaque animal a un antagoniste, contre lequel la nature l'arme en puissance et le rend fort en industrie.

TABARIN. De fait, si un homme a avallé quelque araignée, et que vous le faisiez mettre le cul en haut, et par consequent la teste en bas, puis tenir une mousche immediatement sur la rotondité et orbiculaire du quadran naturel, l'araignée qui sera dans ses boyaux, oyant le bruit et le voltigement de la mousche, sortira dehors, et alors peu à peu vous l'attirerez jusques sur les meulons du ponant, qui sont les fesses; tantost elle sortira, tantost elle r'entrera.

LE MAISTRE. Si elle prend la mousche et qu'elle y rentre, ce seroit une peine inutile.

TABARIN. Je m'en vay vous donner une invention pour obvier à cecy. Si, ayant alleché avec vostre mousche l'araigne hors du boulevard aquilonique, elle veut rentrer dedans sa caverne, vous prenez alors vostre temps, et y mettez vostre nez, et par ce moyen vous sauverez un jeune homme de la mort.

QUESTION XVI.

Pourquoy les femmes portent des masques.

TABARIN.

Quelle fin les femmes portent-elles des masques en France, nostre maistre? Je croyois estre l'autre jour au caresme prenant : je me rencontray en une assemblée de femmes ; je ne vis jamais tant de masques ny tant de beaux mentons.

LE MAISTRE. Les femmes portent des masques pour se conserver le teint frais, pour se garder du hasle, et ne flestrir point les roses et les lys qui se vont esmaillans sur le verger de leurs joues ; et toutesfois, helas ! qui est de plus fresle, de plus caduque et du plustost flestri que la beauté du corps ? L'aurore la voit naistre, le midy la met en son apogée, et le soir la ravit sous ses ombres, semblable à ces fleurs journalières et perissables, lesquelles, au dire du poëte,

Sole oriente vigent, sole cadente cadunt.

Ainsi en est-il de nos beautez, qui perissent et se flestrissent en mesme temps qu'elles sont mises à l'air. Vaine curiosité et inutile imagination des femmes, qui se persuadent que pour mettre un masque qui leur va bordant le nez, leur beauté

soit plus long temps en vigueur! Et toutesfois,
helas! il ne faut qu'un vent, il ne faut qu'une
petite maladie pour tout ruiner et corrompre. Et
puis qu'est-ce que la beauté d'une femme après son
mal? Il n'y a personne qui n'en ayt horreur. C'est
un receptacle et un repaire de vers, une sentine
de puanteur, un cloaque de vilenies, que nos
yeux mesmes, qui estoient captivez après ceste
carcasse animée, et qui l'alloient idolatrans, ont
honte d'envisager! Qu'est-ce que la beauté du
corps, pour en faire tant de parades? Rien que
l'ombre de la beauté de l'âme, qui est un esclat
de la divinité, d'où sort la supresme beauté. Et,
à vray dire, tout ce que nous voyons dans ce
bas-monde n'est que corruption et vilenie au regard des beautez d'une ame qui se perfectionne
en la vertu. Dieu! quel esclat brillant rejallit de
son auguste face! Il ne luy faut point de masque,
elle n'emprunte point ces vanitez superflues; mais,
comme un rayonnant soleil qui est en son midy,
elle darde ses rais de tous costez et remplit tous
les environs de splendides lumières.

TABARIN. De sorte que la raison pour laquelle
les femmes, selon vostre opinion, portent des
masques, est pour se conserver le teint frais et entretenir leur blancheur plus long-temps.

LE MAISTRE. C'est la seule cause, Tabarin.
Elles ne sont pas seulement contentes de ce
masque, elles se plastrent et se masquent d'une
infinité d'ingrediens pour se faire paroistre ou
plus blanches, ou plus rouges.

TABARIN. Je trouve que vous estes bien esloigné
de la raison, nostre maistre; car, si vostre opinion
avoit quelque esclat de verité, il suivroit en con-

sequence que mon cul devroit estre plus blanc et
plus candide que toutes les femmes, parce que
dès sa naissance je luy ay baillé le masque, et
toutesfois il n'y a rien plus noir.

QUESTION XVII.

En quel temps on commença à froncer les chemises.

TABARIN.

MOn maistre, puis que vous avez leu
dans les croniques et annales de l'antiquité, me direz-vous bien en quel
temps on commença de froncer les chemises ?

LE MAISTRE. Crois-tu que les annales soient
remplies de ces frivoles, Tabarin ? Ce sont des
livres autentiques et sacrez, où on voit les hauts
faits et prouesses des grands personnages. Là
se trouvent les gestes memorables qu'ils ont mis
au jour pendant le temps qu'ils vivoient.

TABARIN. Je prendray donc le roman de Jean
de Paris, de Regnaut de Montauban, de la belle
Maguelonne, de Richard-sans-Peur, et autres
infinies histoires, pour annales : car vous ne
vistes jamais plus beaux faicts d'armes ny cou-
rages plus hardis.

LE MAISTRE. Les croniques et annales sont les re-
pertoires, les pancartes et les archives où les princes
gravent et impriment tout ce qui se fait de rare et

d'excellent durant leur règne. Or, voicy la raison, qui est très-belle et que chacun de nous devroit avoir perpetuellement devant les yeux : le plus grand argument que nous ayons de l'eternité de nostre ame, qui est immortelle, est le soin et la diligence que toutes les nations ont eus que la posterité recogneut leur grandeur et les effets admirables de leur vertu et courage ; car si l'âme fust morte avec le corps, à quoy bon se peiner et travailler durant sa vie ? Il eust mieux valu prendre ses plaisirs en ce monde et vivre à l'epicurienne parmy les voluptez que nous offre ceste terre. Mais, comme dit Aristote, l'eternité est un des apetits de nostre âme, c'est une de ses passions, et où elle incline le plus ; c'est pour ceste raison que tous les grands personnages de l'antiquité, bien que payens et hors de la cognoissance de l'eternité, se sont proposez un prix et un trophée, s'imaginans que la posterité feroit retentir leurs louanges. Ainsi Themistocles disoit que les vertus d'Alcibiades ne le laissoient jamais reposer. Or, le plus bel expedient qu'ils ont trouvé pour rendre leur memoire eternelle a esté de faire graver et imprimer leurs hauts faits et prouesses dans les annales et archives.

TABARIN. Je voy bien qu'il faut que je vous enseigne ce que j'ay appris. Vous pouvez croire que la façon de froncer les chemises est une des plus anciennes modes des modes, car elle est du temps de Noé, qui nous a laissé ceste authentique, delicate, purpurée, nectarine, scientifique, admirable, ambrosine et mellifique liqueur qu'on nomme le piot. De son temps il y avoit une infinité de lingères, lesquelles voyans que leurs es-

guilles estoient rompues, commencèrent à travailler du cul. Voilà d'où on print l'invention de
faire des chemises [1] froncées.

QUESTION XVIII.

*Par quel moyen on se peut exempter de payer
aux hostelleries.*

TABARIN.

'Ay veu divers livres anciens où l'on
peut remarquer les stratagèmes de plusieurs grands guerriers ; j'y ay recogneu
une infinité d'inventions, de subtilitez,
d'artifices et de surprises ; toutefois jamais je n'ay
pu rencontrer un autheur lequel m'ait donné un
expedient pour sortir franc et quitte de l'hostel-
lerie sans payer aucune chose. Vous qui avez
une imagination quintessenciée, trouverez-vous
bien quelque invention pour ce subject ?

LE MAISTRE. Plus le siècle vieillit, Tabarin,
plus la corruption s'y engendre ; plus le monde
prend croissance, plus le vice s'y enracine. A
bon droit les poëtes anciens ont comparé les
premiers siècles au siècle d'or : car la nature
estant alors en la primevère de son aage, entretenoit tous les hommes en une simplicité. Depuis,
le luxe et la superfluité s'est jettée de province

1. *Var. :* chausses.

en province, et est montée à tel degré, que pour le jourd'huy il est bien difficile de se traiter sans une grande despence. On parle du luxe de ces princes anciens en leurs festins, comme de Cleopâtre, qui fit avaller à Marc Anthoine une perle de cinquante mille escus, et de cest autre empereur qui fit dresser un banquet de tous les animaux imaginables en la nature; mais nous sommes en un temps où toutes ces superfluitez sont plus en credit que jamais, et principalement dans les hostelleries de Paris, où on ne fait aucune difficulté de traicter les jeunes gens à dix et vingt pistoles pour teste. Ce sont des despences prodigieuses.

TABARIN. Je vous prie, ne m'en parlez pas d'avantage; vous me faites venir l'eau à la bouche; il me semble à voir que je tiens une perdrix dans mes dents. Il est bien vray que vous me dictes qu'on fait aujourd'huy de grande despence aux festins; mais vous ne me donnez pas un expedient pour en sortir, quand on a fait bonne chère, sans rien payer.

LE MAISTRE. Pour moy, je ne trouve aucune invention en ceste rencontre : car nous sommes en un temps où celuy qui a de l'argent est le plus fort et est le ressort de tout ce que l'on fait; et quand bien Danaé fermeroit ses portes et barricaderoit ses fenestres, empeschant l'entrée de son logis à tout le monde, si est-ce qu'elle ne peut empescher que Jupiter, par une pluye dorée, ne fonce tous ces obstacles.

TABARIN. Je voy bien qu'il ne vous faudroit plus avoir que les oreilles de Midas, car desjà vous avez une cervelle bien asinique. L'expedient que d'oresnavant je veux avoir pour estre franc et quitte par toutes les hostelleries où j'iray, est premièrement d'acheter un etat de gentilhomme.

LE MAISTRE. La noblesse n'est point venale, Tabarin ; elle ne s'acquiert que par la vertu.

TABARIN. J'en trouveray pourtant à bon marché ; il en passe quelquefois sur le Pont-Neuf dont vous ne voudriez avoir baillé un double. Quand j'auray acquis cest estat, il me sera permis de me battre en duel, et alors il ne faudra pas demander si j'estramaçonnera y commeil faut de l'espadon à deux jambes ; si de fortune je tue mon adversaire [1] (comme il arrive que quelquefois un fol rencontre mieux qu'un sage), on me tranchera la teste, et alors j'auray un grand advantage par toutes les hostelleries où j'iray, car si on traicte à deux ou à quatre pistoles pour teste, je seray exempt, à cause que j'auray la coupe testée [2]. Voilà le vray expedient qu'il y a pour ne pas faire beaucoup de despence aux hostelleries.

1. L'édition originale et toutes celles qui ont été consultées présentent ici une faute typographique qu'on croit devoirsignaler. La suite de la Question XVIII est ajoutée à la XXIe, tandis que la conclusion du no XXVI se trouve à la fin de la Question XVIII. De ce que les éditeurs ont laissé subsister une aussi grossière transposition, qui rend le texte absolument inintelligible, il faut conclure qu'on se soucioit fort peu que ce texte fût à peu près exact. L'incurie alloit même jusqu'à ne pas s'assurer si le volume qu'on réimprimoit contenoit tout ce que le titre indiquoit.

2. Locution burlesque empruntée à Rabelais.

QUESTION XIX.

Qui sont ceux qui surpassent les diables en meschancetez.

TABARIN.

Uelles gens, à vostre avis, surpassent le diable en malice, mon maistre?

LE MAISTRE. Il est très-certain que, le diable estant l'autheur de tous vices et le seul ressort par le moyen duquel tous les malheurs que nous avons ont esté enfantez en la nature, ce seroit mal penser de croire qu'il y eust quelqu'un plus malicieux que luy en l'univers; toutesfois je ne sçay comment la corruption s'est glissée dans ce siècle et comme quoy la meschanceté y a pris telle racine, que pour le jourd'huy nous voyons ordinairement que la malice de l'homme va de pair avec la meschanceté du diable, veu que le plus souvent il met des actions au jour que le diable a mesme en horreur. En quels estranges symptomes a-t-on veu la nature reduite depuis que ceste corruption s'est engendrée en l'univers? En quels crimes enormes n'a-on veu desborder les hommes? Quelles actions horribles n'a-on veu parmy nous?

TABARIN. Vous auriez plus de raison si vous disiez que ceux qui surpassent les diables en meschanceté, ce sont les femmes : car il n'y a chose plus malicieuse que ce sexe.

LE MAISTRE. Au contraire, qu'y a-il de plus doux, de plus pieux que les femmes ? On ne voit pas sortir d'icelles ny des conseils sanglans, ny des actions prodigieuses que produisent les hommes.

TABARIN. Souvenez-vous que je les tiens au dessus des diables en meschanceté, car les diables ne tourmentent que les morts, et les femmes tourmentent les vifs ; aussi en tout temps ont-elles une teste de diable, et n'y a aucun moyen de les dompter quand une fois elles s'imaginent quelque chose en leur caprice.

LE MAISTRE. Tu fais injure aux femmes de dire qu'elles ayent une teste de diable.

TABARIN. Je ne parle point sans preuve. Vous devez sçavoir que Pluton, père des diables, vint un jour aux prises avec Cibèle, mère des dieux, et contestèrent fort long temps dans l'antichambre de Jupiter pour le partage qui estoit arrivé à Pluton, dont il se mescontentoit grandement, de sorte que, la querelle montant peu à peu, ils en vindrent aux mains. Jupiter, qui faisoit des depesches en son cabinet pour envoyer aux nouveaux habitants de Canada, oyant ce bruit et ignorant que c'estoit, envoya Mercure, le plus subtil qui fut jamais entre les divinitez, et luy commanda de faire passer au fil de l'espée ceux qui luy faisoient un tel bruit. Luy, sans regarder ceux sur qui il deschargeroit son coup, leur coupe à tous deux la teste ; mais, ayant recogneu que c'estoit Pluton et Cibèle, il en vient advertir Jupiter, lequel, en mesme temps quittant ses depesches, arrive sur le lieu où le pauvre diable de Pluton tiroit aux abois, et promptement prenant la première teste qu'il rencontra, la remit sur le tronc qui le premier luy vint au devant, ne prenant garde que la teste de la femme il la mettoit sur le corps du diable, et la teste du diable sur le corps de la femme; et depuis ce temps-là les femmes sont devenues grandement plus meschantes que ne sont pas mesmement les diables qui sont aux enfers.

QUESTION XX.

Quel est le plus advantageux, de l'homme sain
ou du malade.

TABARIN.

On maistre, me direz-vous bien celuy qui est le plus advantageux, de l'homme sain ou du malade ? C'est une question de vostre medecine, et que vous pourrez peut-estre expliquer : c'est le propre d'un savetier de parler de son soulier et de sa forme essentielle.

LE MAISTRE. A la verité, Tabarin, ayant passé le meilleur de mes ans en la medecine, ce seroit avoir peu profité si je n'en avois attaint quelque legère cognoissance. Il ne faut aucune medecine pour conclurre que celuy qui est sain et gaillard est plus heureux que celuy qui se porte mal et est indisposé, parce qu'estans en bonne disposition, nos organes, qui sont en bonne intelligence, produisent des actions bien plus advantageuses que non pas ceux qui, estans comme assoupis dans les langueurs d'une importune et fascheuse maladie, trempent dans une continuelle paresse, et ne peuvent faire paroistre au dehors aucunes fonctions qui leur puissent donner quelque louange; outre que l'ame qui est dans un corps qui se porte bien a un grand ascendant en ses operations et produit des œuvres bien plus excellentes que celle qui est dans un corps malade; de là on voit que les melancoliques, à cause qu'ils ont les sens hebetez, terrestres et stupides, ne font aussi que des actions grossières, bien loing de ceux de qui l'agilité du corps accompagne et suit l'agilité de l'esprit.

TABARIN. Et moy, je trouve que les malades sont plus heureux que les mieux disposez, et ceux qui jouyssent d'une pleine et entière santé, parce que quand on est au sommet de la roue, il faut descendre; au contraire un malade, plus il se trouve indisposé, et plus il attend sa guarison avec ardeur et vehemence; et ainsi il est plus heureux que celuy qui est sain, puis qu'il n'attend que la maladie.

QUESTION XXI.

Combien il y a de poincts à la chemise d'une femme.

TABARIN.

Ous me direz que vous n'estes point cousturier et qu'il faudroit faire une exacte recerche de ce que je vous demande pour m'en dire quelque chose ; toutesfois je vous voudrois demander combien il faut de poincts pour parfaire la chemise d'une femme.

LE MAISTRE. Ce seroit regarder de bien près, Tabarin. Nous ne devons juger que de ce qui nous regarde, et non aller regratter sur ce qui ne nous touche pas : la curiosité est trop importune en cecy.

Navita de ventis, de bobus narrat arator.

Nous ne devons arrester ny jetter les yeux sur des choses de si peu de consequence ; nostre esprit, qui tient son estre du ciel, ne doit rechercher que des curiositez qui sont dans le ciel, et non se laisser abboutir aux vanitez et folies de la terre. A quoy bon d'assujettir sa pensée à la consideration des femmes ? C'est un subjet trop humble et trop bas.

TABARIN. Je veux dire, nostre maistre, si le subjet est si bas, il ne faut que mettre le pied dans l'estrier et monter dessus, ou bien prendre une

fueille de papier, afin de le faire plus grand et
plus sublime.

LE MAISTRE. Faut-il qu'incessamment je te
reprenne de ceste licence effrenée que tu as de
proferer tant de vilaines paroles et tant d'equivo-
ques? Doit-on en un public parler si licencieuse-
ment? N'est-ce pas assez que je t'ay repris de ce
vice, sans que tu t'y laisses retomber de rechef?

TABARIN. Voilà le vray et unique bouclier par
lequel et avec qui vous pouvez parer à toutes mes
demandes; c'est le seul moyen par lequel vous
pouvez esviter mes attaques; toutesfois, puis que
vous ne m'en sçavez donner aucune resolution,
je vous veux l'enseigner. Pour sçavoir asseurement combien il y a de poincts à la chemise d'une
femme, vous pouvez tenir pour certain qu'il y en
a cent devant et cent derrière, et de la senteur
par tout.

QUESTION XXII.

Pour empescher la fumée et la senteur d'un privé.

TABARIN.

On maistre, si par cas fortuit vous
aviez quelque grand bastiment, et
qu'après l'avoir edifié, le lieu se trou-
vast si incommode que la fumée vous
importunast sans cesse et que l'odeur du privé
vous vînt border le nez comme des lunettes,
quelle invention trouveriez-vous pour empescher

qu'il ne fumast dans vostre cheminée et qu'il ne
sentist aussi mauvais dans vostre privé ?

LE MAISTRE. Il est très-vray que le plan d'un
bastiment est quelquesfois mal pris, ou les fenestres si peu proportionnées que le vent d'un souffle perpetuel importune ceux qui sont dedans ;
toutesfois, l'esprit de l'homme s'est rendu si expert en toutes choses, qu'il n'y a rien qu'il ne
mette à chef quand il en a pris la resolution ;
l'aage et l'experience nous ont fourny mille inventions pour resister à ces empeschemens que
tu nous apportes, et n'y a chose au monde, pour
haute et relevée qu'elle puisse estre, qui ne face
joug à la science [1] de l'homme, qui peu à peu s'est
accreue et augmentée à ce dernier poinct où elle
est :

> *Hinc variæ venere artes : labor omnia vincit*
> *Improbus et duris urgens in rebus egestas.*

La necessité est une pepinière d'où sont sorties,
tanquam ex equo trojano, toutes les plus riches
inventions et subtilitez du monde.

TABARIN. Vous avez beau cajoler, et toutesfois ne m'enseignez-vous point par quelle industrie vous entreprendriez de satisfaire à ma demande.

LE MAISTRE. Pour empescher la fumée, on a
depuis peu inventé ces garde-vents qui empeschent que le vent ne descende, et luy ferme le
passage ; quant aux lieux secrets, il ne faut qu'a-
voir quelque senteur odoriferante.

TABARIN. Quel parfum plus odoriferant sçauriez-vous desirer que l'odeur du privé ? Il n'y a

---

1. **Et aux grandes vertus.** (*Edit. orig.*)

senteur au monde plus forte ny qui penètre plustost au cerveau. Mais pour conclurre en cela, re-
cognoissez vostre bestise, ne me pouvant rendre
aucune resolution de mes demandes. La seule et
formelle invention que vous pouvez rencontrer
pour empescher qu'il n'y eust de la fumée dans
la cheminée, et qu'il ne sentît mauvais dans le
receptacle merdique, ou, pour parler plus purement entre nous et entre hommes privez, dans le
cabinet privatique, est qu'il faudroit faire le feu
dans le privé et chier en la cheminée : c'est la
plus jolie invention que les arracheurs de teste,
je veux dire les architectes, ayent jamais sceu
rencontrer.

QUESTION XXIII.

D'où vient que les femmes sont plus galeuses
que les hommes.

TABARIN.

JE me suis estonné cent fois de ce qu'une
femme, en trois ou quatre coups d'espe-
ron, envoyoit un homme de Paris à Naples, et de là en la ligne equinoctiale,
et que bien souvent, par des frequentes veues et
reveues que les hommes ont avec les femmes, rem-
portent de larges galles qui les diffament entièrement. Pour quelle raison croyez-vous que les
femmes ayent plustost le farcin et la galle que
les hommes ? Je vous prie de promener un peu
vostre esprit dans ceste gallerie.

LE MAISTRE. Pour t'en bailler la vraye origine, il faudroit fueilleter les autheurs qui en ont parlé. Les uns disent que les Espagnols apportèrent ceste maladie des Indes ; autres en accusent les Italiens. Quoyque c'en soit, il est très-facile de voir que c'est une juste punition du ciel par laquelle il veut tirer raison des brutales actions des hommes. Pour la raison naturelle, elle est très-claire : la corruption vient de l'humidité superabondante, en quoy la femme surpasse l'homme ; car il n'y a rien de plus humide ny de plus remply de saleté et de corruption que la femme. C'est pour ceste cause qu'ayant en soy ce principe, il est facile de juger qu'ils en peuvent communiquer les effects à ceux qui les hantent et frequentent.

TABARIN. Vous estes aussi sage en ceste matière comme aux autres, nostre maistre. La vraye raison pour laquelle les femmes sont plus galeuses que les hommes, c'est parce que de tout temps elles ont aymé à porter les vertus galles, afin de faire paroistre leurs calendriers extimes plus gros (car il faut que l'enclume soit plus large et plus grosse que le marteau) ; mais la vertu, estant pour le jourd'hui mesprisée, a pris son vol vers le ciel, et la galle leur est demeurée. Voilà la raison *quidditative* pourquoy les femmes sont plus galeuses que les hommes.

QUESTION XXIV.

A quoy ressemble l'humeur d'une femme.

TABARIN.

Q U'estimez-vous de toutes les choses du monde qui aye plus de correspondance avec la femme, nostre maistre ?

LE MAISTRE. Voicy un champ de longue estendue, Tabarin. La femme estant un excrement de la nature, et, comme disent les anciens poëtes, le superflus de la matière qui restoit de l'homme, a aussi une grande correspondance avec tous les animaux irraisonnables. L'homme seul, cest animal divin et microcosme et abregé des plus rares objects de l'univers, est unique qui, par un ascendant advantageux, a eu la raison en partage ; la femme n'en a eu qu'une petite parcelle : aussi symbolise-elle avec toutes sortes de bestes ; c'est ce que vouloit dire fort bien le sçavant poëte :

Fies enim subito sus horridus atraque tigris,
Squamosusque draco et fulva cervice leæna.

Et, à vray dire, si on examine toutes les actions d'une femme, on y verra un grand distant de raison, qui est la maistresse pièce, et le ressort que la nature humaine nous a donné pour mettre nos entreprises à chef. Quelquesfois elle se met en furie et s'arme de l'irascible du lyon ; quelquefois la melancolie la saisit, et ne s'attache qu'aux choses de la terre ; tantost elle prend la forme d'une syrène, et, pire que Circé, desploye tous ses artifices pour se faire valoir. Mais sur tout ce à quoy je la pourrois comparer avec beaucoup d'avantage, c'est avec un singe : car tout ce qu'elle fait sont vrayes singeries, taschant en toutes ses actions de vouloir faire de l'homme et feindre ce qu'elle n'est pas ; leur singerie paroist en leur ambition, teste esventée et folies legè-res, où quelquesfois elles s'attachent avec avidité et ne songent qu'à assouvir leurs appetits et ima-ginations fantastiques.

TABARIN. Je ne sçay pas si c'est que vous avez baisé vostre mère au cul en venant au monde, que vous parlez si mal des femmes ; mais il me semble que vous n'avez esté nourry à autre escole sinon que pour par mal parler d'elles. Ce à quoy une femme me semble bien ressembler, c'est aux quatre elemens.

LE MAISTRE. Voilà un problème bien esloigné du vray semblant, Tabarin. En tant qu'elles sont composées des quatre elemens, elles peuvent avoir quelque rapport avec eux ; mais si on les prend selon leur particulier, il n'y a rien de plus esloigné.

TABARIN. Premièrement, elles ressemblent à la terre, sont lourdes, stupides et terrestres, n'ayans que des operations mollasses et bas-tardes ; en second lieu, elles tiennent de la qua-lité de l'eau, à cause de leur humidité ; de l'air elles ont emprunté la legereté et la vistesse, et

du feu la promptitude, car il n'y a rien de plus
inconstant ny de plus fougueux. Elles ont les
jambes de terre : il n'y a rien de plus fragile ny
de plus subjet à tomber ; elle a les mains et le
corps d'eau ; la teste est composée d'air : car il
n'y a rien de plus impatient ny qui soit plus
leger.

LE MAISTRE. Et le feu, où le logeras-tu, Tabarin?

TABARIN. Pour le feu, à cause que c'est un
element plus rapide, elle l'a mis en son derrière.
Il n'y faut plus que souffler. C'est le plus beau
calendrier que vous vistes jamais.

QUESTION XXV.

Quelle est la pierre la plus precieuse du monde.

TABARIN.

On maistre, il y a une infinité de pier-
ries au monde; laquelle estimez-vous
la plus precieuse?
LE MAISTRE. La nature s'est egayée
sur divers subjets, et principallement en la production des pierres, où elle a versé ce qu'elle
avoit de plus beau et de plus rare; là, comme
dans un clair miroir, on voit reluire et briller ses
puissances, estallant en ces objets les plus riches
couleurs qu'elle eust jamais mis au monde, voire
mesme il semble que les pierreries veulent con-

tester avec les astres de la beauté de leurs rayons,
veu que d'une sombre et obscure nuict elles
font naistre un jour clair et serain. Entre les pierreries il y en a de diverses espèces. Vous avez
premièrement la perle orientale, qui se fait de la
pure rosée gelée, et puis recuitte par les rais du
soleil; il y a des rubis et escarboucles, toutes
deux bien rayonnantes et estincellantes; il y a
la sardoine et l'amethiste, la turquoise et la cri-
solite, le saphir, l'opale, la gerosole, l'hiacinthe,
l'emeraude, la cassidoine, l'ambre et le cristal,
l'aimant, le beril, les coquilles et naces; mais
quelques pierreries que la nature ait jamais produit, il ne s'en peut trouver de plus riches, de
plus brillantes ny de plus agreables que le diamant : il jette un esclat fort et estincellant et
remplit les environs d'une vive lueur qui sort de
son fonds; bref, de tout temps ceste pierrerie a
esté estimée pour la plus riche et la plus belle
qu'il y eust en la nature. Les anciens autheurs
nous ont voulu faire croire que le diamant ne se
pouvoit fondre ny alterer que par le sang de bouc;
mais l'experience nous enseigne le contraire.

TABARIN. La plus fine et la plus precieusé
pierre que j'estime estre en la nature est la
meule d'un moulin, nostre maistre.

LE MAISTRE. Voilà bien rencontré, Tabarin;
comment se pourroit faire ce que tu dis? il n'y a
rien de plus lourd que ceste pierre. Nous sommes en un temps où on ne fait estime que des
choses qui sont rares, et non de ce que nous
voyons tous les jours devant nos yeux.

TABARIN. Pourriez-vous trouver quelque chose
de plus precieux que ce qui nous donne la vie?

La meule de moulin a cet efficace , et bien d'a-
vantage : elle faict que tout le monde chie l'or;
n'est-ce pas là une grande vertu? Y a-il diamant
qui se puisse esgaler à une si riche pierre?

QUESTION XXVI.

*Qui est-ce qui a de meilleures intelligences au debit
de la marchandise, de l'homme ou de la femme.*

TABARIN.

Ous avez esté en divers endroits de la
terre et veu une bonne partie de ce qui
se peut voir de beau et de souhaita-
ble : qu'avez-vous remarqué qui trafique le plus, l'homme ou la femme ?

LE MAISTRE. Il n'y a point de doute que tout
ce que je pourrois dire au desadvantage de l'homme en ce subjet ne tournast à mon propre blasme , chacun sçait bien le peu d'experience qu'ont
les femmes, et combien elles sont peu soigneu-
ses et exercées en la marchandise. L'homme ,
quelque action qu'il puisse embrasser, a tousjours esté au dessus des femmes.

TABARIN. Je sçais bien que la femme ne demande jamais que le dessous de l'homme ; mais
encore remarquay-je quelque action où elles les
surpassent.

LE MAISTRE. Pour mon regard, sçachant l'im-
perfection qu'il y a en la femme , et balançant
leur humeur avec la sagesse et la prudence de
l'homme, je trouve que l'homme , et pour entre-

prendre quelque chose de grand, et pour advancer quelque œuvre encommencé, a beaucoup d'avantage sur la femme : car en tant qu'il ne fait ou entreprend aucune chose qu'il n'y ait premièrement consulté la raison et l'experience, en cela il surpasse la femme, jouxte que quand il faut aller trafiquer en lointain pays, traverser les regions et aller jusques aux Indes pour y trafiquer, ce sont entreprises non de femmes, qui sont lasches et de peu de courage, mais d'hommes, qui, d'un cœur masle, franchissans par dessus tous les hazards qu'ils peuvent rencontrer, penètrent et se font planche dans les provinces les plus reculées. De sorte que je conclus que, de quelque façon que tu le prennes, tousjours l'homme trafiquera d'avantage que la femme [1].

TABARIN. On peut bien recognoistre que vous avez fort peu d'experience en cecy, veu qu'il n'y a trafic plus grand que celuy que font les femmes.

LE MAISTRE. Quel debit de marchandise fontelles pour faire un tel trafic? Pour moy, je n'en voy aucune apparence.

TABARIN. Le trafic et le debit qu'elles font est qu'en une demie heure, avec les intelligences qu'elles ont, elles baillent une lettre de change à un homme pour aller en Surie, et leur donnent de la marchandise assez pour y passer leurs jours caniculaires. Quel plus beau trafic sçauroit-on trouver que d'avoir des intelligences si loin et en pays si reculez?

1. Ici commence la transposition qui est signalée plus haut, p. 177.

TABLE DES QUESTIONS

CONTENUES EN CESTE SECONDE PARTIE.

Pages.

1. Qui sont ceux qui font la pire fortune entre les hommes. 137
2. Quelle difference y a-il entre une femme et une maison ? 140
3. Quel est le plus grand voleur du monde. 142
4. Pourquoy on mouille les œufs quand on les met cuire. 144
5. Qui sont ceux qui s'accordent mal en musique. . 146
6. Quels advocats il fait bon consulter pour un procez. 148
7. Quelle difference il y a d'une femme à un oyseau. 151
8. Quelle distinction il y a d'une femme à un verre. 153
9. En quel temps un homme travaille d'avantage pour les femmes. 155
10. A qui la barbe vient premier que la peau. . . . 157
11. Pourquoy on pette quelquefois en pissant. . . . 158
12. Qui sont les meilleurs tripotiers de la France. . 161
13. Pour faire un diable d'artifice, ce qu'il faudroit pratiquer. 163
14. Qui sont ceux qui trafiquent le plus en ce monde. 166
15. S'il y avoit une araignée dans le corps, comme la faudroit-il tirer dehors ? 168

Tabarin. I.   13

16. Pourquoy les femmes portent des masques . . .   171

17. En quel temps on commença à froncer les chemises.   173

18. Par quel moyen on se peut exempter de payer aux
hostelleries.   175

19. Qui sont ceux qui surpassent les diables en meschancetez.   178

20. Quel est le plus advantageux de l'homme sain ou
du malade.   180

21. Combien il y a de poincts à la chemise d'une
femme.   182

22. Pour empescher la fumée et la senteur d'un privé.   183

23. D'où vient que les femmes sont plus galeuses que
les hommes.   185

24. A quoy ressemble l'humeur d'une femme. . . .   187

25. Quelle est la pierre la plus precieuse du monde.   189

26. Qui est-ce qui a de meilleures intelligences au
debit de la marchandise, de l'homme ou de la
femme.   191

PREMIER PREAMBULE

EN FORME DE DIALOGUE

ENTRE TABARIN ET LE MAISTRE.

Le testament de Tabarin.

LE MAISTRE.

'Est une chose estrange, que l'effronterie a un tel empire sur les actions des hommes de ce temps, qu'on estime à honneur de se laisser captiver par le vice. La vertu est mesprisée, et l'irreverence des loix a pris un tel ascendant sur nos mœurs, que les plus infames actions sont tenues pour les plus vertueuses. Depuis quelque temps, je me sers d'un certain Tabarin; il n'y a impudence ny effronterie où il ne se rende signalé.

TABARIN. Nostre maistre est en colère d'estre

fasché. Sans doute que sa soupe a esté res-
pandue.

LE MAISTRE. A bon droit ce grand prince de
l'eloquence disoit jadis : *Frons, vultus et oculi per-
sæpe mentiuntur;* car, si vous jettez les yeux sur
la face et sur l'exterieur de ce mien valet, vous
le prendrez pour le tableau racourcy de la simplicité mesme, tant il a d'artifice à pallier ses
meschancetez.

TABARIN. Quel diable faut-il à nostre maistre?
N'est-ce point à cause qu'il n'y a plus de vin à
la cave? Il est fasché, par ma foy.

LE MAISTRE. Venez çà, pendard. N'ay je point
juste ocasion de me fascher, puis que de jour à
autre j'entens de nouvelles plaintes de vous? Encore n'avez-vous ny honte ny vergongne. Vous
deshonorez mon logis. Qu'avez-vous fait à la
servante?

TABARIN. Je ne crois pas luy avoir fait aucun
mal, nostre maistre. Encore fait-il bon surseoir
le jugement et entendre les deux parties. C'est
peut-estre qu'elle vous a dit que j'avois mangé
le lard. Je n'y songeay jamais, par ma foy. Ç'a
esté le chat; demandez-luy plustost.

LE MAISTRE. Ce n'est point le nœud de la
besongne. La pauvre servante a esté abusée et
s'est trouvée grosse; il faut resolument que vous
l'espousiez, car elle remet toute la faute sur vous.

TABARIN. Est-ce le subjet de vostre fascherie?
Vrayement, vous vous mocquez de vous fascher
d'une chose de si peu de consequence; car je
vous promets qu'en le faisant je ne songeay à
aucun mal. Remettez, s'il vous plaist, vostre colère dans le fourreau. Je m'en vay vous dire in-

genuement tout le fait et comme tout se passa.

LE MAISTRE. Quelquesfois une confession nuement declarée allentit la punition et retarde la vengeance qu'on en peut prendre. Voyons si ce pendart suivra le sentier de la verité.

TABARIN. Vous devez sçavoir que l'esté passé (il y a environ huit mois) nostre servante estant couchée sur le four, ainsi que vous sçavez, elle m'appella comme j'estois moy-mesme couché, et me pria de luy venir prester secours à chasser les puces qui la tourmentoient grandement. Moy qui suis simple et tout bon, je ne la voulus laisser à l'abandon de ceste petite beste. J'y vay donc pour la secourir. Nous fusmes quelque temps à faire une reveue par tout le lict; en fin il fallut venir de plus près à la charge. Il y avoit un grand trou à sa chemise; elle me dit : « Tabarin, bouche ce trou là; je cercheray de ce costé icy. » Cela fut plustost fait que dit; mais on ne m'en doit accuser, car je ne bouchay que le trou de la chemise.

LE MAISTRE. Ne voilà pas comme dans mon logis mesme on fait un lieu infame! Qu'on m'apporte une espée! Mon amy, il faut resolument que je te tranche la teste.

TABARIN. Quoy donc, mon maistre! vous estes resolu de me faire mourir? Ha! pauvre Tabarin! ma mère me l'avoit tousjours bien dit, que je tomberois dans la main de quelque bourreau! Voilà comme on traicte aujourd'huy les pauvres orphelins! A tout le moins, mon maistre, si vous me voulez tuer, je vous prie que ce ne soit pas en ma presence. Que croyez-vous qu'on dise de

moy quand on me verra sans teste? Les petits
garçons s'en mocqueront.

LE MAISTRE. Mon amy, si tu as quelque chose
à faire devant que mourir, depesche-toy, car je
te veux trancher la teste.

TABARIN. Quoy! voulez-vous donc oster la
pratique à maistre Jean-Guillaume. Si c'est pour
annoblir la race tabarinesque que vous me voulez
couper la teste, vous n'avez que faire de passer
outre, car mon père est noble de sang : c'estoit
le premier boucher de nostre pays.

LE MAISTRE. Je suis resolu à te faire mourir. Songe à tes affaires.

TABARIN. Il me faut donc faire mon testament,
et commencer par mon noble et authentique chapeau. Aussi bien n'en auray-je plus de besoin
quand j'auray la coupe testée. A qui le pourrois-
je avec plus d'avantage laisser en partage qu'aux
courtisans? Il n'y a rien de plus variable : c'est
le seul prototype du changement, l'image ra-
courcie de la varieté et le tableau au vif de la
mode. C'est sur ce noble et authentique chapeau
qu'on a pris toutes les modes qui ont esté en
France, de les faire tantost en pointe, tantost
plats, tantost à grands bords. Je sçay bien que
les apoticaires voudront entrer en debat pour la
succession de ceste venerable pièce, disans que
seuls ils s'en peuvent servir en guise de chausse
à passer l'hypocras; mais je les desherite et aime
mieux le laisser aux courtisans, pour la correspondance d'humeurs. Pour mon masque, je le
laisse au crocheteur de la Samaritaine. Aussi bien
a-il le visage bien halé. Il y a long-temps qu'il

regarde par la fenestre. Pour ma noble jaquette, de la laisser aux musniers ny aux cousturiers, ils sont assez larrons d'eux-mesmes. J'ayme mieux la donner en partage aux coupeurs de bourses et macquereaux. On dit que la robbe de Rabelais est à Montpellier, et qu'on ne passe jamais docteur en medecine que premièrement on n'en soit revestu : ainsi, de mesme, lesdicts sus-nommez seront aussi tenus de se revestir de ma noble jacquette pour se passer maistres en leur mestier. Pour mon haut de chausse, seul tesmoin oculaire et irreprochable des pets et des vesses que j'ay faits, le vray rendez-vous de mes cruditez et l'arrière-boutique reculée de toutes mes conceptions culiques, l'estuy venerable de mon authentique et renommé calendrier, le seur concierge, la citadelle ordinaire et le magazin de mes armes, petards et canons; haut de chausse, l'alambique de mes distillations journalières, la loge et demeure ordinaire des vents et des tempestes, à qui le pourrois-je mieux adresser et quel heritier pourrois-je mieux rencontrer plus infortuné que le pauvre Jacquemart qui est sur le clocher de l'eglise Sainct-Paul ? Aussi bien, y a-il une infinité de siècles que le vent luy souffle au cul. Pour le reste de mes habillemens, je les donne à mon maistre ; encore faut-il laisser quelque chose pour le bourreau.

LE MAISTRE. As-tu bien tost achevé?

TABARIN. Mon amy, voilà fait. J'ay dressé mon testament : fais ton devoir.

LE MAISTRE. Quelquesfois le delay esmousse la pointe de nostre colère et aboutit la passion bruslante qui est en nous. Ce mien vallet m'a fait tant de pitié, que je me sens tout refroidy de la punition que j'avois envie d'en prendre.

TABARIN. Non, non, je ne veux point de pardon : je suis resolu à la mort. Depesche-moy vistement.

LE MAISTRE. C'est un traict de courage de vaincre ses ennemis; c'est une magnanimité plus genereuse de se pouvoir vaincre soy-mesme. Au premier, nous symbolisons avec les bestes; au second, nous nous monstrons vrayement hommes et seuls possesseurs du liberal arbitre. Va, mon amy, je te pardonne librement, à la charge que tu n'y retourneras plus.

TABARIN. Je ne l'entens pas ainsi . je veux avoir la teste coupée. Fais ta charge. J'aurois bien peu de jugement si j'allois au contraire. C'est un advantage qui me vient : à tout le moins j'iray par toutes les bonnes hostelleries qu'il ne m'en coustera rien : car, quand on va disner en quelque cabaret, il est dit qu'on baillera tant pour teste. Je seray exempt de ceste taille, car j'auray la teste coupée.

PREAMBULE II.

Procez gagné sans despens.

TABARIN.

'Ay gagné mon procez, et sans despens. C'est la plus grande drollerie
du monde, par ma foy, sans despens!

LE MAISTRE. Dès le matin j'avois envoyé
ce pendart en quelques miennes affaires. Il a
marché sur la platte de quelque orange, et a
glissé dans un cabaret, car il n'est point retourné.

TABARIN. Resjouyssance, mon maistre! resjouyssance! J'ay gagné mon procez haut et court
et sans despens.

LE MAISTRE. Que me veut dire ce maistre
docteur icy avec ses despens?

TABARIN. On dit que les procureurs et les
conseillers sont plus chauds et plus sanguins
que les autres, à cause qu'ils ne vivent que d'es-
pice; mais ils n'ont rien gagné après moy, car
le procez est sans despens. Pour vous l'enseigner, nostre maistre, vous devez sçavoir que ce
matin, voyant qu'il n'y avoit que disner chez
vous...

LE MAISTRE. Comment, impudent! est-ce là

la louange que vous me donnez du bon traite-
ment que je vous fais?

TABARIN. Voilà un grand traictement! Vous
vous en devez bien vanter! Dans vostre logis, il
y a une grande chaudière que vous emplissez
pleine d'eau; et si, de fortune, vous y mettez
cuire quelques pois, on pourroit bien se jetter à
la nage au beau milieu pour les trouver. Mais
passons outre : cela n'apporte rien à nostre discours. Je me suis donc trouvé ce matin chez un
de ces cabaretiers de l'escole, qui m'a demandé
si je voulois boire pinte. « Plustost carte », luy
ay-je repondu. Nous nous sommes mis à table,
où d'un premier coup j'ay trouvé que le vin d'une
oreille estoit meilleur que celuy de deux oreilles.
Après que nous avons eu disné, il m'a dit qu'il
falloit conter. Je croyois qu'il entendit qu'il nous
falloit coucher quelque grave et serieux discours
sur le tapis, en quoy desjà j'esperois le surpas-
ser. J'ay commencé à lui conter le Roman de
Jean de Paris, le conte de Robert le Diable, le
grand Almanach des bergers, l'histoire des quatre
fils Aimon et plusieurs autres belles fables et an-
tiquitez sur la bouteille, *de natura bibentium*, comme *bene vivere*. Ainsi, cela vaut autant à dire en
langage gascon que *bene bibere*, et que de ce
proverbe estoit venu ce qu'on dit d'un homme
qui sçait oster l'humidité des pots, sçavoir, qu'il
sçait fort bien *gasconner* une bouteille. Bref, j'ay
esté plus de deux heures à conter sans luy demander aucun argent. Luy, au contraire, à grande
peine a-il eu conté l'espace d'autant de temps
que vous seriez à mettre vostre nez dans mon
cul et le retirer, qu'il m'a demandé deux quarts

d'escus pour ma part. Je luy ay dit qu'il n'y avoit aucune raison à me contraindre, pour un si petit conte qu'il avoit fait, de luy faire solution de ladite somme. Or, de bonne fortune, nous estions trois qui devions payer le mesme escot; nous consultames sur ce sujet, et se trouva que pas un n'avoit argent suffisant pour faire ledit payement. Moy qui suis fertil en subtilités et inventions, pris alors la parole pour les autres, et dis au maistre qu'il se fist bander les yeux, et que le premier qu'il prendroit dans la chambre payeroit tout l'escot : ce qu'il fit. Cependant, nous nous escoulames, et fismes monter son serviteur à la chambre, qui fut rencontré du maistre, lequel, croyant avoir trouvé la pie au nid, commence à s'escrier; mais il n'y trouva que les plumes : les oyseaux s'en estoient enfuis. Il n'en demeura pourtant point là, car il nous fit poursuivre. Moy qui ne pouvois beaucoup advancer, à cause que je m'estois chargé en devant, fus surpris, de façon qu'il nous a fallu vomir devant le juge.

LE MAISTRE. Il ne faut pas douter qu'en bonne justice tu le perdrois, Tabarin.

TABARIN. Nous avons esté devant le juge, lequel nous a interrogé du differend où nous estions. Nous luy avons declaré mutuellement nostre affaire. Il a jugé que puis que j'avois mangé le bien de l'hoste, qu'il falloit que je luy payasse mon escot, mais qu'il ne pouvoit pretendre aucuns despens contre moy. Ainsi, nous sommes sortis hors de cour et de procez et sans despens.

LE MAISTRE. Ouy, mais le juge entendoit que tu devois payer l'escot, et que pour les despens

du procez, qu'il n'y auroit aucune action ny va-
lidité contre toy.

TABARIN. C'est de quoy nous sommes en que-
relles. Diable ! je soustiens qu'il ne faut rien
payer, car il a dit sans despens. Il n'y a rien de
plus clair que cela.

LE MAISTRE. Toujours Tabarin fait paroistre
quelque eschantillon de sa malice.

TABARIN. En fin, on nous a mis hors de cour
et de procez et sans despens.

PREAMBULE III.

Subtilité de Tabarin.

TABARIN.

On maistre, me voilà tout eschauffé,
par ma foy. On m'a fait un des grands
affrons que puisse recevoir un homme
de qualité comme moy.

LE MAISTRE. Tu es un personnage bien relevé, voirement, et de grande qualité !

TABARIN. On dit que Ciceron fut le premier
de sa race qui ait annobly sa posterité à cause
des lettres et de la science qui estoient en luy :
n'en pourrois-je pas avec autant de raison dire
de la race tabarinesque, puis que le tayon du
grand-père de l'oncle de mon père estoit jadis

un des fameux messagers et un des pauvres por-
teurs de lettres de son temps ?

LE MAISTRE. Ce n'est pas là où se trouve la
noblesse d'un homme, Tabarin : c'est en la vertu.
C'est elle qui annoblit nos esprits et qui nous
met au-dessus des plus grands de la terre. La
noblesse que nous empruntons de l'extraction de
nos parens, ce n'est qu'un image de la vraye
noblesse :

Una hominem virtus post sua fata beat.

TABARIN. *Maxime, Domine.* Mais, pour revenir
à mon premier discours, vous devez sçavoir que
dernièrement, voyant que la rigueur de l'hyver
commençoit à nous attaquer, et que vous ne faisiez aucun conte de me racommoder ny de me
revestir...

LE MAISTRE. Ne t'ay-je pas habillé d'une toile
neufve ?

TABARIN. Il est vray ; mais vous sçavez le
procez que nous en avons eu sur les bras : vous
allastes desrober une aile du moulin de la porte
Sainct-Anthoine[1] pour me faire une juppe ; encor les cousturiers m'en ont-ils pris la moitié.
Mais passons outre. Je m'en allay donc chez un
grand de la cour qui me cognoissoit de longue
main, luy priant de me donner quelqu'un de ses

1. Voir ci-après, tome 2 : *Le procez, plaintes et informations d'un moulin à vent de la porte Sainct-Anthoine contre le
sieur Tabarin, touchant son habillement de toille neufve, intenté par devant Messieurs les meusniers du fauxbourg Sainct-
Martin, avec l'arrest... Paris,* 1622. Cette facétie pourroit bien
être de Tabarin. L'arrêt lui donne gain de cause contre les
meuniers, qu'il ne ménageoit pas dans ses bouffonneries.

vieux habits, ce qu'il me promit, et me dit que je retournasse du matin, ce que je fis ; mais ses laquais furent si impudens qu'ils ne me donnèrent que le haut de chausse et le bas. Je me mis en colère là-dessus, croyant qu'on se mocquoit de moy, de me donner en partage l'estuy aux vesses. Que fais-je là-dessus ?

LE MAISTRE. Que fis-tu, Tabarin ?

TABARIN. Je leur tesmoignis bien que Tabarin avoit de l'esprit, et que l'urbe inclite et famosissime de Lutèce ne progenère point des cerèbres si mal timbrez qu'ils n'ayent une suffisante potence dans l'intellect de s'en rememorer et d'en tirer une rationale vindicte.

FANTAISIES TABARINESQUES[1].

De l'ethymologie et antiquité du nom de Tabarin.

LA cognoissance des choses tant universelles que particulières gist en leurs principes et commencements : de sorte que nul ne se peut dire avoir acquis ce tiltre de cognoissance, s'il n'a penetré dans les secrets les plus cachez de la chose cogneue, parce que d'autant plus qu'il ignoreroit sa source et son origine, tant plus il s'esloigneroit de son progrez et de sa fin. Ainsi nostre jugement seroit plustost limité d'une ignorance très-obscure qu'esclairé d'une notion parfaite. Nostre ame, qui à la recherche exacte des choses aiguise ses plus fortes conceptions, desire avec plus de vehe-

---

1. Ces *Fantaisies* ne sont autre chose que la *Préface*, en deux chapitres, comprise dans les pièces liminaires de la première partie du *Recueil général*. On la reproduit ici comme édition originale sous ce titre de *Fantaisies*. D'ailleurs le texte présente quelques légères variantes.

mence sçavoir leurs commencemens que leurs
progrez.

C'est ce qui m'a esguillonné, en parlant de
Tabarin, d'en recercher la source, et me rendre certain tant de son extraction que de son
origine. Ceste cognoissance me servira de planche pour passer à la suite de ce discours, parce
qu'il est aisé, en cognoissant parfaictement la
cause et son essence, d'acquerir la cognoissance
des effects qui en peuvent naistre.

Pour l'ancienneté, etymologie et dependance du nom de Tabarin, les autheurs tant modernes qu'anciens en sont en grandes disputes :
aussi est-ce un different digne d'exciter les plus
subtils esprits et d'esveiller les jugemens les plus
solides pour le terminer.

Quant à l'etymologie du nom, les uns le derivent de *taberna*, comme qui diroit *tabarina*, et
certes bien à propos, veu que tous les discours
tabariniques ne buttent qu'à la taverne et à la
mangeaille ; les pointes les plus gaillardes de ce
droguiste ne sont tirées que du fond de la marmite, ses devis les plus facetieux ne sentent que
la cuisine : c'est de quoy le reprend ordinairement son maistre. Et de cecy le mot françois
nous en fournit de grandes preuves et des ap-
parences très-evidentes : car Tabarin vaut autant
à dire, si nous voulons un peu periphraser, que
Table à vin ; ce qui se rapporte et conforme
grandement à ses plaisanteries et sornettes.

Les autres, qui sentent d'avantage la medecine,
opinent favorablement à leurs desirs, car ils
derivent ce mot du latin *tabes*, veu que par
ses onguents et medicaments Tabarin guarit

plusieurs genres de maladies comprises sous ce nom, et ainsi ils croyent enrichir l'etymologie de Tabarin par ceste invention, et annoblir grandement son nom de ses propres despouilles.

Les plus fins, et qui veulent mettre le nez plus avant en ceste recherche, disent que ce nom est formé et descendu du mot grec ταυρος, quasi ταυχρινοσ, et ne rencontrent point mal à mon advis, pour plusieurs raisons [1].

La première raison qui parle pour eux est que ce mot grec ταυρος (selon Eustatius, autheur assez recommandable) ne signifie point seulement ce que nous appellons en latin *taurus*, mais encore demonstre et denote ceste partie du corps humain qui est entreposée entre le scrotum et le podex, sur laquelle viennent aboutir et respondre, comme au centre, toutes les lignes tant paralelles qu'inesgalles des jouxtes; que quand bien nous retiendrions le mot latin *taurus*, nous aurions tousjours suffisante preuve de ceste derivation, puis que Tabarin (principallement quand il a le chappeau fait en cornes), par un beuglement coustumier aux taureaux, represente assez bien ceste nature.

Ceste opinion, à la verité, est un peu subtile, et a quelque apparence de verité ; si est-ce pourtant que les autheurs n'en ont qu'effleuré le dessus, sans beaucoup se soucier de penetrer dans la quinte essence, et desnouer la difficulté de ceste affaire, et faut que je confesse que pour

---

1. Et ont des arguments assez forts et assez puissants pour se bastionner contre l'opinion des premières. (*Edit. de* 1622.)

Tabarin. I.　　　　　　　　　　14

estre recente, elle n'a pas moins de poids pourtant; car si de l'etimologie de ce nom ταυαρινος nous descendons dedans l'antiquité de la secte tabarinesque, nous trouverons des raisons très-certaines de ceste derivation.

Premièrement, donc, il est à remarquer que Pline, livre v, chapitre 27, de son histoire, parlant de l'assiette de la province de Carie et des villes du pays, en raconte une qu'il nomme *Tabæ Tabarum*, fort ancienne, qui se presume et se vante de l'origine des Tabarins, et fondée sur ce qu'un certain fugitif de Troye, nommé *Tabarinos* (qui mesme, au recit d'Homère, estoit l'homme de chambre de Paris), l'a edifiée et bastie, tant toutes les nations de la terre ont à cœur de se dire de la race des Troyens, bien que gens effeminez. Or la province de Carie comprend une grande partie de l'Asie-Mineure, et de la Licie et l'Ionie, en laquelle province, au rapport de Strabo, flambeau de l'antiquité, est une partie du mont Taurus, large et spacieuse contrée qui s'estend par toute la Grèce, tellement que si nous voulons esguiser nos esprits, nous trouverons que Tabarin, tant à cause du mot de Ταυαρινος que pour l'ancienneté de la ville de *Tabæ*, qui est située assez proche du mont Taurus, se derive à bon droit de ce mot grec de Ταυρος ou Ταυαρινος. Ce qui confirme ceste opinion et l'appuye grandement, c'est que Bacchus se nommoit jadis Ταυρος et Ταυροφαγο:, duquel Tabarin est le grand amy, comme l'ayant curieusement choisi entre tous les dieux, et preferé à toute la bande celeste, pour estre gravé, emburiné et entaillé au derrière de son pourtraict et de sa medaille.

Voilà pour ce qui regardoit l'etymologie de son nom.

Quant à son extraction et antiquité de sa race, les autheurs se trouvent aussi embrouillez qu'à la derivation de son nom, bien que sa race soit une des antiques familles du monde; et certes ce n'est pas peu de difficultés que d'expliquer et desvelopper, d'une longue suite d'années, le nom et la memoire d'une race, et rechercher les premières souches d'une famille : s'il y a peu d'advantage pour le premier pour ce qui regarde l'ordre de la genealogie, il n'y a pas moins de peine pour le dernier pour authoriser les asseurances et le fondement de telles recherches : aussi la gloire qui s'acquiert en l'un ne cède rien à l'honneur qui se brigue en l'autre.

Si quelque lignée se peut presumer pour son antiquité, celle des Tabarins se doit partager les premiers rangs, comme estans d'un des plus anciens estocs de la terre : car je trouve qu'il est descendu de Saturne, qui au temps que Jupiter le poursuivoit, s'estant venu cacher au pays de

Latium, his quoniam latuisset tutus in oris,

engendra un fils qu'il nomma *Tabarum*, comme escrivent Strabo et Pausanias, autheurs dignes de foy. Iceluy estant venu à la perfection de l'aage, où une ardeur martiale fait genereusement bouillir les entrailles aux plus vaillans, voulut faire paroistre que si son sang avoit un Dieu pour père, son courage en dementoit les actions comme fugitif.

Le Pont-Euxin, où habitent les Calibes, voisins du fleuve Thermodon, fut le champ fatal où il ouvrit les premiers traicts de sa valeur; il se rendit maistre de la campagne, et, voulant eterniser son nom où il avoit immortalisé son courage, il nomma les peuples des environs de son nom, *Tabarini*, selon Pomponius Mela, où ils sont encore de present, ou, si nous nous voulons asservir à l'arbitrage de Strabo, *Tabarni* ou *Tabarini*, de sorte que voylà nos Tabarins trouvez, dont la race consecutivement de temps en temps s'est conservée, accreue et augmentée, comme on peut voir en Italie, où ils sont pullulez particulièrement, comme estant leur ancien patrimoine.

De l'antiquité du chapeau de Tabarin, des tenans, aboutissans et despendances.

'Eust esté une inconsideration trop grande et une faute qui eust autant encouru de blasme que de detriment, si, en parlant de l'ancien estoc et origine de Tabarin, je ne venois par mesme moyen à traicter et esplucher quelque parcelle de l'ancienneté de son chapeau, qui est la première pièce et le vray ornement de sa boutique, d'autant plus recommandable que contre les coups du temps et de la fortune il s'est toujours conservé et maintenu en son entier. Je n'ignore pas, à la verité, que plusieurs n'ayent exercé leurs plumes et leurs esprits en la description de ce chappeau; mais je sçay bien que la recherche que j'en fais sera d'autant plus authorisée qu'elle est fondée sur de graves et antiques autheurs, et d'autant

mieux recueillie qu'elle est d'une haute origine,
s'il est vray que les choses qui se rencontrent rarement se voyent avec plus de vehemence et
d'impatience.

Ce chappeau est bien une des pièces la plus
mysterieuse qui se soit veue de long-temps, pour
estre descendu des hommes les plus illustres et
renommez de la terre. Les philosophes disent
que la matière, qui est le premier principe de la
generation des choses naturelles, ne se retrouve
jamais sans forme ; et, bien que ce soit une pure
puissance qui induise tantost une forme, tantost
une autre, et que par ces changemens et alterations elle semble estre despouillée d'accidens, si
est-ce que jamais elle ne reste seule, ou independante d'aucunes formes.

Le contraire se remarque en ce noble chapeau, qui est une vraye matière première, *indifferens ad omnes formas* : car, bien qu'à la verité il
ne soit tout à fait destitué de la forme essentielle,
si est-ce que la multitude des formes qui le vont
informant le rend quasi comme sans forme,
n'ayant rien plus constant que l'inconstance ; et
certes, si *ex generatione unius fit corruptio alterius*,
ce chappeau souffre de grandes alterations, n'y
ayant moment ny instant où il ne reçoive une nouvelle figure ; aussi vient-il d'un Dieu grandement
variable, et semble que pour toute succession il
eust eu le changement en partage : car, si nous
nous voulons borner des opinions de Berose et
Manethon, autheurs chaldéens, nous trouverons
que ce fut Saturne qui le porta le premier, non
si large comme il est, mais en forme longue,

car toutes les choses s'agrandissent avec le temps.

Tantum ævi longinqua valet mutare vetustas.

Il le fit faire expressement quand il vint en Italie, comme dit est, fuyant l'ire de Jupiter, pour se desguiser, car personne n'avoit encore inventé les chapeaux poinctus ; trop bien Mercure en avoit un qui lui couvroit la teste, mais il estoit d'une forme ronde. Depuis ce temps, la mode est venue de porter les chappeaux poinctus à l'espagnole, et mesme en France, où on a fait le mesme, mode qu'on peut dire à bon droict mariée à l'inconstance. Plusieurs portent aujourd'huy les chappeaux, non point tant pour embrasser les loix de la mode que pour cacher les cornes dont leurs femmes les emmossent, qui aboutissent en pointes, ce qu'ils ne feroient si aisement si leur chappeau estoit de forme platte, comme l'année passée ; car il y auroit à craindre qu'elles ne perçassent et se fissent paroistre au travers de ces chappeaux plats.

Saturne, pour tesmoignage de l'affection qu'il portoit à *Tabaron*, sçachant sa deliberation touchant son partement, entre les dons dont il voulut signaler sa courtoisie, il luy fit transport du susdit chappeau, avec deffenses très-estroittes de ne l'alliener, vendre ny donner à qui que ce fust, luy enjoignant de plus de le garder comme une pièce fatale à sa race et un precieux thresor. Aussi, Saturne, estant le père des changemens, ne luy pouvoit donner chose plus correspondante à son humeur que la vicissitude.

Tabaron, qui auparavant alloit nue teste, fut bien aise d'avoir un expedient pour se garder de la chaleur du soleil. Ce fut de ce chappeau qu'on tira l'invention des parasols, qui sont maintenant si communs en France que desormais on ne les appellera plus parasols, mais parapluyes et garde-collets, car on s'en sert aussi bien en hyver contre les pluyes qu'en esté contre le soleil. Ce chappeau, de père en fils, fut gardé comme une precieuse relique, en souvenance de Saturne, leur ayeul, car c'estoit son bonnet des jours ouvriers; mais de fortune, après quelque espace de temps, comme les choses perdent toujours leur premier lustre, un de la race tabarinienne qui l'avoit en garde le laissa esgarer, soit que le destin luy eust disposé un autre maistre, ou autrement. Ganimède, mignon des dieux, par rencontre le trouva, et, desireux de luy faire voir le ciel, le prist et le porta à Jupiter. Ce dieu porte-foudre s'estonna de prime-abort de voir la structure, le bastiment et les estages de ce venerable chappeau; il en voulut gratifier Mercure, et luy en faire un present, comme estant seul entre tous les dieux qui se servoit de chappeaux. Luy, qui aime la vanité, le fit remettre en forme et réintegrer en son premier lustre par Philoforon, son chappelier ordinaire, et voulant desormais s'en servir aux plus urgentes occasions, y attacha des aisles; mais de mal-heur, comme il fut commandé de Jupiter d'aller faire un voyage aux Champs-Eliséens, en se callant du ciel, le vent s'entonna dedans, de manière qu'il tomba, et oncques depuis il ne voulut porter aucun chappeau à la pyramide. Janus, qui vivoit en ce temps-là, fut si heureux qu'il le recueilla ; mais, ayant deux faces, et la teste grosse à proportion, il eslargit sa première forme, et de là en avant, il demeura large comme on le void à present. Cestuy-ci le cacha sous le mont Aventin ; mais Romulus, bastissant la ville de Rome, le recouvrit ; il fut long-temps comme une pièce rare et exquise, mesme on le portoit aux triumphes des empereurs quand, chargez de despouilles et trophées, ils entroient à Rome.

Ce fut aussi de ce chappeau d'où vint la coustume aux Romains de se couvrir la teste en leurs sacrifices, ce que les grands sacrificateurs observoient fort religieusement ; car, quand ils vouloient faire une hecatombe aux dieux, ils se couvroient de ce chappeau (tous les assistans estans descouverts pour plus grande reverence). Ceste loy estoit inviolable, et pratiquée en tous les sacrifices, excepté en ceux de Saturne, où ils se presentoient teste nue, comme raconte Plutarque, voulant par ceste ceremonie deferer quelque honneur à ce dieu pour son chappeau, et tesmoigner que ce seroit une indecence de luy sacrifier, estant couronné de ses propres despouilles.

Ceste pièce fut conservée plusieurs siècles dans le Capitole ; en fin un certain de la race tabarinique, qui estoit esclave du grand sacrificateur, s'en saisit secrettement comme si quelque destin l'eust sourdement excité à cela ; depuis en descendant, il demeura tousjours en la ligne droite et masculine des Tabarins, qui commencèrent dès lors à se peupler en Italie plus que devant, jusques à tant que le grand-père du grand-père de Tabarin, au temps que François premier fai-

soit esclatter ses armes par toute l'Italie, le donna
à un soldat françois qui, estant retourné en sa patrie, surpris qu'il fut d'une forte maladie, n'ayant
autre chose pour se guarir, le donna en eschange
d'une medecine à un apothycaire de la place
Maubert, qui s'en est servy, luy et ses enfans,
comme d'une chausse pour passer l'hypocras.

Tabarin, qui avoit leu les annales, croniques
et archives de ses predecesseurs, et combien ce
chappeau avoit esté en grande estime, a recherché tous les moyens de le recouvrer; en fin, dernierement qu'il vint à Paris, il le recogneut, et
le rachepta dudit apothicaire, estimant une chose
très-indigne qu'un si sacré vaisseau fust ainsi
pollu. Maintenant il s'en sert; et, s'il est le dernier qui le possède, il se peut dire à bon droict le
premier qui a inventé de luy donner nouvelles
et nouvelles formes.

FARCES TABARINIQUES

NON ENCORES VEUES NY IMPRIMÉES !

ARGUMENT DE LA PREMIÈRE FARCE

Iphagne est accordé à la Seigneure Isabelle, et donne charge à Tabarin de faire le preparatif des nopces. Lucas se plaint des sergens qui le veulent emprisonner; Francisquine, qui se veut depestrer de luy, luy fait accroire que les sergens sont à sa porte, et par ainsi se cache dans un sac; elle en execute la mesme à l'endroit d'un laquais du capitaine Rodomont. Tabarin va pour chercher de la viande. Francisquine luy vend ces deux sacs pour deux pourceaux. Isabelle et Piphagne veulent voir la marchandise. Tabarin s'habille en boucher pour les esgorger, et en fin on trouve que c'est Lucas, puis tous se battent.

1. Le langage dans lequel s'expriment Piphagne et Rodomont est un jargon italien, espagnol ou catalan, entremêlé de françois, qu'on ne sauroit astreindre à aucune règle. D'un tel amalgame de mots plus ou moins grotesques, inventés ou estropiés à plaisir, il résulte que parmi les variantes et incorrections qu'on rencontre dans chaque édition du *Recueil général*, il n'est pas toujours facile de discerner la vraie leçon, c'est-à-dire celle admise par l'auteur. C'est dans le but de se rapprocher davantage de sa pensée qu'on s'est écarté le moins possible du texte primitif.

PREMIÈRE FARCE.

Piphagne et Tabarin.

PIPHAGNE.

L'Amor é unà divinitaé chi ravissé toute lé affection dellé personné. Depis que le vichessa s'inflamao el cor di questo foco, la barba blanché perdi tutta la sua prudentià : *omnia vincit amor*. Questa cupiditaé s'insinuao per li occhi de manera que qui cunqué se laissé oppugnar di questa fiamma sen va tout in brouetto et non se senti. Questo incendio mi a transportao dé sorté que mi som resolvo de querir copulation et far la simbolisanbula, la trambula trimble.

TABARIN. Voila nostre maistre qui est tellement passionné de l'amour de madamoiselle Isabelle, qu'on luy a promise en mariage, qu'à peine peut-il donner air à ses souspirs ; depuis deux jours il ne fait que siringuer des sanglots culiques : il auroit grand besoin qu'on luy soufflast au cul, car il s'en va en cendre.

PIPHAGNE. Vien kà, Tabarin ; sas-to que me voglio meridar ? Alligressa, fradelle, alligressa ! Vidis-to com som disposto ?

TABARIN. Nous aurons de la pluye, voilà les crapaux qui sautent ; l'amour luy trotte dans le ventre comme les carpes en nostre grenier. Ha ! mon maistre, vous venez de lascher un souspir amoureux qui est bien puant ! Teste non pas de ma vie, en faites vous de tels avec vostre maistresse ? S'il pleut de ce vent là, nous sommes en grand danger d'estre embrenez.

PIPHAGNE. Adesso, adesso, Tabarin ; sas-to que voglio te communiquar ? Voglio far una dispensa, un banquetto, et convocar tutti li mei parenti.

TABARIN. Bon ! Vertu de ma vie, vous me faictes venir l'eau à la bouche ! Je m'en vay eslargir ma ceinture ; jamais vous ne vistes un tel gosier ; si je montois comme j'avalle, j'aurois pieça detrosné Jupiter de sa place. Il faut donc convoquer vos parens aux nopces ; vous avez Michaut Croupiere, Flipo Leschaudé, Guillemin Tortu, Pierre L'eventé, Nicaise Fripesausse.

PIPHAGNE. Ti oblivisseo Fritelin, come ti et tutti ly altri.

TABARIN. Je les trouveray tantost ; il n'en faut pas tant prier, afin que je puisse remplir mes boyaux. Il y a huict jours que je n'ay point excremento-pharmacopolé ; mon ventre en un besoin serviroit d'une vraye lanterne si on y mettoit une chandelle ; et puis je voudrois estre tout seul aux nopces : jamais vous ne vistes un tel escrimeur de dents.

Lucas et Francisquine.

LUCAS.

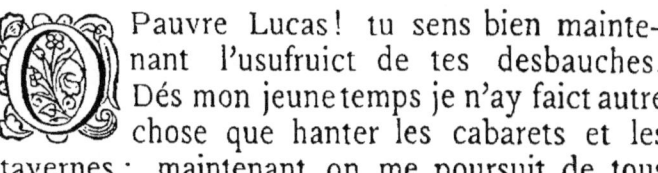

Pauvre Lucas ! tu sens bien maintenant l'usufruict de tes desbauches. Dés mon jeune temps je n'ay faict autre chose que hanter les cabarets et les tavernes ; maintenant on me poursuit de tous costez ; les sergens sont tousjours aux environs de ma porte ; je ne peux sortir de mon logis qu'on ne me guette au passage.

FRANCISQUINE. Mercy de ma vie, où allez vous ? N'avez vous point de honte de sortir ? Ne voyez vous pas que les sergens vous mettront la main sur le colet ?

LUCAS. Les sergens sont dangereux, car ils sont pires que les diables : les diables ne tourmentent que l'âme, mais ceux-cy tourmentent l'âme et le corps.

FRANCISQUINE. Que ferions-nous si on vous menoit à la Conciergerie ou au Chastellet ? Il est impossible de vous arrester en une place.

LUCAS. Quel bruit entends-je ? On frappe à la porte de derrière ; ce sont des sergens sans doute : me voila perdu ! Où me cacheray-je ?

FRANCISQUINE. Ne voila pas ce que j'ay tousjours dit ? Quel remède maintenant ? car s'ils vous apperçoivent, nous sommes pris. Il faut se resoudre devant qu'ils arrivent icy. J'ay un sac en nostre chambre de devant, il vous faut mettre dedans ; on n'y prendra pas garde.

Francisquine enferme Lucas dans un sac.

LUCAS. Ah ! pauvre homme, je suis reduit à une fascheuse cadene.

FRANCISQUINE. Taisez vous, mercy de ma vie, qu'on ne vous entende d'aujourd'huy.

Fritelin, serviteur du capitaine Rodomont, entre.

FRITELIN.

MAdame, je suis très-ayse que je vous trouve en bonne disposition; voicy un poullet que je vous apporte de la part de mon maistre.

LUCAS. Je serois volontiers content de sortir du sac pour en manger.

FRANCISQUINE. Il y a long temps que ce capitaine me poursuit de mon des-honneur : il faut que je luy joue d'un trait. Mon amy, vostre maistre se porte-il bien? Vous m'apportez un indicible contentement de m'apporter de ses nouvelles. Mais quel bruit entends-je à la porte? Ha ! mon amy, nous sommes perdus si on vous recognoist icy, je seray scandalisée ; je vous supplie de me faire ce bien d'entrer dans le sac.

FRITELIN. Qui a-il, madame ? qui a-il ?

FRANCISQUINE. N'entendez-vous pas qu'on frappe à ceste porte? Entrez, je vous supplie ; vous n'y serez pas long temps.

Fritelin entre dans le sac.

Francisquine (à part).

FRANCISQUINE.

VOilà mon affaire jouée ; je me veux vanger de ces deux personnages icy; de l'un, à cause qu'il est cause de ma ruine et qu'il a tout mangé mon bien ; de l'autre, à cause qu'il m'importune de mon deshonneur. De les jetter tous deux dans la riviere, ce seroit user d'une cruauté trop inhumaine; j'ayme mieux les laisser quelque temps en ceste posture pour voir ce qui en arrivera.

Tabarin entre.

TABARIN.

EN fin, j'ay tant fait que nous ferons le banquet ; je n'eusse sceu au monde faire une meilleure rencontre. C'est maintenant la difficulté de dresser les preparatifs. Le sieur Piphagne s'est mis en frais : à cause des nopces, on luy a faict un nouveau brayer, il s'est frisé la mousta-che ; mais je crois que l'horloge ne marquera pas, car la pointe de l'esguille est bien usée, et les contrepoids sont bien bas. Il dit qu'il est gaillard et dispos ; mais, pour moy, je ne tiens pas qu'il soit de la nature des chats : on auroit beau luy frotter le dos devant que la queue luy dres-sast. Quoy que s'en soit, il ma donné vingt cinq escus pour aller donner ordre aux provisions de gueule. Il me faut premièrement avoir pour cinq escus de salade , pour cinq escus de sel , pour cinq escus de vinaigre, pour cinq escus de raves, et pour cinq escus de cloux de girofle. Mais je n'ay ny pain, ny vin, ny viande ; il faut mieux faire mon calcul. J'auray pour cinq escus de pain, pour cinq escus de vin, pour cinq escus de salade (ce sont desja quinze escus), pour cinq escus de champignons pour l'entrée de table, et pour cinq escus de tripes. Mais je n'ay point de moustarde ; il faut que mon calcul ne soit pas juste. J'auray donc pour cinq escus de pieds de pourceaux pour l'entrée de table, pour cinq escus de cerises pour le second mets, pour cinq escus de confiture pour le troisiesme service, pour cinq escus de jambons et pour cinq escus d'andouilles pour le dessert : cela sera bon pour nostre maistre, car il en a grand besoin ; il a affaire avec une gueule qui assouviroit tout un regiment des Gardes si elle estoit seule. Il faut donc que je m'advance pour aller à la boucherie. Mais, à propos, je ne sçay pas le chemin ; il me le faut demander à Francisquine, que voicy. Ma commère, je vous prie de m'enseigner le chemin de la boucherie.

FRANCISQUINE. Si c'est pour achepter quelque viande, je vous en donneray à bon marché.

TABARIN. Est-ce chair fraische que vous avez ? car si les vers y sont, je craindray d'aller en Surie fairé guerre au Sultan Soliman à la sueur de mon corps.

FRANCISQUINE. Ce sont deux pourceaux que voicy qu'on m'a amené ce jourd'huy.

TABARIN. A la verité, ils en ont la forme ; en voicy un qui a bon rable.

FRANCISQUINE. Vous n'avez qu'à convenir de prix avec moy, et je vous livreray ma marchandise : je vous baille le tout pour vingt escus.

TABARIN. Tenez donc, voila sur et tant moins de la somme. J'ayme mieux me descharger icy, je n'auray pas la peine d'aller à la boucherie ; à tout le moins nous ferons des boudins. Adieu donc, madame Francisquine ; je m'en vay quérir mes instrumens pour esgorger ces pourceaux.

Tabarin. I.   15

FRANCISQUINE. Ce drolle icy sera tantost bien estonné quand il rencontrera Lucas et Fritelin dans le sac. Pour moy, je m'en vay regarder par la fenestre la fin de la tragedie.

Piphagne, Isabelle, Tabarin, Lucas, Fritelin.

PIPHAGNE.

Caro cor! cara fia! Que veré dié li philosophi que l'amor é cieco, ne val niente, sto larro! Il ma transperçao el cor de tes belessé, cara Isabella!

ISABELLE. Deux cœurs joints d'une parfaitte amitié produisent de riches effects, sieur Piphagne, et de leur mariage ne peut resulter qu'une harmonieuse union qui apporte du contentement à l'un et à l'autre.

PIPHAGNE. Intendeo, cara fia, veritaé; mas voglio cognoscere si sto Tabarin a donna l'ordine requisiti alle nuptié.

TABARIN. Mon maistre, sans aller à la boucherie, j'ay trouvé en mon chemin, le plus à propos du monde, deux porcs : voyez-vous comme ils sont grands! Puis que nous devons faire nopces, je suis d'advis de m'aller accommoder en boucher pour les esgorger.

ISABELLE. C'est très-bien faict, Tabarin; il s'en va tard, il est temps de faire les preparatifs, car nous devons avoir bonne compagnie.

Tabarin retourne s'habiller en boucher.

TABARIN. Voicy mes armes, il faut que je m'en escrime. Apporte moi la lichefrite pour retenir le sang, affin que nous fassions force boudins ; c'est ce que demande nostre maistresse : elle ne fut jamais saoule de cervelas ny d'andouille.

Tabarin descouvre le sac, et, pensant voir un pourceau, trouve que c'est Lucas.

PIPHAGNE. Oi mé! quali miracole prodigio grandé qui paroissé!

LUCAS. Au meurtre! on me veut esgorger! Je suis Lucas, et non pas un pourceau.

TABARIN. *Vade, sac à nois!* Teste non pas de ma vie, voila un pourceau qui parle!

FRITELIN. Soignez à moy, mes amis, je suis mort.

TABARIN. En voicy encor un qui est dans ce sac.

ISABELLE. Hay! hay! voila pour me faire avorter et renverser toute la matiere.

TABARIN. Prodige, messieurs! prodige! voila les pourceaux qui sautent. Je n'en demeureray pourtant point là ; il faut que je vous estrille : vous estes cause que je perds un bon souper.

Tous se battent.

ARGUMENT DE LA SECONDE FARCE.

Ucas va en marchandise, donne sa fille en garde à Tabarin, laquelle l'envoye vers le capitaine Rodomont. Ce capitaine donne une chaisne à Tabarin pour sa maistresse ; Tabarin le faict entrer dans un sac. Il veut garder la fidelité à son maistre. Lucas arrive de son voyage. Le Capitaine, enfermé dans le sac, pour sortir trouve une invention, qui

est de persuader à Lucas qu'on l'a mis en ce sac à cause
qu'il ne vouloit se marier avec une vieille qui avoit cin-
quante mille escus. Lucas, comme les vieillards sont or-
dinairement avaricieux, demande la place du capitaine
Rodomont, et s'enferme dans le sac. Tabarin et Isabelle
viennent pour frotter le Capitaine, et, après l'avoir bien
battu, trouvent que c'est Lucas, et demeurent bien estonnez.

SECONDE FARCE TABARINIQUE.

Lucas, Tabarin et Isabelle.

LUCAS.

Ive l'amour et la vieillesse! Je fais
tousjours estat d'un vieillard qui a la
teste blanche, mais la queüe verte.
Entre nous autres qui sommes marchans,
il nous faut courir de grandes risques, avoir des
correspondances en l'Orient et en l'Occident.
Depuis peu de temps j'ay pris une resolution
d'aller aux Indes; il faut necessairement que je
parte: mes vaisseaux sont equippez, il n'y a plus
qu'à faire voile. Pourveu que le vent souffle bien
à propos, le moulin tournera bien. Il n'y a
qu'une chose qui me donne du tourment en la
teste: j'ay une petite friquette au logis qui commence desjà à vouloir flairer le melon à la queüe;
j'ay peur qu'elle ne marche sur quelque escorce
de citron, et qu'elle n'entre dans un lieu infame;
et de fait, son honneur estant desja fendu, il ne
faudroit pas tomber de trop haut pour le casser
tout à fait. Elle a les talons bien courts! Je la

veux laisser en garde à mon serviteur Tabarin ;
il est fidelle, il y prendra soigneusement garde.
Je m'en vay l'appeler. Tabarin ! Tabarin !

TABARIN. Paix là, nostre asne dort, il n'a
point encor mis de beguin. Que diable faut il ?
Ha, ha, c'est donc vous, nostre maistre ? Excusez moy, nostre asne n'estoit point encor allé à
la selle.

LUCAS. Les asnes ne parlent que des asnes,
et moy je te veux communiquer une affaire d'importance. J'ay resolu d'aller aux Indes pour trafiquer.

TABARIN. Quoy faire aux Indes ? Faut-il sortir
de la ville de Paris ?

LUCAS. O la grosse beste ! Les Indes sont
esloignées d'icy d'un grandissime espace : il faut
traverser les mers et passer l'Ocean.

TABARIN. Vous embarquerez vous à Montmartre ?

LUCAS. Qu'est-ce d'avoir affaire à des esprits
si grossiers ! N'est-ce point sur l'eau qu'on s'em-
barque pour naviger sur la terre ?

TABARIN. Dame, vous le devez dire sans
parler.

LUCAS. Mais ce n'est point là où je me veux
arrester : je te veux donner en garde ma petite
Isabelle. Tu sçais qu'elle est jeune : si le fierabras
Rodomont vient pour la courtiser, tranche luy
les deux jambes.

TABARIN. Il faudroit donc qu'il marchast
du cul.

LUCAS. Il n'importe, mais conserve luy son
honneur.

TABARIN. Vous avez raison de me la recom-

mander : elle commence à sentir l'avoine d'une
lieue loing, par ma foy.

LUCAS. Je la veux appeller et luy dire adieu.
Isabelle, ma fille, venez parler à vostre pere. O
la voila, la petite friande !

ISABELLE. Bon-jour, mon père.

TABARIN. Elle a les joints bien souples, elle
fait bien la reverence.

LUCAS. Ma fille, je vous veux dire adieu ; il faut
resolument que je m'en aille. Au reste, gardés bien
la maison, et fermez la porte de la casematte vir-
ginale sur tout. Pour mon regard, je veux aller
trafiquer aux Indes : il est temps de songer à ma
vieillesse.

ISABELLE. Comment, mon père, vous me voulez donc ainsi quitter ? Comment sera-il possible
que je vive en votre absence ?

TABARIN. O la vilaine ! comme elle fait la
pleureuse ! Elle voudroit qu'il luy eust cousté la
teste de son père, et que le reste du corps fust
à S. Innocent.

LUCAS. Tabarin, je te recommande ma maison
et l'honneur de ma fille. Au reste, prends y garde,
et laisse faire à moy seulement : je te donneray à
mon retour un de mes anciens brayers et une
paire de sabots.

TABARIN. Vous vous pouvez asseurer que
vostre fille est en bonne main : je seray tousjours
dessus ou auprès d'elle ; si elle ne tombe point de
haut, jamais elle ne se cassera les jambes. Adieu
donc, mon maistre.

Tabarin et Isabelle.

ISABELLE.

Aintenant que mon père est sorty, je te voudrois bien communiquer un secret, Tabarin : c'est que je suis grandement esprise d'amour.

TABARIN. N'est-ce point de moy, ma maistresse ? Mort de ma vie, c'est un beau subjet.

ISABELLE. Je voudrois que tu m'eusses fait un plaisir.

TABARIN. Tout à l'instant si vous voulez; couchez-vous là.

ISABELLE. Et allez, vilain ! Estes-vous si impudent de me parler d'une chose si des-honneste ? Retirez-vous de ma compagnie. Croyez vous que ma puissance soit terminée d'un object si desagreable ? C'est une particulière affection que j'ay vouée au capitaine Rodomont. Je desirerois que vous luy eussiez porté cette bague.

TABARIN. Ah dame ! il me faut donc reserver mes pièces; s'il ne tient qu'à luy donner ceste bague, asseurez vous en sur la foy de Tabarin, et allez à la maison pour preparer ma soupe ; je ne manqueray point de luy donner.

LE CAPITAINE RODOMONT. Io ritourne di Holandia, di Flandria, Italia, Castilia, et som il mas valiente Capitanio que la terra produisi ; mas qualqua parté que la mea bravura m'a portado, li ochi de mea Isabella mi fato escorta, Isabella mas bella que Cipris, mas gratiosa que Minerva[1].

---

1. Dans l'édition de Rouen, 1664, le changement de scène

TABARIN. Mon maistre m'a donné charge de
garder le logis ; voicy sans doute quelque estafier
de la Samaritaine qui veut escalader la muraille
de ma maistresse et monter au donjon. Qui va
là ? Mort de ma vie, que demandez vous ? Ne
bougez de là.

Quid statis, quæ causa viæ, queisve istis in armis ?

LE CAPITAINE. A qui, veillacon, à qui, cacoe-
thei, et ti fasto parallello cum le capitaine Rodo-
monte.

TABARIN. Tout beau ! monsieur ; regardez ce
que vous faictes, car si vous me baillez un coup
d'estoc, vous percerez le baril à la moustarde.
Si le verre est une fois cassé, vous perdrez l'occasion d'y boire. J'ay charge de madame Isabelle
de vous parler.

LE CAPITAINE. De mi hablar de la parté de
mia Signora Isabella ? O felice nontio ! Comme
se niommé ?

TABARIN. Je me nomme Tabarin, monsieur.
LE CAPITAINE. Gagarin, mi caro !

TABARIN. Je vous prie, n'estropiez point mon
nom : je m'appelle Tabarin. Vostre maistresse se
recommande à vous. La pauvre fille est bien mal-
heureuse : elle avoit une chaisne comme la vostre ; en allant par la rue on luy a desrobée. (Il
faut tascher d'avoir sa chaisne et la bague ; et

est mentionné ici par l'indication des personnages de *Rodomont* et de *Tabarin*. Cette innovation, sans être absolument
nécessaire, eût mieux trouvé sa place avant le monologue du
capitaine, qui arrive après la sortie d'Isabelle, quand Tabarin semble toujours être en scène.

puis luy jouer un tour dont il ne se doute point :
je le feray entrer dans un sac, et le feray espous-
ter par sa maistresse.)

LE CAPITAINE. Li voglio far presenti de la
cathena, Tabarin.

TABARIN. Voila qui va très-bien ; mais vous
sçavez que le monde parle à travers des actions
d'autruy. C'est pourquoy, pour visiter madame
Isabelle , il seroit très à propos qu'on ne vous
apperceut point ; c'est pourquoy je vous conseillerois de vous mettre dans le sac que voicy : je
vous transporteray dans le logis sans aucun
soupçon.

LE CAPITAINE. Bonna inventioné, Tabarin ;
monstre lou sacco , et volio intrar.

*Tabarin met le Capitaine dans le sac sous l'espe-
rance de luy faire voir Isabelle.*

TABARIN. Je suis tenu de servir mon maistre ,
et prendre soigneusement garde aux actions qui
se brassent contre son honneur. Voicy un de ces
coureurs d'Espagnols qui se dit capitaine, jaçoit
qu'il soit tout seul en sa compagnie, lequel veut
entrer dans le logis du sieur Lucas, et ravir
l'honneur de sa fille. J'ay desja eu une bague et
une chaisne, je veux maintenant bastonner ce
drolle icy, et le faire estriller par Isabelle mesme.
Il faut garder la fidelité à son maistre. Te voila
maintenant enchaisné, capitaine Rodomont ! Tu
crois posseder les faveurs de ta maistresse, mais
je te veux bien monstrer qu'il ne se faut addresser
en ce logis pour corrompre les filles d'honneur.
Je m'en vay chercher cinq ou six crocheteurs
auprès de la Samaritaine, afin de te mesurer les
costes.

LE CAPITAINE. O infelice capitanio ! Endiablados de Tabarin ! La rabie furiosa me transportado, le furie me tormenti ; som el mas desvergonsado capitan de toto l'universo.

Lucas et le Capitaine.

LUCAS.

HEureux voyage, heureux voyage ! Je n'ay pas eu la peine d'aller aux Indes, et si j'ay faict un grand trafic. Je voudrois à ceste heure rencontrer un bon party et me marier ; foy de Lucas Joffu, je relancerois bien l'ababaude.

Le capitaine Rodomont trouve invention de sortir du sac, faisant acroire à Lucas Joffu qu'on l'a enfermé à cause qu'il ne se vouloit marier à une vieille qui avoit cinquante mille escus.

LUCAS. Mais qu'est-ce que je remarque icy ? Voila quelque balle de marchandise, sans doute.

LE CAPITAINE. Mi faut hablar francese. Monsieur, je suis icy enfermé dans ce sac, à cause qu'on me veut marier à une vieille femme qui a cinquante mille escus ; mais elle est si laide que je ne l'ay point voulu prendre.

LUCAS. Cinquante mille escus sont bons ; il ne faut pas regarder à la beauté. Si vous me voulez mettre en vostre place, je prendrois bien ce marché là.

Lucas entre dans le sac, et le Capitaine s'en va, joyeux de n'avoir eu les coups de bastons qui doivent tomber sur Lucas.

LUCAS. Quand les parents viendront, je diray

que je veux la vieille, et qu'on me conte les cinquante mille escus; ce sera double hasard que je rencontreray aujourd'huy.

Tabarin et Isabelle.

TABARIN.

IL faut que je vous conte un plaisant trait. Comme vous m'avez envoyé chercher le capitaine Rodomont, j'ai rencontré un de ces coupeurs de bourses de la Samaritaine, lequel vouloit entrer dans le logis, sçachant bien que le maistre n'y est pas, et vous enlever. J'ay eu l'industrie de le faire entrer dans ce sac. C'est pourquoy je me suis armé de bastons et de houssines afin de le frotter de teste en pied.

LUCAS. Voicy les parens qui viennent : il n'y a qu'à leur demander la vieille. Contez, parens, contez les cinquante mille escus.

ISABELLE. Vrayement, nous te les conterons, et en belle monnoye : frappons, frappons !

Lucas est battu et recogneu. Tabarin est bien estonné, Isabelle encore plus. Le Capitaine arrive, qui termine le differend, et puis on tire le rideau : la farce est jouée.

LES

ADVENTURES ET AMOURS

DU CAPITAINE RODOMONT

LES RARES BEAUTEZ D'ISABELLE

Et les inventions folastres
de Tabarin, faictes depuis son depart de Paris
jusques à son retour

*Œuvre non moins recreatif que facecieux
non encore veu cy-devant*

Sur l'imprimé

A PARIS

Chez Philippe GAULTIER, rue des Amandiers,
près le college des Grassins, et en sa boutique
sur le Pont-Neuf, du costé des Augustins

—

M . DC . XXV
Avec privilege du Roy.

AU LECTEUR.

LEcteur, sçache que j'ay mis ce livre en lumière pour double cause : la première, afin que Rodomont, Isabelle et Tabarin demeurent tousjours dans Paris, sinon de corps, à tout le moins de renom ; la seconde, pour contenter et recreer ton esprit en la lecture de ce livre. Que seroit-ce si ces galans hommes, en la representation desquels j'ay pris tant de plaisir et de contentement, ne faisoient une eternelle demeure dans la memoire de messieurs de Paris ? Helas ! tant de faineants, tant d'escoliers, tant de laquais, les uns quittans leur mestier, les uns leurs classes, et les autres leur service, qui ont tant appris de bien et d'honneur dans l'isle du Palais, perdroient la science qu'ils y auroient acquise, et au retour de leur service, de leurs estudes et de leur mestier, ne pourroient rendre à leurs parens l'eschange de leur argent avec la science, et ainsi les asnes et baudets seroient à tout jamais disgraciez, et si vivroient en ignorance, que tout le monde fuit. Mais, ayant ce petit Venit mecum en leurs mains, à tous propos et interrogations de leurs parens ils pourront hardiment dire : Tabarin a fait cecy, Tabarin a fait cela ; et par ainsi ils seront aimez, et me beniront eternellement, qui suis à tout jamais, durant que mon ame animera mon corps,

Leur humble et plus qu'obeïssant serviteur.

LES

ADVENTURES ET AMOURS

DU CAPITAINE RODOMONT

LES RARES BEAUTEZ D'ISABELLE

Et les inventions folastres
de Tabarin, faictes depuis son depart de Paris
jusques à son retour

LIVRE I.

JE sçay que plusieurs, allans et reve-
nans par les rues de Paris, employent
vainement leurs paroles sur le discours
du capitaine Rodomont, de la belle
Isabelle et du seigneur Tabarin, qui ne sçavent
nullement quelle est leur origine, quels leurs
parents, leurs amours et leurs victoires, ny
quel subjet les faict tous les jours immortaliser
sur un theatre. C'est pourquoy, comme estant
ennemy de l'ignorance, je desire que tant de

miracles apparus aux yeux de tout le monde, et
admirez comme rares, ne soient ensevelis souz
les cendres de l'oubly, faute d'avoir quelqu'un
qui peigne dans les tablettes de la memoire avec
un eternel pinceau tant de si belles choses, qui à
tout jamais le feront revivre, bien que mort. Je
n'ay pas entrepris en ce traicté de vous raconter
l'histoire d'un Rodomont, roy d'Arger, qui est
trop triviale et commune, comme celle qui a
assez esté deduite par le poëte italien Arioste, et
d'italien tournée en françois. Un Rodomont
second du nom, mais premier en armes, four-
nira de matiere suffisante à ce nouveau livre.

Rodomont a esté fils d'un roy d'Esclavonie,
puissant en valeur et en richesse, le renom
duquel a servy non seulement d'ayde pour soustenir la gloire de Rodomont, mais aussi pour
l'accroistre et augmenter. Ce jeune prince n'a pas
été moins beau que vaillant; car, si Cupidon avoit
establi sur son front le siege de son empire,
Mars luy faisoit redouter sa main, dont l'atteinte
estoit pire dix mille fois que celle d'un foudre.
Il a monstré durant toute sa vie qu'il estoit
digne de la race d'Alcide, laquelle, non sans
cause, il s'attribuoit. Au seul recit des travaux
de cet Amphitrionien, il s'est imprimé tellement
dans son courage les caracteres d'une honneste
envie, qu'il n'a cessé de pourchasser toutes les
occasions de se monstrer non digne de luy, mais
pour donner par son bras furieux quelque advantage à son los. Pour donc trouver où s'exercer
et acquerir louange, il esleut le pays des Sar-
mates comme tesmoing des palmes et lauriers
qu'il y devoit gaigner. Il prend congé de ses

parents et amis, non sans grande tristesse d'un
costé et d'autre, de laquelle je m'abstiens, ne
pouvant vous la raconter. Comment vous pourrois-je exprimer le dueil d'un vieillard qui nour-
rissoit avec tant de soing ce beau fleuron à
l'ouverture duquel il esperoit le rajeunissement
de sa vieillesse, et au contraire la fin de ses
jours à son espanouissement? D'autre part les
fontaines de larmes qui ne prenoient aucune fin
des moites yeux de sa mere m'empescheroient
aussi de sortir de ce labyrinthe de pleurs et de
regrets. Ce sera assez de vous dire l'invincible
courage de Rodomont, qui, mesprisant et les
larmes et les pleurs, s'eschapa impitoyable de
leurs mains, qui, ayant laissé aller leur tant chere
poignée, demeurerent immuables, et donnerent
à tout le reste du corps pareil ressentiment.

Cependant nostre chevalier, assisté de personne, gaigne le rivage, prend le premier navire
qu'il trouve despourveu de nautonnier, luy-
mesme le guide, et, sans crainte de personne, va
où la fortune et les eaux le conduiront. Il ne va
pas loing qu'il apperçoit venir vers luy six navires
assez pleines de gens, comme sa veue luy pouvoit apprendre, qui, ayans le vent en pouppe,
accouroient à tire de voiles vers la sienne, dans
aquelle il estoit seul, si seul se doit appeller un
capitaine qui a pour compagne la hardiesse et la
valeur. Ceste flotte approche tousjours, et
taschent d'attraper ceste pauvre navire qu'ils
pensent destituée d'armes comme d'hommes.
Que fera Rodomont, auquel toute oportunité de
fuyr est ostée? Il est besoin de finesse, et non de
valeur. Le peril prochain, qui a accoustumé de

donner conseil à ceux qui sont esloignez de
secours, aida bien à nostre capitaine, car, advi-
sant un rocher comme l'attendant au besoin, il
y grimpe, et laisse aller sa navire au gré du
vent. Le pilote de la flotte, qui prenoit la navire,
crie aux armes, advertit les principaux de là
dedans et les convie à la proye. Le maistre
pyrate, nommé Dromeudor, fait arrester le vaisseau, l'accroche, et, enragé de piller, y entre le
premier, cherche soigneusement par tout, et ne
trouve rien qu'un beau cheval qui monstroit avoir
porté un vaillant prince, pour la stature et la
beauté qui reluisoit en luy. Il estoit grand, gros,
pattu, le nez gros et fendu, les oreilles courtes et
espoisses ; bref, rien ne manquoit de la perfection
d'un bon cheval. Dromeudor, qui estoit meilleur
larron sur terre que sur mer, prend ce cheval
pour luy et pense qu'il luy servira bien. Ils
retournent touz en leurs navires, changeans leur
allegresse en pesanteur, et maugreant contre la
rigueur de la fortune. Dromeudor seul parmy
une si grande quantité se plaisoit fort en son
larcin. Ils prennent leur chemin droict où ils
pensoient que le cheval avoit couché. Ils ne
singlerent long-temps les vagues que ce rocher
sur lequel estoit Rodomont paroist à leurs yeux
de linx. Celuy qui l'advisa ce fut Taculistis, qui
quant et quant advisa nostre guerrier, et commence à bruire : « Voicy, disoit-il, le voleur à qui
est le cheval ; regardez, messieurs, comme il
nous deffie. » Vous eussiez veu chacun dans ces
vaisseaux jetter des cris de joye, tout de mesme
que le berger lors qu'il a recouvert quelques moutons qu'il avoit perdus. Ainsi ces pyrates, voyans

que leur esperance n'estoit point trompée, et
que le maistre de ce cheval estoit celuy qu'ils
consideroient si bien perché, ils hastent leur
vaisseau et y sont desja d'imagination et de
volonté. Ayant donc, à forces de bras et de voiles,
attaint le rocher, chacun tasche de pieds et de
mains de le surmonter. Le premier qui se voulut
hazarder à l'effect d'une si temeraire entreprise,
ce fut Taculistis, qui n'eust pas si tost allongé ses
mains pour avoir prise au rocher caverneux, que
Rodomont, qui tousjours estoit sur ses gardes, les
luy coupa, et fut cause que ce miserable cheut
dans la mer pour estre puny de tous les larcins
qu'il avoit faits. Plusieurs encoururent la mesme
fortune, et principalement ceux qui si evidem-
ment se vouloient comme luy jetter en ce peril.
Le capitaine Rodomont s'escrima si bien qu'ils
furent contraincts de le quitter, jusqu'à ce que le
lendemain ils eussent excogité quelque nouvelle
invention; car la lune, estallant par tout le ciel ce
qu'elle a de plus beau et luysant, leur amena le
sommeil, qui les fit retirer pour luy obeir, et lais-
serent là Rodomont, qui, selon qu'ils pensoient,
achepteroit bien cher la perte de tant de temps
qu'il leur faisoit consommer au pied de ce rocher,
durant lequel ils eussent peu traistreusement
conquester quelques marchandises.

Comme Rodomont trouve Tabarin dans l'isle
perdue et le constitue son escuyer,
et de ses finesses.

Odomont voyant que ses adversai-
res dormoient, le combat estant re-
lasché, non le soucy qui le poignoit
de se voir en un lieu solitaire, il leve
les yeux de dessus la mer, lesquels il n'avoit
encor exercez que pour prendre garde aux surprises et aux ruses que luy eussent peu tramer
ces larrons. Il regarde derriere luy, et voit un
lieu tout deserté, le domicile seulement des
bestes les plus sauvages et la retraicte de ces
meschans. Il suit une trace qui le conduit de ce
rocher à une caverne fort profonde, large,
longue ; il entre dedans, considere la demeure,
et ne trouve rien sinon un bœuf qui cuisoit et un
chien qui tournoit la broche. Une faim corporelle l'eust volontiers arresté à gourmander ce
bœuf, si une faim tousjours beante à la gloire et
à la nouveauté ne l'eust davantage esguillonné.
C'est pourquoy il abandonne ce receptacle d'in-
famie et ceste nuyct de meschancetez pour
suivre le commun sentier de la renommée et la
clarté plus asseurée de la gloire. Il retourne sur
ses pas, et au milieu de son chemin il voit une
autre sente qui le meine droit dans un abysme,
du creux duquel s'il n'eust entendu sortir une
voix effroyable, il eust esté en danger de tomber

dedans; mais le cry, qui sembloit venir plustost
de la gueule de quelque beste que d'une creature
humaine le fait regarder à soy, et tousjours
prest à secourir, s'enqueste qui c'estoit qui jettoit
de si piteux hurlements. La grosse beste qui estoit
là dedans, pensant que ce fussent ses parents
qui venoient l'achever de faire mourir, commence de plus beau à hannir comme un asne et
entrecouper de sanglots l'air de ces paroles : « Je
n'y chieray plus, ne me tuez pas si tost. » Ces
mots si doux à l'oreille tirerent plustost un ris à
Rodomont qu'ils ne l'esmeurent à compassion, si
bien qu'à peine ne pouvant respirer de rire, il le
pria le plus honnestement qu'il peut de luy
raconter son affaire, qui l'avoit mis là, et qu'il le
retireroit, que ses parents n'y estoient point.
Tabarin (ainsi se nommoit le beau gars), plus
hardy de ces paroles, le prie de l'obliger tant que
de le remonter, et que par après il le contenteroit.
Rodomont couppe une branche d'arbre, la plus
longue qu'il peut, et, laissant pendre en bas le
bout le moins gros, luy crie qu'il s'y pende.
L'autre, aussi rustaut que beste, commence à
crier : «Au voleur! au voleur qui me veut prendre,
et qui veut encore que je me tue moy-mesme!
—Fol que tu es, replique Rodomont, je dis que tu
te prennes au bout de la branche, et qu'ainsi te
tenant ferme je t'enleveray et delivreray. J'ex-
cuse ton ignorance; tien bien à ce coup.» Tabarin, revenant un peu à soy, s'ayde le mieux qu'il
luy est possible, et remonte au haut de l'abysme
par la force et secours de Rodomont. Quand
Rodomont l'eut remonté, le voyant aussi nud
que la main, si laid et si contrefaict, le vouloit

rejetter dans l'abysme, estimant qu'un homme
si mal fait ne devoit point jouyr de la lumiere.
Mais en fin, pensant qu'il luy serviroit d'escuyer
et de bouffon, il commence à l'arraisonner; mais
avant de le faire parler, je vous veux descrire la
forme. Il estoit premièrement grand de sept
pieds, la teste aussi aigue qu'un clocher, qui
alloit depuis les oreilles jusques au couppeau,
comme une montagne qu'une forest de cheveux
ombrageoit, aussi droicts que les poinctes d'un
porc espic, et deffendoient une armée blanche de
la chaleur offensive du soleil, contre qui ordinairement Tabarin, par contenance, escrimoit et en
faisoit choir, des rudes attaques de ses ongles,
une partie sur la terre, une partie sur ses espaules.
Ses yeux estoient si creux, qu'il y avoit depuis
la prunelle jusques au sourcil un bon pied et
demy; son nez si gros, si large et si ample, qu'à
grande peine il pouvoit voir ceux qui le regar-
doient, embelly pourtant de rubis et de plusieurs
autres presens de Bacchus; ses joues enflées et
creuses par le milieu; le menton faisoit comme
une coquille qui se rehaussoit devers la bouche,
et le nez comme la trompe d'un elephant; la
bouche fendue jusques aux oreilles et qui eust
fait peur à deux cens pains de neuf livres. Quand
ce microcosme et ce tableau racourcy de toute
beauté se mettoit une fois à rire ou à crier, ou à
remuer une de toutes ces parties, il ressembloit
plustost à un diable qu'à un homme. Je pense
que la nature l'avoit enrichy de toutes les rares
laideurs, et s'estoit desgarnie et despouillée de
tout ce qu'elle avoit de contrefait pour rendre
celuy-là seul difforme entre tous les hommes,

afin qu'ils semblassent miracles au prix de ce
monstre. Le corps de ce portente estoit large et
gros, et son cul, son ventre et ses cuisses si
estroits, que je m'esbahis comment ils pouvoient
soustenir le fardeau de dessus.

Encore la nature n'eust-elle fait que crayonner
ceste monstruosité si, pour la polisseure et la
derniere main à l'accomplir de toute difformité,
elle n'eust donné toutes les ruses, trahisons et
meschancetez qui se peuvent inventer. Si l'exterieur faisoit beaucoup à cette peinture, l'interieur
y faisoit encore davantage. Tu devois bien benir
les dieux et ta fortune, Rodomont, de quoy ce
terrestre démon ne se servit de ses meschancetez
que pour ton bien.

Je vous ay donc laissé où Rodomont tasche à
tirer parole de luy, s'enquiert de ses parents et
de la cause qui l'avoit conduit dans cet abysme.
Ce fut lors que Tabarin commença à hurler, au
lieu de souspirer (car il ne pouvoit sortir de
souspirs d'une beste si difforme), et faire la plus
horrible mine qui fut jamais veue, qui eust esté
suffisante de changer les hommes les plus resolus
en pierre; et de fait, si Rodomont n'eust point
esté armé, il y a grande apparence qu'il eust esté
changé en pierre. Tabarin commence son discours
de la façon : « Chevalier, je vous prie que nous
allions chercher des habits et à manger, car en
premier lieu je suis honteux que vous ayez pour
object de vos yeux un si puissant chasse-mouche.
Secondement, il y a trois jours que je n'ay veu
ne pain ne paste ; il y a icy auprès une caverne,
demeure ordinaire d'un fameux larron nommé
Dromeudor, ainsi que, depuis trois jours que je

suis en ce gouffre, j'ay apris par les paroles de
ses ministres, qui discouroient le plus souvent sur
le bord de mon logis. Plusieurs fois ils ont tasché
de m'écraser à coups de pierres, pensans que je
fusse quelque esprit de ceux qu'ils avoient tués,
et m'eussent cent fois occis si je n'eusse usé de
subtilitez que je ne vous veux pas dire, de peur
que, s'ils nous surprenoient d'advanture et qu'ils
vinssent à nous jetter dans ce Tenare, vous n'usas-
siez de la mesme ruse, et que, n'y ayant place
que pour un à faire cela, vous me fissiez finir
mal-heureusement mes jours.— Ne crains point,
Tabarin, repart Rodomont, nous ne viendrons
point à telle extremité cependant que mon bras
aura la puissance d'obeyr à ma volonté, cependant que Rodomont aura vie.

TABARIN. Chevalier, vous n'avez point la mine
de soustenir contre une centaine de larrons qui
ne nous manqueront point au besoin. Excusez
moy, s'il vous plaist, si j'ose parler ainsi; la
crainte de mourir me porte à tel advantage de
paroles, car j'ay desjà assez eu la mort devant
mes yeux.

RODOMONT. Comment, coquin! le seul nom
du capitaine Rodomont te devroit donner de
l'assurance.

TABARIN. Vous ne me sçauriez faire croire
cela.

RODOMONT. Te deffie tu de ma force?

TABARIN. Nenny, seigneur chevalier, mais je
crains de mourir.

RODOMONT. Tu crains de mourir avec le capitaine Rodomont! Tu crains de mourir avec le
meilleur chevalier du monde, avec celuy qui luy

seul, à l'entrée de cette isle, a repoussé une compagnie de larrons. Asseure, asseure toy.

TABARIN. Que sert le langage à un couard, ou à un vaillant capitaine ? Monstrez m'en des preuves.

RODOMONT. Regarde mon espée encore teinte du sang des ennemis.

TABARIN. Je le quitte, seigneur, pourveu que vous ne me trompiez point, car il y a des bestes en cette isle aussi bien à guerroyer comme des hommes.

RODOMONT. Tu verras tantost des preuves de ma valeur sur des hommes et sur des bestes, et non sur des hommes comme toy, car il ne s'en voit point de semblable. »

Discourant ainsi, ils arriverent à la caverne, dans laquelle se jetta aussi tost Tabarin, ne voyant personne de deffense qu'un bœuf qui cuisoit, sur lequel il se rua si terriblement, qu'il ne partit point de dessus qu'il n'en eust mangé la moitié; ce que voyant Rodomont, qui n'estoit moins affamé que luy, le renversa sur le cul, et à qui mieux mieux se mirent à dechiqueter ce bœuf, en sorte qu'au bout d'un demy quart d'heure il ne resta rien du tout. Après qu'ils se furent assez repeus, Rodomont interroge Tabarin touchant sa fortune, auquel il ne voulut respondre qu'il n'eust premierement esté vestu. Il cherche à la lueur du feu par la caverne s'il ne trouveroit rien de propre pour luy ; en fin il apperçoit sur un baston à un coing un vieil habit de paysant qu'il vest, un chappeau aussi mol que paste qu'il adapte le mieux qu'il peut à sa teste montagneuse. Il rencontre aussi un petit manteau verd, dont il entoure son col le mieux qu'il peut, et de meschans souliers et chausses, et un grand cousteau de bois dont ils s'aydoient à leur espoudrer et nettoyer. Tabarin fut plus aise de ce cousteau que de toute autre chose qu'il avoit trouvée. Rodomont, curieux de sçavoir qui il estoit, le prie de rechef de luy raconter ses malheurs, disant qu'il seroit son escuyer, et qu'il ne l'abandonneroit jamais. Tabarin, importuné des prieres de Rodomont, luy dit ainsi :

TABARIN. Capitaine Rodomont, puisqu'il est ainsi que vous me faites l'honneur de m'eslire compagnon d'armes de vostre redoutée puissance, je vous veux obeyr et vous veux conter de poinct en poinct mes accidents. Je suis fils d'un boulanger, mais je n'ay jamais cogneu ma mère.

RODOMONT. Je t'entends bien, tu es bastard.

TABARIN. Vous....... je ne veux pas dire, mon maistre ; mon pere ne m'a jamais appellé que fils de putain.

RODOMONT. C'est la mesme chose ; poursuis, ne te fasche point.

TABARIN. Ne m'offensez donc point. Comme je vous ay desja dit, mon pere estoit un boulanger, qui, pour la trop grande quantité de pain que je luy mangeois, m'a fait apporter en ce gouffre pour perir malheureusement.

RODOMONT. Mais comment t'es-tu donc preservé de tant de coups de pierres ?

TABARIN. Jurez-moi donc, et me promettez que vous n'irez jamais et que nous ne serons point vaincus.

RODOMONT. Ouy, je te puis asseurer que

jamais ny toy ny moy n'y serons descendus, et
que j'emporteray la victoire sur toutes personnes
qui nous voudroient faire tort, ainsi que ma
valeur me peut dicter. L'on sçait bien que, si les
dieux vouloient que nous y fussions, nous ne
pourrions aucunement reculer.

TABARIN. Voila de mes hommes valeureux,
qui mettent tousjours des *si* dans leurs discours,
afin d'estre estimez veritables et se delivrer de
tout mensonge. Si les dieux vouloient que vous
fussiez Tabarin et que je fusse Rodomont, vous
ne seriez plus Rodomont ny moy Tabarin. Voila
de belles excuses !

RODOMONT. Ha ! si tu veux parler de l'impossible, je t'ose hardiment promettre que personne
ne te fera tort ; mais Dieu me garde d'une telle
chose, que jamais je sois Tabarin, car j'eusse bien
mieux aymé n'avoir jamais veu le jour. Raconte
donc, raconte donc.

TABARIN. Mon maistre, pour eviter les coups
de pierre et les destourner de dessus ma teste, afin qu'ils ne m'accablassent tout à coup,
je mis ma teste entre mes jambes, et haussant
mon cul, je m'en aydois comme d'un bouclier
pour preserver ma teste ; et ainsi, ne recevant
point de coup mortel, j'ay eschapé jusques icy de
la mort ; mais mon cul a bien enduré pour ma
teste.

RODOMONT. Vrayement, voila une très-belle
et bonne subtilité.

TABARIN. Je ne vous dis pas tout ; j'usay bien
d'une autre finesse.

RODOMONT. Et de quelle autre finesse usas-tu ?

TABARIN. Durant que j'estois ainsi en parade,

je delaschois une telle puanteur de mon bouclier,
que je les faisois plustost fuir qu'approcher.

RODOMONT. Voila la meilleure, car si tu te
fusses servy premièrement de celle-là, tu n'eusses
pas tant receu de coups sur la face du grand Turc.

Comme ils estoient sur ces discours, voicy
qu'un grand bruit frappe leurs oreilles, et les met
tellement en esmoy, que Rodomont prend son
bouclier en main et son espée, et sort de la
caverne, assisté de Tabarin, qui ne promettoit pas
petite chose avec son cousteau de bois. Rodomont ayant un petit advancé, s'escrie : « Ha!
Tabarin, c'est maintenant qu'il faut monstrer si
l'on a du courage!» et quant et quant monstre à
Tabarin mille hommes qui venoient à grands pas
vers la caverne. Tabarin ne sçait s'il doit fuyr
ou demeurer. Rodomont se prepare pour les
attendre, et jure qu'autant qu'il en viendra, il les
pendra à l'entrée de leur demeure.

Tabarin, voyant la resolution de son maistre,
luy dit ainsi :

TABARIN. Mon maistre, laissez moy faire, et
vous n'aurez que faire de combattre; j'ai une
très-belle ruse en ma cervelle.

RODOMONT. Quelle ?

TABARIN. Ne vous souciez, laissez moy seulement aller.

RODOMONT. Tu te feras pendre.

TABARIN. Non feray, laissez moy faire seulement.

Disant cela, il rentre dans la caverne et prend
une charge de corde et revient à son maistre.

TABARIN. Je vous les ameneray icy devant
vous, la corde au col.

RODOMONT. Cela ne se fait pas si aisément comme tu penses. Laisse moy aller, et maintenant que la nuict est venue, je les mettray au fil de l'espée.

TABARIN. Quand j'auray experimenté la vostre; car si je suis pris, vous serez encore pour me secourir.

RODOMONT. Va donc, puis que tu es si obstiné; mais je ne vois nul moyen par lequel tu puisses faire ce que tu dis, si ce n'est qu'espouventez de ta difformité ils ne prennent la fuitte; encore faudroit-il qu'ils te vissent, ce qui est impossible à cause de la nuict.

TABARIN. Laissez moy faire, vous dy-je, la nuict m'aidera d'avantage.

Il laisse donc Rodomont, qui ne fait qu'escouter s'il luy demandera secours. Il passe par le milieu d'eux tous, disant en luy-mesme : « Parbleu! vous serez tous pendus ; vous ne pensez pas trouver dans la caverne dix mille hommes que vous y trouverez. Ça, voyons : où est-ce que je pourray trouver des arbres pour attacher mes cordes?» A ces mots, Dromeudor ouvre les oreilles et commence à dire en secret à ses compagnons, ne pensant pas que Tabarin les eust veus :« Il nous convient prendre la fuitte si nous nous voulons sauver.» Tabarin, qui voit desja la crainte qu'il leur avoit donnée, commence à crier :« Qu'est-ce que j'entens? N'est-ce point Dromeudor? Tu as beau fuyr, si tu peux fuyr la mort. » Comme il disoit cela, il entendoit Dromeudor et ses compagnons gaigner le rivage, ce qui le fit redoubler : « Tout est ceint de tous costez ; vous ne pouvez eviter ce que vous meritez, larrons, si vous ne demandez pardon, la corde au col, au seigneur Rodomont, qui est le conducteur de l'armée qui doit prendre vengeance de tous vos forfaits.» A ce pardon, Dromeudor l'appelle :« Mon amy, qui es tu ? monstre-toy.» Tabarin vient à luy :« Est ce toy qui veux estre pendu le premier? Mon maistre m'a envoyé choisir les meilleurs chesnes qui soient en ceste isle pour vous punir, meschante canaille. — Y a-t'il lieu de pardon ? luy demande Dromeudor.—Je ne sçay, ce dit Tabarin; pour moy, je suis aussi bon garçon comme vous autres; je voudrois qu'il fust ainsi à cause de vous. J'ai esté autresfois un des plus grands larrons qui soient sur la mer; mais ayant esté pris par le seigneur que je sers, qui est grand punisseur de larrons, j'ay esté esleu bourreau pour faire mourir les autres. Il a tousjours dix mille hommes avec luy qui ne cessent de fureter par toutes les isles de la mer, et chercher quelques uns de vostre mestier. Si je voyois que la fuitte vous fust salutaire, je vous conseillerois de fuyr; mais toute cette isle est investie de toutes parts, et n'y a nul moyen d'eschapper. Escoutez, me voulez-vous croire? Mon seigneur est fort benin : comme vous voyez qu'il m'a pardonné, il vous pardonnera peut estre; mais devinez ce que je fis : je m'allay jetter à ses pieds la corde au col, les pieds et les mains liés, ainsi que me conseillerent de ses gens qui avoient aussi esté larrons, car il n'en a guere que de ceux là à qui il a pardonné.» Dromeudor ne manque point à se laisser aller à ses belles persuasions, et se faict lier les mains le premier, et ainsi Tabarin alternativement le fist à tous les autres. Il ne faut pas demander s'il les serroit, de peur qu'ils ne se revoltassent. Estans donc ainsi garottez, ils remercient encore Tabarin du conseil qu'il leur avoit donné. Si quelqu'un fut jamais saisi de joye, ce fut Tabarin, qui conduisit si bien ses prisonniers, qu'il les livra à son maistre, qui fut encor plus esbahy que les prisonniers mesmes, bien qu'ils sceussent qu'ils estoient trompez et qu'il n'y avoit personne en l'isle que celuy qu'ils avoient veu sur le rocher. Toutesfois ils demandent pardon, qui ne leur fut aucunement accordé, ains furent tous pendus par Tabarin. Et, le matin, Rodomont ayant retrouvé son cheval, après avoir pris et mis dans une navire ce qui estoit de biens et de vivres, il commanda à Tabarin de la conduire, ayant meilleure opinion de Tabarin qu'il n'avoit eu, pour la subtilité de son esprit, considerant à part soy qu'il en auroit affaire. Ce maistre fol regit si bien le vaisseau qu'il sembloit à voir qu'il n'eust jamais faict autre chose.

LIVRE II.

Comment Tabarin veut aller au ciel, et l'accident qui luy arriva.

Esja Diane avoit retiré son manteau estoillé, et l'Aurore, laissant les froids embrassements de son Tython, ouvroit les rideaux du jour, messagère ordinaire du beau fils latonien, qui la suivoit de près,

portant partout sa lumière desirée, lors que le
capitaine Rodomont, accompagné de l'ingenieux
Tabarin, quitte l'isle perdue et raze les campagnes de Neptune, ayant pour heureux conducteur de la poupe du navire le doux soufflement de
Zephire, qui tousjours leur fut propice jusques au
troisiesme jour, que Borée prit sa place, faisant
sauter deçà et delà par ses boursoufflantes bourasques le vaisseau incertain de sa route. Tantost
la tempeste et les superbes et montaigneux
bouillons l'enlèvent jusques au ciel, et tantost luy
font voir la profondité de la mer et les gouffres
les plus creux de l'Occean. Bien que la nuict soit
sur la mer à cause des frequentes nues qui obs-
curcissent la clarté, les esclairs neantmoins sont
en tel nombre, qu'ils donnent assez de lueur
pour se voir estre la proye des poissons. Rodomont est au desespoir; se voyant reduit à telle
extremité, il est tantost en pensée de se des-
pouiller et de se plonger dans la mer pour gaigner le bord à la nage, tantost il despite les dieux
et les accuse de jalousie et d'envie, qu'ils craignent, veu sa vaillance, qu'il n'aille escheler les
cieux. Cependant qu'il se tourmente l'esprit en
ces vains discours, voicy Tabarin qui descend
du gouvernail et vient se presenter tout esmeu
à Rodomont, qui, pour estre hors d'esprit et n'attendant que la mort, eut peur de Tabarin, arrivé
si à l'improviste, estimant que ce fut la mort
mesme qui le vint querir. En fin, s'estant un peu
asseuré en la contemplation de Tabarin, il luy
demande ce qu'il vouloit. Tabarin, tout confus
d'un tel changement, luy respond ainsi :

TABARIN. Mon maistre, je vois bien que la mer

nous veut engouffrer ; elle porte envie aux hommes vertueux comme nous sommes. Je sçay un bon moyen pour empescher qu'elle ne triomphe point de nous : j'ay du courage , pensez vous , mon maistre ; je ne me laisseray pas ainsi aller à ces vents ny à ces tempestes.

Rodomont, qui avoit experimenté l'esprit de Tabarin si subtil, attendoit sur ce poinct quelque certain remède, et tout joyeux il commence à luy dire : « Ce seroit un chef-d'œuvre de la pointe de ton esprit , si tu nous pouvois delivrer d'un tel peril, où le salut et relasche de nos travaux est en la mort mesme.»

TABARIN. Sçavez-vous comment nous pourrons priver la mort de son attente ?

RODOMONT. Comment ?

TABARIN. Il nous faut pendre à ce mats ; j'ay encore des cordes : venez , je vous pendray le premier ; aussi bien ne sçauriez vous trouver meilleur bourreau ; il ne vous en coustera rien. Par après je ne manqueray point à m'estrangler.

RODOMONT. Je vous remercie tres-affectueusement du plaisir que vous me voulez faire. Venez-ça, grosse pecore : nous delivrerions-nous de la mort pour cela ?

TABARIN. Nenny.

RODOMONT. Quoy donc, quel gain nous viendroit-il de cela ?

TABARIN. La mer ne se pourroit vanter de nous avoir fait mourir.

RODOMONT. Que tu es ignorant ! Penses-tu que cela provienne de la mer ? Elle s'appaisera à la fin ; retourne à ton gouvernail.

Tabarin retourne au lieu d'où il estoit party,

et considere le temps d'un costé et d'autre,
s'amusant à parler en soy-mesme.

TABARIN. Ha! ce disoit-il, on n'est jamais si
miserable que quand on ne pense plus l'estre.
Helas! pensant ancrer au havre de salut, je
rencontre le miserable escueil contre lequel s'est
brisée la nef de mes esperances. Je voy bien
que je mourray dans une heure si je n'y remedie;
je n'attends plus que l'heure que j'entende battre
aux champs, afin de trousser bagage. Comme il
disoit ces paroles, voicy l'eau qui porte son
navire si haut qu'il pensa entrer dans le ciel. Ha,
ha, ce dit-il, j'ay trouvé la cache, voicy la voye
par où l'on va au ciel. Ça, ça, ne disons mot,
l'immortalité ne se communique pas ainsi à tout
le monde; si je suis digne d'aller au ciel, Rodomont n'en est pas digne. La première fois que la
vague m'enlèvera ainsi, elle pourra bien dire que
ce sera pour la derniere fois, car je me guinderay
tellement dans les cieux, que j'y demeureray,
et m'iray seoir aux pieds de Jupiter, luy demander à boire de l'ambroisie. Ha, Rodomont, il
faut maintenant que je te serve et que je t'obeysse!
tu seras trop heureux de me faire des sacrifices
et de m'invoquer en tes necessitez. Il faudra que
je le sauve du peril où il est, afin qu'il me face
recognoistre au monde comme un dieu, et qu'il
me face dresser des autels. Mais comment
sçaura-t-il que je seray ravy aux cieux? Je trouveray bien le moyen: je diray à Mercure, quand
j'y seray, qu'il prenne ses talonnières, sa cape-
line, sa verge, de laquelle il faict vivre et mourir,
qu'il fende l'air, et qu'il s'en aille trouver le capitaine Rodomont et luy dire que le dieu Taba-

rin luy faict sçavoir qu'il est dans le ciel parmy
les dieux, et que la terre n'estoit pas digne de
porter un tel homme. Tout cela est bien disposé;
il ne me reste plus que de prendre mon petit
manteau, qui me servira de rondache, de paistrir
mon chapeau en façon de heaume, ce qui se
pourra facilement faire, pour ce qu'il est de
mesme nature que le cameleon, il reçoit toute
forme; tiercement, de mettre mon cousteau de
bois en ma dextre, afin que, si quelqu'un, lors
que j'entreray dans le ciel, s'oppose à ma recep-
tion, qui que ce soit, je luy coupperay la gorge
sans le faire mourir. Si c'est Mars, je le meneray
de rudesse; si c'est Vulcan, je le jetteray du haut
en bas du ciel, et luy rompray l'autre jambe.
Phœbus ny Diane n'y sont pas : cestui-cy regit
son chariot, et l'autre chasse au bois ou courtise
son Endymion endormy. Cerés est dans ses
bleds, voicy l'Aoust. Bien sûr Junon y sera,
c'est la deesse des richesses; en luy donnant
mon manteau, elle m'acceptera librement. Venus,
esprise de mon amour, sera trop aise de m'avoir
pour son serviteur. Si Saturne y est, il aura peur
de moy, et ne me voudra pas manger. Minerve,
appaisée par mon eloquence et mon discours
doux, coulant, me fera tout ce que je voudray :
je luy raviray l'ame par les oreilles. Si Priape se
vouloit opposer à moy, je sçay bien comme il me
faut comporter à l'encontre de luy; s'il se fie sur
son pilon de nature, mon chasse-mouche luy fera
raison. Que tarderay-je davantage ? Les vents
et les tempestes admirent mes valeurs, la terre
les approuve, et les hommes les craignent et
adorent. Ma valeur, aujourd'huy secondant mes

intentions, me poussera dans la voûte des cieux.
Mais je ne songe point à Jupiter : que feray-je
contre luy ? J'en feray comme il a faict de Saturne : je luy arracheray le foudre des mains. Je
feray monter mon père le boulanger. Pour ma
mère, je suis en grand doute où je la rencontreray ; si par cas fortuit je la rencontre, je la
feray princesse du ciel. Je veux aussi faire du
bien à Rodomont ; je le conjoindray par un lien
d'hymenée à ma mère, et moy je darderay le
foudre. Qu'attends-je donc ? Je retarde ma féli-
cité. Allons donc, Tabarin, prepare toy au combat, ne crains point. Tant plus tes labeurs seront
grands et espineux, tant plus sera grande ta
gloire. Courage ! que le cœur ne te manque
point.

Comme il s'entretenoit sur ces folles imaginations, la mer, courroucée plus que devant,
joue son jeu, et hausse si haut le navire, que
Tabarin, voyant son coup à faire, tenant son
manteau en la main gauche et son arme en
l'autre, se voyant si près des voultes etherées,
tasche à sauter dedans ; mais il fut bien trompé,
car, pensant se plonger en un fleuve de delices et
d'heur, il se plongea en une mer de misères et
calamitez. Comme il se vit ainsi deceu, et qu'il
luy convenoit ou mourir, ou nager, il rame si
bien de ses deux bras qu'en peu de temps il se
recogneut au dessus des ondes. Les poissons
qui ont accoustumé de courir après la proye
considerans la difformité du personnage, et esti-
mans que ce fust quelque poisson sauvage, ils se
destournoient de son chemin, saisis de peur, et
luy donnoient libre voye. Rodomont estoit à la

poupe, qui, appercevant Tabarin au milieu de
l'eau, qui ne monstroit que la teste, il s'escrie :
« Tabarin! Tabarin! descends du gouvernail,
viens voir ce que tu n'as jamais veu. Je suis mort!
Il approche! Secourez-moy, bon Dieu! » Tabarin
approchoit tousjours, et tant plus il approchoit,
tant plus Rodomont crioit. Enfin, comme Tabarin approchoit du navire, il demande aide à
Rodomont, et luy dit qu'il estoit Tabarin, qui
estoit cheu en l'eau, n'osant descouvrir ses folies. Rodomont, plus asseuré, le prend par un
bras et l'attire dans le navire. Tabarin, sain et
sauf, reprend sa première charge. Vous eussiez
dit qu'à la cheute de Tabarin les vagues à l'envy
s'appaisoient; la clarté perdue revint, et la mer
fort calme recompensa la navire d'autant plus
qu'elle l'avoit retardée.

Après avoir vogué un mois sans trouver adventure digne d'estre recitée, ils advisent un
chasteau sur le rivage, le plus superbe qu'ils
eussent jamais veu, et, ce qui estoit de plus es-
merveillable, c'estoit une tour qui sembloit du
coupeau toucher les cieux, et qui avoit veue par
toute la mer. Ce chasteau estoit appellé le fort
de Darinde. Darinde, autrefois, avoit esté fille du
roy Candarus, laquelle, pour l'avoir veu occire
devant ses yeux droict à droict de ce rivage par
un chevalier errant, elle avoit basty par art ma-
gique ce chasteau, aussi embelly par dehors de
dorures et richesses comme plain au dedans de
toute meschanceté. La sentinelle qui estoit au
haut de la tour sonne l'alarme sur Rodomont et
Tabarin, qui nécessairement devoient entrer à ce
chasteau. Rodomont, estonné de tant de gens

qu'il voit sortir de ce chasteau au premier coup
de la cloche, se met dans un batteau et court où
est le plus espais escadron. Dès l'heure qu'il fut
monté sur le rivage, il est assailly de cent mons-
tres tous bien armez. Les uns avoient une teste
de lièvre et le reste de bœuf, les autres les pieds
d'un homme, le corps d'un porc espic et la teste
d'un cheval. Bref, tout estoit si monstrueux, que
Rodomont avoit plus peur de leurs formes que
de leurs forces. Ce qui estoit de bon pour Rodomont, c'est qu'il avoit eu loisir de monter à cheval, et ceux-là n'estoient que pietons. Du premier
coup il coupa six testes, une de lièvre, de cheval, de pourceau et de jument; du second revers
une douzaine de soldats, pource que son espée,
tranchant sans resistance de corselets, en expe-
dioit autant comme autant. Il resta vainqueur de
cette vile troupe, à laquelle une armée de chevaliers, tous la lance en l'arrest, succèdent, qui
travaillèrent si bien qu'ils le prindrent prisonnier et le menèrent devant Darinde, qui, le voyant
si beau, en fut amoureuse, et estoit preste de le
prier de coucher avec soy, si une de ses damoiselles, nommée Flore, la surprenant par la douceur de ses yeux, ne l'eust ainsi admonestée :

FLORE. Comment, madame ! Que vous servira
la vengeance de tant de chevaliers pour le
meurtre de Candarus, si maintenant ce chevalier
ravit par les armes de Cupidon ce qu'il n'a peu
par les armes de Mars. Où est vostre esprit ? où
est vostre pensée ? Quelle issue vous proposez-
vous de cecy ? Ha ! pleust-il aux dieux avoir
poursuivy nostre route en Candie, puis qu'un
jeune mignon vous veut comme tirer par force la

glóire qui vous eust frayé un sentier pour aller au
ciel. Où sont ces blasphèmes contre amour ? Où
est ce mont de Caucase qui enserroit vostre poi-
trine ? Où sont ces refus ? Je cognois bien vos
ruses à ceste heure ; je prevois que vous serez la
plus mal-heureuse fille de vostre temps. Qui est-
ce qui ferme la porte à nostre raison par ces lu-
briques appetits, si ce n'est Cupidon ? Qui est-ce
qui nous abestit, si ce n'est ce dieu qui nous
change et metamorphose en bestes, si qu'il ne
nous reste rien d'homme que la forme d'homme.
Ouy, ouy, c'est luy, Darinde, qui est autheur de
tout vice, car sa poison, se glissant par les fenestres des yeux en nostre ame, y pille ce qu'il y a
de plus net et de plus beau, et, au lieu que
c'estoit un petit paradis, c'est un receptacle de
toutes meschancetez, un esgoust par où passe
un meslange d'immondices, bref, un abysme où
nostre jugement s'engouffre, et un labyrinthe
sensuel où tous nos sens sont tellement pris et
attachez, qu'il est impossible qu'ils en puissent
sortir. Je cognois vostre naturel, madame ; je
sçay que vous n'estes point si proclive et pan-
chée à ceste volupté comme vous faites le semblant, ce que je pense que vous faites à dessein
pour voir si je seray aussi vertueuse que vous.
Gardez de vous tromper vous mesmes, pensant
tromper autruy. C'est un mal qui ne met point à
nous attraper insensiblement. Poursuivons, poursuivons, Darinde, comme nous avons commencé.
Si j'ay esté cõpagne de l'heur et du mal-heur
qui vous ont assiegée, si jamais vous m'avez
porté quelque amitié, par les bras qui vous ont
tant de fois accolée au milieu de vostre tristesse,

par ces larmes qui ont esté compagnes des
vostres, par ces cheveux qui ont esté autant
tirez que les vostres, si c'est vous qui me vou-
liez tromper, desistez vous en. S'il est vray,
comme je ne croy pas, que tant de mignardises
vous accueillent, representez-vous votre père
entre les mains du chevalier Fovere, qui luy a
fendu la teste entre vos bras. Le sang vous crie
vengeance. Ou bien, si vous n'avez soing de
venger celuy qui est autheur de vostre vie, ayez
soing de vous mesme, ayez soing de vostre honneur, il est de tout temps associé avec vous.
Conservez-le, ou bien vous encourrez et la haine
et les mocqueries de tout le monde.

Darinde recogneut lors sa fauté, et, ne pouvant s'excuser par paroles, commanda que
nostre chevalier fust mis en la plus obscure prison du chasteau, attendant que le lendemain il
fust exposé au monstre marin. Revenons un peu
à Tabarin, qui entretient à cent lieues de là le
thresor de ses pensées dans la navire, et songe à
ce qu'il doit faire, quand Morphée le vient douce-
ment saisir, pour luy faire avaller plus aisement l'amer de tant d'importunes cogitations.

Livre III.

Comme Tabarin est pris pour un diable, et de ses inventions.

Ependant que nostre Tabarin gouste la faveur de sommeil, le vaisseau le conduit au pied d'un rocher qui estoit creux au dedans, où se tenoit un vieil magicien, le plus abominable qui fust en Thessalie. Ce bon père appelloit de fortune les demons pour les consulter au prejudice du chasteau de Darinde, parce qu'elle avoit fait devorer depuis quelque temps un sien nepveu à son monstre, et ne cherchoit que l'occasion de le faire mourir, pource que ce n'estoit que par sortilege qu'elle le faisoit venir. Il eust aussi bien desiré destruire le chasteau, mais il n'avoit encore peu. Au bruit de ses invocations, Tabarin s'esveille, et parce qu'il luy estoit advis en songe que son maistre l'appelloit, il monte ce rocher pour aller devers luy. Estant au haut, il advise une grotte et un vieillard qui prononçoit ces mots : *Cantarot, Cranchat, Culinet, Farcinola, Grefille, Sonneillon.* Tabarin vit bien qu'il estoit magicien ; c'est pourquoy il se tient à l'huys aussi droict qu'une picque et preste l'oreille. Le veillard poursuit : *Gregarot, Pantaleonias, Tabarin.* A ce mot Tabarin quitte la porte et s'en va voir au clair de la lune s'il estoit diable. Qu'est-ce que cecy, disoit-il? Y a-t-il un diable qui se nomme Tabarin? Je pense que je ne suis point changé. Parbieu, je le sçauray. Il retourne donc à l'huys, où il ne fut pas plustost, qu'il entend ce magicien qui s'esgorgeoit à force de crier, *Tabarin*, *Tabarin*, *Tabarin*; c'estoit le diable dont il avoit affaire. Sur ces dernières paroles, Tabarin, qui estoit à la porte, entre : « Que me veux-tu? Voylà bien crié. — N'est-ce pas toy qui es le demon familier de Darinde? » Encore que Tabarin ne sceust ce que c'estoit de Darinde, il ne laissa pas de dire qu'ouy. « Je te commande de la destruire, son chasteau et ses enchantemens ; elle a assez appaisé les manes de son père, il est temps qu'elle meure. Il y a desja plus de mille chevaliers qui ont enduré la mort pour estre victimes du monstre marin.— Ha! ce luy va dire Tabarin, se doutant que c'estoit le lieu où estoit detenu son maistre, il y a mesme à l'heure que tu parles un chevalier nommé Rodomont. » Quand Athanas entendit nommer Rodomont, il commence à crier : « Je suis mort! Dès le commencement que je me suis mis en la puissance du demon Cantarot, il me predit que je ne mourrois point jusqu'à ce qu'un chevalier nommé Rodomont vengeast la mort de mon nepveu Polphius. Je suis mort! je suis mort!—Parbieu, ce dit Tabarin, puis qu'il faut que tu meures, j'ayme autant que tu meures de ma main que de celle de mes cousins les diables : despouille toy.» Le pauvre vieillard obeyt, pensant que ce fust un diable que Tabarin. Alors, quant il le vit despouillé, considerant sa laideur : Ha! ha! ce dit-il en luy mesme,

je pensois qu'il n'y eust que moy de laid au
monde; mais je voy bien qu'il faut que je cède.
Disant cela, il luy pelle la barbe avec la peau, et
le prend par le milieu du corps pour le jetter dans
la mer, où il ne fut pas plustost que les poissons
le devorèrent.

Tabarin, se voyant seul, s'habille en magicien,
prend les mesmes habits, la mesme barbe et sa
baguette. Estant ainsi, il frappe sa navire, qui
par la puissance de la baguette alla plus viste
que le vent; ce que recognoissant Tabarin, la
jetta dans l'eau de peur d'estre emporté par les
diables; mais il en trouva une autre pour s'en
servir. En un clin d'œil il parvint au chasteau;
il heurte à la porte, et demande à parler à Madame. On luy dit qu'elle reposoit; il respondit
qu'il falloit qu'il parlast à elle. Les servantes,
voyant que c'estoit un magicien, car il en avoit
l'habit, le respectèrent davantage, et le menèrent
à l'huys de la chambre de Darinde, ce qu'entendant, la maistresse s'esveilla, et demanda qui estoit là. Tabarin respond : « C'est vostre demon. »
Darinde saute du lict en bas et le fait entrer.
Tabarin, la voyant ainsi toute nue, commence à
la prendre et à la manier, ne luy osant rien faire
de peur d'estre descouvert, et luy dit tout haut :
« Je suis vostre demon qui vous vient guerir. »
Disant cela, il luy donne un si grand coup de
poing sur les dents, et luy serra si bien le col qu'il
la fit mourir. Je ne vous puis pas acertener de ce
qu'il luy fit avant que la faire mourir, pource
que cela fut secret. Dès aussi tost qu'elle fust
devallée en la barque de Charon, le tonnerre
commença à exercer sa rage sur ce chasteau, et

l'envoya au fond d'enfer. Rodomont et Tabarin
se trouvèrent bien estonnez sur le sable, encore
plus Rodomont, qui pensoit que ce fust un mi-
racle, jusques à ce qu'il fut delivré de doute par
Tabarin, qui lui conta l'affaire. En fin Rodomont,
instruit, remercia les dieux de l'avoir sauvé ainsi,
et fit plus de cas de Tabarin qu'il n'avoit onc fait.
Mais ce qui l'esmerveilloit encore, c'estoit que
Tabarin estoit habillé en magicien. Après en avoir
bien ry, il luy fit jetter dans la mer l'habit. Le
jour, s'esclaircissant tousjours, leur fit voir une
beste fort monstrueuse qui venoit à eux de la
mer. Tabarin voit bien que Rodomont n'y fera
rien, pource qu'elle avoit l'escaille aussi dure
que de l'acier ; par quoy, sans dire mot à son
maistre, comme elle ouvroit la gueule, il s'y jette
dedans. Rodomont le vit plustost nager en la
mer qu'il ne l'avoit veu entrer en la gueule. Il
eut soupçon que Tabarin ne fust quelque diable,
parce qu'il l'avoit esprouvé en des subtilitez qui
estoient plustost seantes à des esprits qu'à des
hommes. Sa laideur, d'autre costé, le faisoit encore croire davantage, si bien qu'il n'osa depuis luy
contredire. Comme il estoit en ce mauvais penser, il voit la beste renversée morte dans l'eau,
et Tabarin accourir, disant : Je suis victorieux !
mon maistre.— Et quoy, Tabarin, tu merites
mieux de porter les armes que moy. Comment
as-tu si bravement occis cet animal ?

TABARIN. Ne m'avez vous pas bien veu entrer
par la gueule ?

RODOMONT. Ouy, ou j'eusse esté aveugle.

TABARIN. Et bien, je suis sorty par son cul, qui
baignoit dans la mer.

RODOMONT. Tu ne me rends point raison comme tu l'as tuée.

TABARIN. En passant par dedans son ventre je luy arrachay le cœur. Je voyois que vostre espée n'y eust sceu rien faire.

RODOMONT. Tu as, par ma foy, très-bien fait; mais il nous faut poursuivre nostre chemin : voilà que Phœbus nous invite, fais ton devoir. Lecteur, appelle les zephirs pout leur aider, en attendant l'autre livre.

LIVRE IV.

Comme la mer favorisa le vaisseau de Rodomont.

LE calme de la mer favorisa long-temps le vaisseau de Rodomont, en sorte qu'ils allerent plus de quatre jours ayant tousjours le vent en poupe. Au bout de quatre jours le vent se voulut changer. Tabarin, prevoyant la tempeste, dit à son maistre qu'il falloit desormais marcher sur terre et prendre une autre contrée; qu'ils avoient assez parcouru de mers; qu'ils approchoient de Sarmatie. Ce fut lors que Rodomont creut sans difficulté que Tabarin estoit un demon. Il quitta bien joyeux le navire, estant parvenu où il avoit desiré. Après qu'ils eurent un peu cheminé, ils rencontrèrent un pauvre homme qui leur dit qu'ils estoient asseurement en Sarmatie. De vous dire les lauriers que Rodomont y acquit, il seroit im-

possible. Je vous toucheray une de ses principales victoires. Un jour qu'ils estoient au milieu
d'un grand bois, ils trouvèrent une fontaine qui,
laissant aller deux ou trois ruisseaux clairs comme
argent , arrosoit un beau pré passementé de
toutes sortes de fleurs. Ils advancent un peu
dedans le pré, où deux chevaliers et deux dames
s'entre-donnoient à l'envy des œillades et se
plaisoient fort en ce lieu. Pource que le pré
n'estoit pas grand, ces chevaliers se retournèrent
au bruit du cheval, prennent leurs espées, lacent
leurs heaumes, et se lèvent en intention de faire
repentir nostre chevalier, qui les receut avec tant
d'addresse, qu'il les jetta roides morts sur la place.
Ces damoiselles, esplorées, se jettent aux pieds de
Rodomont, luy criant mercy. Avant que de vous
dire la courtoisie que leur fit Rodomont, je vous
veux donner la cognoissance de ces princesses.
La plus ancienne, qui n'avoit pas pourtant atteint
l'aage de dix-neuf ans, s'appelloit Isabelle , qui
passoit la neige en blancheur, et estoit fille de
Demophonus, roy de Tartarie , qui ne possedoit
que ce seul present de Venus. Chose digne de
compassion, elle luy fut ravie par deux magiciens
prenans la forme de deux gentils-hommes , et fut
conduite en ce desert. Mais quoy ? ils l'avoient
si bien enchantée , qu'elle dependoit du tout de
leurs volontez. Rodomont la console , et la prie
de luy dire sa fortune ; que si elle est hors de son
pays, que jamais ne l'abandonnera qu'il ne l'aye
mise entre les bras de sa mère. Isabelle, vaincue
de la courtoisie et de la beauté de Rodomont, luy
raconta en peu de mots ce qui estoit de son faict.
« Helas ! gentil chevalier, dit-elle , je ne sçavois

que c'estoit de misère et d'affliction, si ces magiciens, que je descouvre maintenant tels (car leurs corps avoient repris après leur mort leur première forme) ne me l'eussent appris presque aux depens de mon honneur. Je suis fille du roy de Tartarie, qui tient son siege en la ville de Molun; le roy de Moscovie la tient assiegée pour ma seule cause. Vrayement, les deux vieillards ont bien osté le debat. Les souspirs luy firent finir son discours. Rodomont, la voyant si belle parmy tant de tristesse, et considerant la clarté de son visage parmy les nuages espois de ses larmes, demeuroit muet auprès de tant de raretez, et estoit comme en extase, non en admirant seulement, mais adorant ceste Venus terrestre, tant le poison de ses yeux en ses yeux avoit noyé la raison. Isabelle, non ignorante de la proye qu'elle avoit enlacée dans ses rets d'amour, pour le passionner davantage luy dit :

ISABELLE. Chevalier, vous monstrez, par vostre silence, que vous ne tenez conte des larmes et des souspirs des dames affligées.

RODOMONT. Helas ! madame, je voy bien à vos yeux et à vostre parole que vous cognoissez assez ce que veut dire mon silence : vous sçavez mieux que vous ne dites.

ISABELLE. Pardonnez-moy, mon seigneur, si j'ose ainsi attenter à vostre courtoisie. Je vous promets que c'est à vostre cœur à qui je m'attaque, qui veut cacher par son silence, si silence on doit appeller ce qui se monstre plus par indices que par paroles, le feu qui me consommera bien tost.

Rodomont, confus de son bien, respond : « Le

silence en fin m'a fait bien-heureux, cachant mon amour (à ce mot Isabelle rougit) souz un voile à travers lequel il paroissoit davantage. »

Isabelle, se jettant à genoux : « Mon prince, mon tout, mon soucy, ayez pitié de moy. »

Après qu'elle eust dit ces mots, elle cheut pasmée, et quant et quant Rodomont, qui voyoit où tendoit cela. Sa damoiselle, nommée Elicene, et Tabarin, sont bien empeschez; ils les portent auprès de la fontaine, de l'eau de laquelle après avoir esté mouillez, ils reviennent à eux. Rodomont, pource qu'il estoit fort, revient le premier, qui court à Isabelle, et la serrant de ses mains, luy dit :

RODOMONT. M'amour, n'ayez soing que je prenne ce que, si plaist aux dieux, un hymenée me licentiera quelque jour.

ISABELLE. Je vous prie de croire que jamais je n'auray d'autre serviteur que vous : j'ay premier senty le brandon d'amour que vous, et pour gage de cela, prenez tant de baisers que vous voudrez.

Rodomont, après l'avoir baisée mille fois, luy dit ainsi :

RODOMONT. Madame, partons de ce lieu, et sur le chemin nous entretiendrons nos amours. — Il commande à Tabarin de jetter ces corps dans l'eau, ce qu'il fit après leur avoir pris ce qu'ils avoient d'argent.

Ils partent donc tous ensemble, Rodomont sur son cheval, Isabelle sur un autre, et Tabarin et la damoiselle sur un mesme. Quand on eust donné un royaume à Tabarin, il n'eust pas esté plus aise; mais tout le contraire estoit d'Elicene.

Rodomont entretenoit Isabelle de ses amours, et luy descouvroit ses feux de la façon :

RODOMONT. Mon cœur est en doute si ton amour esgale le mien : car ainsi qu'un arbre en sa grandeur parfait rompt plustost qu'il ne plie, de mesme mon amour ne pliera jamais que par la mort, encore ne sçay-je.

ISABELLE. Tout ainsi que l'ouvrier rompt le marbre sous son cizeau, ainsi la Parque rompra mon amour avant qu'un autre cœur que le vostre y prenne place.

RODOMONT. Tout ainsi que celuy qui desire sçavoir ce que c'est de l'aconit en experimente plustost la force qu'il n'apprend la science, dès aussi-tost, mon cœur, que je voulus sçavoir que c'estoit de beauté, en vous contemplant j'ay plustost experimenté l'effect d'icelle que je n'en ay eu la cognoissance.

ISABELLE. Comme le lierre oste et rend la force à la muraille à laquelle il est attaché, de mesme vous me faictes vivre et mourir.

D'autres tels discours s'entretenoient ces deux amans.

LIVRE VI.

'Aurore servit comme de trompette à Rodomont et au Moscovite, qui, aussi tost qu'ils eurent veu la clarté, se rencontrèrent au lieu susdit, où il y eut une rude escarmouche, car ils estoient tous deux très-vaillants. Chacun des princes et seigneurs prennent leurs places selon leur dignité, et principalement Isabelle, qui se mit droict à droict de Rodomont, afin de luy donner courage par ses œillades. Rodomont fut le premier qui picqua son cheval à l'encontre du roy moscovite, qui le receut de telle force que leurs lances volèrent en esclats. Ils mirent la main aux espées, et se donnèrent de rudes coups. Le cheval du Moscovite, se ressouvenant d'avoir veu en ceste lice, le jour de devant, une jument, commence à hannir de telle façon, et à regimber et courir, que le roy ne le pouvoit retenir; ce qui donna grand advantage à Rodomont, qui le prit si à poinct qu'il luy mist la teste en deux parties, et ainsi victorieux fut assisté d'un grand nombre d'hommes jusques dans la ville, tenant tous une palme de laurier en leur main, et chantans un hymne de triomphe. Il n'y en avoit point pourtant qui prist plus de

1. Ce chapitre ne se lie aucunement avec ce qui précède. Du reste ces *Aventures du Capitaine Rodomont* sont une triste rapsodie, sans suite dans le récit ni agrément dans les détails.

plaisir en ce triomphe qu'Isabelle. Elle receut
Rodomont avec un visage qui estoit capable
de faire revivre les morts. Rodomont ne peut
long-temps parler à elle, pour l'arrivée du roy,
qui fit autant d'honneur au chevalier qu'on en
sçauroit desirer, pour la victoire remportée sur
le Moscovite. Il luy confirma sa promesse, et
institua tournoy, dont le respect fut si grand
qu'il y acquit, que tous les grands seigneurs de
Moscovie qui s'estoient arrestez au tournoy, en
recompense de sa valeur, luy donnèrent le royaume
de leur patrie. Après le tournoy le bal fut conti-
nué trois jours durant, où un chacun estoit le
bien venu. Rodomont, cognoissant l'humeur de
Tabarin, le pria de les faire rire pendant ces trois
jours, où Tabarin se prepara. Mais avant que de
vous en donner du contentement, je vous veux
faire entendre le passe-temps que donna nostre
bouffon à son maistre. Le dernier jour que furent
ces danses establies, Rodomont fut cruellement
tourmenté d'amour. La nuict luy fut très-longue
à passer, car le desir de tenir Isabelle entre ses
bras le bourrelloit de telle sorte, que le seul penser luy faisoit tourner l'esprit, luy engendrant
une impatience qui le poussa jusques à appeller
Tabarin, qui estoit tousjours à ses costez. Tabarin, aussi prompt à aller que son seigneur à l'appeller, se trouve incontinent preparé à sa necessité.
« Sçais-tu qu'il y a? luy dit-il : il faut que tu ailles
en la chambre d'Isabelle, et luy signifier mon
martyre, luy remonstrant les travaux que j'ay
endurez et soufferts pour elle ; que puis qu'elle
m'est acquise, le deshonneur qu'elle penseroit

s'imaginer ne tourneroit qu'à pitié et de pitié à
honneur.

LIVRE VI.

Es danses du jour suyvant durèrent
depuis huict heures du matin jusques
à la minuict, où les folies, inventions
et rencontres de Tabarin servirent de
renfort au plaisir du bal.

Après que l'on eut levé les tables du souper,
ce jeune et beau fils voulut danser et estre de la
nopce aussi bien que les autres, et dresse pour cet
effet un theatre. Tout le monde y estant placé autour
attendoit quelque chose digne d'une assemblée
de princes, et des subtilitez de Tabarin, qui, pa-
roissant sur le theatre, propose aux assistans cette
question :

TABARIN. S'il y a quelqu'un qui me puisse dire
pourquoy ce theatre a esté ce jourd'huy dressé,
je me soubmettray à ce qu'il voudra.

Chacun disoit en soy mesme qu'il n'y avoit
point de finesse à dire cela, disant :

RESPONSE. C'est pour voir vos subtilitez, Tabarin, et juger de vostre esprit.

TABARIN. Je ne doutois point de ceste response,
qui ne me vient nullement à ce que vous allez
ouyr. La cause principale qui m'a esmeu à dresser ce theatre n'a esté à autre intention que pour

me mocquer de vous, vous tirer la langue et vous
tromper, et donner de la peine à ceux qui l'ont
dressé, de l'abbaisser. Et, disant cela, il fait abbattre le theatre et se va coucher. Ceste mocquerie fit cent fois plus rire le monde que s'il
eust bouffonné. Voila comme se passa le premier
jour.

Le second, il y eut à la danse de grandes que-
relles, et à la cuisine beaucoup de sang respandu.
Plusieurs princes de la ville qui avoient esté
esconduits par le roy pour sa fille, appercevans
Rodomont qui la courtisoit, la voulurent enlever.
Il y eut une infinité de coups de poings jettez
d'un costé et d'autre, pource qu'ils n'avoient
point d'espées. Le roy, pour appaiser ce bruit,
fist prendre les autheurs de la sedition et ordon-
na qu'ils fussent pendus à l'entrée du Louvre.
Tabarin, d'ailleurs, à la cuisine, tua quatre cuisiniers, pour leur avoir veu tirer un lardon de quelques volailles qui estoient au feu. Il ne laissa
pas après souper de se preparer à jouer. Pour
cet effect, il habilla quatre bœufs comme des
hommes, et les stila si bien à tourner, qu'ayant
derrière un rideau fait bon feu, et placé quatre
broches où estoient embrochez les quatre cuisiniers qu'il avoit occis, il donna à chacun de ces
bœufs une broche, et quand ce fut à comparoistre
sur le theatre, il tira le rideau, disant : « Messieurs,
le monde est renversé : au lieu que le temps passé
l'homme faisoit cuire le bœuf, le bœuf fait cuire
l'homme. » Les assistans, voyans ces cuisiniers
à la broche, et les bœufs tourner, pensèrent
chier en leurs chausses à force de rire. Il fist
une demande, à sçavoir, combien il y avoit du

ciel jusques en terre. Les uns, pensans rencontrer comme il falloit, disoient qu'il y avoit depuis le ciel jusques en terre comme de la terre jusques au ciel. Les autres, plus subtils, attribuoient la longueur du chemin à quelques millions de lieues. Mais Tabarin, qui estoit l'autheur de l'invention, dit qu'il n'y avoit qu'un ject de pierre, « car si vous jettez une pierre (arguoit-il), elle ira jusques en terre [1]. »

Un jour son maistre l'y surprit, qui luy demanda pourquoy il faisoit cela, et le vouloit battre. Luy, faisant choir des larmes aussi grosses que des balles, luy respondit : « Helas! dit-il, capitaine Rodomont, je tasche à luy mettre la vie au corps, en luy distillant de mon eau » ; et le paya ainsi. Comme Rodomont estoit à la cour du roy de Tartarie, il eut des nouvelles que son père estoit mort, qui l'affligèrent beaucoup. Il y alla avec sa femme pour prendre possession de l'heritage. Après avoir pris congé du roy, il donna ordre qu'il y eust un connestable au pays de Moscovie, dont le royaume lui avoit esté donné. Toutes lesquelles choses bien ordonnées, il se mit sur mer, et pource qu'il estoit necessaire qu'il y fust promptement, j'accourciray son voyage par mon bref discours et l'y laisseray regir en paix tout son royaume et jouyr paisiblement de son Isabelle, Tabarin chassant aucunesfois sa melancholie par ses folies. Ils moururent entre les bras l'un de l'autre après avoir vescu et gouverné l'empire ensemble cinquante-cinq ans trois

---

1. La suite du récit a trop peu de rapport avec ce qu'on vient de raconter pour ne pas faire croire ici à une lacune.

mois, le premier jour d'avril 3 20. Tabarin deceda
trois ans auparavant, et le trouva-t-on roide
mort au cul d'un tonneau.

Clara triumphali sic virtus sydera lauro
Scandit, et innumero lucet honore jubat.

LIVRE VII.

Comme Tabarin descend aux enfers[1].

Es poëtes qui, marchans sous les es-
tendarts de Cupidon, ont autresfois
discouru de la fortune des amoureux,
nous ont tousjours representé l'amer-
tume avec la douceur, et la tristesse avec la joye.
Qui ne sçait l'histoire de Pyramus et Thysbé,
qu'une nuict envoya tous deux dans le Tenare,
lorsqu'une amour reciproque les alloit mettre au
jour de leurs plaisirs ? Je ne sçaurois que je ne
maudisse les variables effets de cet aveugle dieu,
qui tyrannise si cruellement ceux qui d'eux mesmes se sont offerts au joug de son heureuse ser-
vitude.

Il m'ennuye de vous deduire tant de prodigieuses deliberations que plusieurs amants et
amantes ont mis à effect pour se delivrer du

---

1. Ce chapitre du Rodomont est tout autre chose que la
relation intitulée *La Descente de Tabarin aux enfers...*, 1621,
publiée séparément. Voyez ci-après, t. 2, les pièces relatives
à Tabarin.

labyrinthe où leur folle erreur les avoit conduits. Myrrha, esperduement amoureuse de son père Cyniras, s'estoit pendue, si ce n'eust esté que sa nourrice, arrivant à poinct à ce dessein, luy couppa le licol qui l'alloit estrangler ; encor a-elle esté metamorphosée en arbre qui a retins son nom. Vous sçavez comme ce bastard de Cypris se vangea d'Apollon. Bref, si c'estoit la matière de nostre discours, je vous representerois les prodigieuses fins de tant d'amoureux qui ont fourny de suject à beaucoup de poëtes. Rodomont ny Isabelle n'ont point esté inquietez à comparaison d'eux des fallaces de cet avorton, ains paisiblement ont passé tout le cours de leurs vies sans estre attaquez des orages de l'adverse fortune, et après ont esté ensevelis en un mesme tombeau, où leurs corps, tandis qu'ils y estoient entiers, sembloient renouveller leurs anciennes mignardises. Leurs ames, aux champs Elisiens, sous l'ombrage de quelque ormeau, s'entretiennent encore de leur felicité passée. Mais n'oy-je pas dans les enfers Tabarin, qui se plaint par ses cris que l'on l'a envoyé tout vif aux enfers, et cherche par tout l'Erebe son maistre, pour se vanger de luy ; mais le chemin luy est clos, car ils sont aux champs Elisiens, où il n'est permis d'entrer qu'à ceux qui le meritent. Tabarin ayant esté surpris auprès du tonneau de vin, estendu à terre et baignant dans ceste liqueur, estimé pour mort, fut jetté tout habillé dans une fosse qui estoit si creuse, que le fonds servoit de voûte à Pluton. Luy, qui estoit pesant et massif, estant un peu rassis, et se trouvant si près du royaume des taupes, commence à se remuer de telle sorte,

qu'ayant crevé ce qui le soustenoit, il donne
jour aux enfers, et chet devant le throsne de
Jupiter Stygien. Pluton, espouvanté d'un tel animal, saute du haut en bas de son siege, et se
sauve à travers des tenèbres. Tabarin, voyant le
throsne despourveu de seigneur, y sied fort bien
ses grosses fesses, et donne sortie à ces senten-
tieuses paroles : Pluton, Proserpine, Æaque,
Rhadamanthe, Minos, Furies, Megère, Tisyphone, Alecton, Parques, Clotho, Lachesis,
Atropos, venez tous icy me rendre hommage ; je
suis maintenant vostre roy. C'est la raison qu'un
qui vient en ceste mort vif triomphe de la
mort. Quoy ! vous tardez à venir ? Damnez qui
estes tourmentez des supplices que meritent vos
crimes, je veux que vous ayez relasche ce jour-
d'huy, auquel mon royaume sera estably en ce
bas manoir. La terre a assez tremblé au seul renom de Tabarin ; il faut que tout l'enfer et les
horreurs mesmes redoutent ma puissance. Où es-
tu donc, Pluton ? Donne moy les clefs de ton
empire. Ce disant, il laisse le siege, et de son
hurlement fend les nuages espois du Cocite. Ce
fut Sisyphe qui l'apperceut le premier, et qui
quitta sa pierre aussi tost qu'il luy apparut. Pour-
suyvant, il rencontra les Danaïdes, qui, de peur,
laissèrent aller leurs vaisseaux dans l'eau et pri-
rent la fuitte. En fin, de toutes les horreurs qu'il
y a en enfer, Tisyphone seule le vainquit, pource que voyant cette deesse de la famine, il la
fuit, tellement que Pluton, pour se preserver
contre luy, se garnit d'icelle comme d'un bouclier, pour donner cependant ordre à ses affaires.
Tabarin s'amuse d'un costé à chercher l'entrée

des champs Elisiens ; d'autre costé le roy des
enfers assemble une armée la plus horrible et la
plus difforme qui s'est jamais rencontrée, qui n'a
que pour bouclier la mort, et pour espée les
tourments et les supplices. Gias et Encelade estoient conducteurs de ceste compagnie. Les trois
furies par après, Tisyphone au milieu, comme la
famine, afin qu'elle se peust faire paroistre entre
Gias et Encelade. Achille et Hector suivoient
après Patrocle et Deiphobe. Et ainsi ceste armée
stygiale marchoit en rang pour aller à l'encontre
de Tabarin, qui, après avoir souffert mille coups,
eut recours à ses postures et grimasses, dont il
s'escrima si bien contre ceste multitude, qu'en
peu de temps il l'eut reduitte sous son pouvoir.
Il lie tous ses ennemis si estroittement qu'ils luy
crièrent tous mercy. Tabarin leur proposa cette
question : « Si vous me laissez roy de ces lieux
(troupe abominable), dit-il, je vous delivreray
tous de l'esclavage où vous estes reduits. Toy,
Pluton, rends-moy ton sceptre et t'en va au
ciel. Pluton luy obeyt, et, n'osant dire mot, s'en
alloit avec sa chère Proserpine plaindre à Jupiter et emprunter du secours. Mais comme il y
alloit, il rencontra Charon, à qui il conta sa perte,
et ainsi desolez prennent le chemin de Thèbes,
menans avec eux le chien Cerbère. Rodomont,
qui estoit decedé, venant à la barque du nautonnier Charon, fit rencontre de ces quatre, à sçavoir de Pluton, Proserpine, Charon et le chien
Cerbère, et s'enquesta s'il y avoit moyen de passer le fleuve ; auxquels Charon respondit qu'il
n'y avoit moyen, qu'ils s'en retournassent au
monde jusques à tant que Jupiter leur eust fait

raison d'un diable qui estoit descendu vif aux
enfers par un lieu tout autre que l'accoustumé.
Rodomont, plus estonné qu'il ne fut onc, regar-
dant sa femme qui le suyvoit de près, luy dit en
voix triste : « Je voy bien , Isabelle , que parmy nostre mort nous en attendons une autre.
Mais encore, dit Rodomont à Pluton , quel est
ce personnage qui possède maintenant vostre
royaume ? — C'est le plus laid monstre qui se vid
jamais. » Rodomont, après la description faite, se
douta que c'estoit Tabarin, et repliqua à ces divinitez qu'ils ne se souciassent aucunement , et
qu'il se promettoit de leur rendre entre les
mains l'empire noir. Pluton se fascha, et luy dit
que s'il se vouloit ainsi gaber de luy, qu'il auroit
mesme supplice que Promethée. « Non , ce dit
Rodomont, ce n'est point par mocquerie ; suivez
moy. — Allons, replique Pluton ,

Una salus victis nullam sperare salutem.

Comme ils eurent passé le fleuve, ils cherchent
le chemin qui les menoit le plus tost au siege de
Tabarin. Approchans près du throsne, ils apperçoivent le posteau de Proserpine tout changé,
où ces vers estoient escrits en gros caractères[1];
quatre esprits estoient à la garde de ceste escriture, dont l'un estoit Promethée, l'autre Sisyphe,
Ixion et Tantale, qui, pour la diminution de leurs
supplices, estoient resolus de conserver ceste loy;
car le fils de Japete ne sentoit point les renais-
sans tourmens qui estoient tousjours auparavant

1. Il y a ici une lacune qui existe dans toutes les éditions
consultées.

hostes de sa poictrine. Sisyphe reposoit, car il estimoit ce labeur dix mille fois plus doux que celuy de sa pierre. Ixion trouvoit plus agreable les tours de ce posteau que de sa roue, et Tantale n'apperçoit point au milieu des eaux son mal-heur.

LIVRE VIII.

Les propos amoureux, les chansons et discours reciproques de ces quatre amants aux champs Elisiens.

Rands dieux, combien versez-vous du ciel d'accidents discordans et d'influences incertaines sur nos chefs! Que c'est bien travailler en vain que d'amasser des richesses, qui nous viennent au pas et s'en revont au galop! Nostre felicité ressemble à un navire qui sert de jouet aux frères emplumez sur les campagnes de Neptune; la fortune nous fait aller tout ainsi: tantost elle nous esleve en honneurs et en puissances, pour puis après nous accabler davantage. C'est à bon droict que Senèque dit:

Quid me potens fortuna, fallaci mihi
Blandita vultu, sorte contentum mea
Alte extulisti, gravius ut ruerem edit,
Receptus arce, totque prospicerem metus.

La vie est sujette à ce sort, qu'aux douleurs plus cuisantes elle flechisse le col, et que la prosperité, servante de l'adversité, suive le commandement de sa maistresse. Ainsi l'obscurité espoisse de la nue fait eclypser le soleil de nostre veue, et la tenebreuse nuict veut regner à son tour, chassant la lumière d'Apollon. Tousjours l'odorant flair du printemps n'heure nostre vie ; l'hyver nous faict achepter avec grande usure le plaisir que nous y avons receu. Se voit-il par tout le monde quelque joye qui n'ait pour compagne la tristesse ? Le fiel ne se mesle-t-il pas tousjours avec nostre miel ? Rien n'est constant ; l'inconstance ne cesse d'aboyer après le repos humain qu'il ne l'ait precipité aux eternelles nuicts. Tout ainsi, quand le roy des eaux tient son empire calme et tranquille, les vents tout à coup par leurs bourasques le renversent. Bref, l'homme ne doit asseurer son repos qu'en la mort. Se peut-il excogiter une plus heureuse fortune que celle de Rodomont, Isabelle, Tabarin et Elicene ? Nenny ; toute sorte de contentement leur vient à souhait aux champs Elisiens, où tousjours un printemps resjouyt et esgaye leurs cœurs. Ils se pourmènent tantost, tantost ils chantent, tantost ils sont couchez près l'un de l'autre, charmez d'un bruict d'oyseaux qui augmente leur plaisir. Las ! amans ; la mort aux uns est fascheuse, et vous recevez par la mort tous quatre vostre bien. Vous devez benir vostre fortune, et contempler sans diminution de vostre felicité les maux que vous pouviez encourir estant au monde.

FIN.

Extraict

DU PRIVILÉGE DU ROY.

———

Par grace et privilége du Roy, il est permis à
PHILIPPE GAULTIER, maistre imprimeur et
marchand libraire à Paris, d'imprimer, faire
imprimer, vendre et debiter par tout nostre
royaume, pays, terres et seigneuries de nostre obeissance,
un livre intitulé Les Adventures et Amours du Capitaine
Rodomont, les rares beautez d'Isabelle et les inventions folastres de Tabarin, faictes depuis son depart
de Paris jusques à son retour, et ce par l'espace de
trois ans, à compter du jour et datte des presentes. Et
defenses sont faictes à toutes personnes d'imprimer, vendre
et debiter ledit livre d'autre impression que dudit exposant,
à peine de confiscation des exemplaires et de deux cens livres d'amende, applicable audit exposant, comme il est
plus à plain contenu à l'original du present extraict.
Donné à Paris, le 16 jour d'avril, l'an de grace 1625 et
de nostre règne le quinziesme.

TABLE DES MATIÈRES

CONTENUES DANS LE PREMIER VOLUME.

———

Pages.

Introduction   v

Bibliographie Tabarinique. . . . .   xvij

Recueil general des Rencontres, Questions, Demandes
   et autres œuvres tabariniques   1

Le Livre au Lecteur.   2

Epistre au sieur Tabarin, Docteur Regent en l'Université de la place Dauphine.   3

L'Imprimeur au Lecteur.   5

Ode sur les Rencontres tabariniques.   6

A Messieurs les disciples et sectateurs ordinaires de la
   philosophie de Tabarin   8

Extrait du privilége du Roy.   10

Approbation de MM. de l'Hostel de Bourgongne. . .   11

Préface et Avant-Propos. Chapitre I. De l'éthimologie
   et antiquité du nom de Tabarin.   13

— Chapitre II. De l'antiquité du chappeau de Tabarin.   18

Tabarin. 1.   19

Rencontres, Demandes et Responses tabariniques . . 25

Table des Questions contenues en ceste première partie. 127

Seconde partie du Recueil general des Rencontres et
Questions de Tabarin. 131

A Messieurs les disciples et sectateurs ordinaires de la
philosophie de Tabarin 133

Questions et Rencontres de Tabarin. 137

Table des Questions contenues en ceste seconde partie. 193

Premier preambule en forme de dialogue entre Tabarin et le Maistre. — Le testament de Tabarin . . . 195

Preambule II. Procez gagné sans despens 201

Preambule III. Subtilité de Tabarin 204

Fantaisies tabarinesques. 207

Farces tabariniques 219

Les Adventures et Amours du capitaine Rodomont, les
rares beautez d'Isabelle et les inventions folastres de
Tabarin 237

Extrait du privilége du Roy 288

CATALOGUE

DE LA

BIBLIOTHÈQUE

ELZEVIRIENNE

Et des autres ouvrages

DU FONDS DE P. JANNET

A PARIS

Chez P. JANNET, Libraire

Rue de Richelieu, 15

—

Février 1858

TABLE DES MATIÈRES.

	Pages.
Avertissement.	3
Théologie.	7
Morale.	8
Beaux-Arts.	9
Belles-Lettres :	
I Linguistique.	10
II Poésie.	10
III Théâtre.	26
IV Romans.	33
V Contes et Nouvelles.	34
VI Facéties.	36
VII Polygraphes et Mélanges.	38
Histoire :	
I Voyages.	51
II Histoire de France (*Collection générale de Chroniques et Mémoires*).	51
III Histoire étrangère.	53
Ouvrages de différents formats.	54
La Propriété littéraire et artistique, Courrier de la librairie.	58
Manuel de l'amateur d'estampes.	59
Recueil de Maurepas.	59
Ouvrages d'Auguste Comte.	60
La *Muse historique* de Loret.	61
Library of old authors.	62
L'*Imitation de J.-C.*, édition microscopique.	63

Tous les volumes de la *Bibliothèque elzevirienne* se vendent reliés en percaline, non rognés et non coupés, sans augmentation de prix.

Il a été tiré de chaque volume quelques exemplaires sur *papier fort*, qui se vendent le double du prix des exemplaires ordinaires.

AVERTISSEMENT (Août 1856)

Au mois de septembre 1852, je fis imprimer un prospectus dans lequel je disais :

« Pour un très grand nombre de personnes — et de personnes instruites — la littérature française se compose des ouvrages d'une vingtaine d'auteurs du XVIIe siècle et du XVIIIe; la poésie française commence avec Boileau, le théâtre avec Corneille, le roman avec Le Sage. Tout ce qui est antérieur est dédaigné comme produit d'une époque barbare.....

« En fixant ainsi au milieu du dix-septième siècle l'origine de notre littérature, on supprime précisément ce qu'elle a de spontané, de vraiment national. A partir de cette époque, en effet, nos écrivains, familiarisés avec les lettres grecques et latines, ne songent plus qu'à imiter les modèles d'Athènes et de Rome, et l'on voit tomber dans un oubli profond tout ce qui constitue notre littérature du moyen âge, si riche et si variée, ces légendes naïves, ces épopées chevaleresques, ces mystères, et, enfin, ces poésies légères ou satiriques, ces contes, ces facéties, partie d'autant plus importante de notre littérature qu'elle représente plus essentiellement le côté saillant de l'esprit national.

« Si ces richesses littéraires sont généralement ignorées, ce n'est pas, il faut être juste, qu'on n'ait rien fait pour les tirer de l'oubli : quelques écrivains de la fin du siècle dernier y ont travaillé avec plus de bonne volonté que de bonheur. Plus tard, d'importantes publications ont eu lieu ; mais il s'en faut que la mine soit épuisée. Ajoutons que la plupart des ouvrages du moyen âge publiés dans ces derniers temps ont été tirés à petit nombre, se vendent fort cher, et ne sont pas réellement à la portée du vrai public.

« Aujourd'hui cependant l'élan est donné. Le public veut connaître cette époque ignorée et si long-temps calomniée, le moyen âge. »

Ce prospectus annonçait une Revue mensuelle qui devait paraître à partir du mois de janvier 1853, et reproduire les principaux monuments de la littérature du moyen âge. Mais je ne tardai pas à abandonner le projet de cette publication périodique. Je pensai qu'il valait mieux publier chaque ouvrage séparément, en volumes d'un format commode, dignes de tous par leur exécution matérielle, à la portée de tous par la modicité de leur prix. Le plan de la *Bibliothèque elzevirienne* était trouvé, du moins quant à la partie matérielle. Au point de vue littéraire, il fallait le compléter. Il ne s'agissait plus exclusivement du moyen âge : avec ma nouvelle combinaison, il devenait possible d'étendre considérablement mon cadre, et de reproduire une foule d'ouvrages postérieurs au moyen âge, mais précieux pour l'étude des mœurs, de la littérature et de l'histoire ; de pla-

cer dans un nouveau jour, au moyen de travaux
consciencieux, les chefs-d'œuvre de notre littérature classique.

Je me mis immédiatement à l'œuvre. En donnant à ma collection le titre de *Bibliothèque elzevirienne*, je m'imposais des obligations difficiles
à remplir. Les petits volumes sortis des presses
des Elzevier sont imprimés avec une perfection
qui fera toujours l'admiration des connaisseurs.
La netteté des caractères, l'élégance des ornements, la qualité du papier, tout concourt à faire
de ces volumes des livres admirables. La typo-
graphie a fait d'immenses progrès depuis deux
siècles sous le rapport des moyens d'exécution;
mais quant aux résultats, il n'en est pas de même.
Les plus beaux livres de notre époque sont imprimés dans un format peu commode, sur du papier très blanc, brillant, glacé, satiné, mais brûlé,
cassant et d'une qualité déplorable, avec des caractères mal proportionnés et difficiles à lire. Rien
de tout cela ne pouvait me convenir. Je n'eus
pas grand'peine à trouver le format : c'est celui
des Elzevier un peu agrandi, avec cette diffé-
rence que la feuille est tirée in-16, ce qui donne
des volumes plus réguliers que l'in-12 des Elzevier. Le papier, il fallut le faire fabriquer, car on
ne fait plus guère de papier de fil; le filigrane,
qui reproduit mon nom, prouve la destination de
celui que j'emploie. Quant aux caractères, je fis
faire des fontes de ceux qui me parurent les plus
convenables, en attendant qu'il me fût possible
d'employer ceux que je devais faire graver. Les
ornements furent copiés par M. Le Maire, un
graveur habile, sur ceux dont se servaient les El-

zevier. Les imprimeurs se prêtèrent à des modifications qui assuraient la régularité du tirage. Tout cela prit beaucoup de temps, et les neuf premiers volumes de la *Bibliothèque elzevirienne* furent mis en vente seulement au mois d'août 1853.

Ma collection fut accueillie avec faveur. Le public se chargea de prouver qu'elle répondait à un besoin. La critique se montra d'une extrême bienveillance. Bref, le succès de la *Bibliothèque elzevirienne* fut assuré dès l'appparition des premiers volumes, et depuis il ne s'est pas démenti.

Je n'ai pas voulu jusqu'ici donner un catalogue détaillé des ouvrages qui doivent composer la *Bibliothèque elzevirienne*. Je craignais de fournir des indications utiles à des concurrents peu scrupuleux. C'est un fait malheureusement trop connu que, lorsqu'une nouvelle combinaison de librairie réussit, chacun se croit autorisé à marcher dans la voie de l'inventeur. Mais, pour moi, le danger s'amoindrit chaque jour : le nombre des volumes déjà publiés et des volumes prêts à paraître, le matériel dont je dispose, l'affection des érudits qui veulent bien concourir à l'accroissement de ma collection, et, enfin, la bienveillance du public, tout tend à me rassurer contre les résultats d'une concurrence déloyale. Aussi je n'hésite plus à donner le plan de la *Bibliothèque elzevirienne*, plan qui n'est pas absolument définitif, mais qui, s'il n'annonce pas tous les volumes que je dois publier, n'en comprend guère sur lesquels il n'ait déjà été fait pour mon compte des travaux préparatoires, et qui ne doivent voir le jour dans un délai plus ou moins rapproché.

P. JANNET.

CATALOGUE[1]

THÉOLOGIE[2]

Légendes en prose, *du XIIIe siècle*, recueillies et annotées par M. L. MO-
LAND. 2 vol.   10 fr.
Légendes en vers, recueillies et annotées par MM. Ch. D'HÉRICAULT et L. MOLAND.
2 vol.   10 fr.

* *L'Internelle Consolation*, première version
françoise de l'Imitation de Jesus-Christ. Nouvelle édition, publiée par MM. L. MOLAND
et Ch. D'HÉRICAULT. 1 vol.   5 fr.

Les Pensées de PASCAL. Edition de M. Prosper
FAUGÈRE. 2 vol.   10 fr.

Les Provinciales de PASCAL. Edition de M. Prosper FAUGÈRE. 2 vol.   10 fr.

---

1. Les ouvrages déjà publiés sont désignés par un asté-
risque *. Ceux dont le titre n'est pas précédé de ce signe
sont sous presse ou en préparation.

2. La partie religieuse de ce catalogue est encore fort
incomplète, mais elle ne tardera pas à recevoir d'assez grands
développements.

MORALE.

Les Essais de Michel de MONTAIGNE. Edition revue et annotée par M. le Dr J.-F. PAYEN. 4 vol.   20 fr.
      (Sous presse.)

* *Réflexions, Sentences et Maximes morales* de LA ROCHEFOUCAULD. Nouvelle édition , conforme à celle de 1678 , et à laquelle on a joint les Annotations d'un contemporain sur chaque maxime, les variantes des premières éditions et des notes nouvelles, par G. DUPLESSIS. Préface par SAINTE-BEUVE. 1 vol.   5 fr.

    Les *Annotations d'un contemporain* sur les *Maximes* de La Rochefoucauld ont été attribuées à Mme de La Fayette. Elles paraissent ici pour la première fois. Quelques unes seulement avaient été publiées par Aimé Martin.

* *Les Caractères* de THÉOPHRASTE, traduits du grec, avec les *Caractères ou les mœurs de ce siècle,* par LA BRUYÈRE. Nouvelle édition, collationnée sur les éditions données par l'auteur, avec toutes les variantes , une lettre inédite de La Bruyère et des notes littéraires et historiques, par Adrien DESTAILLEUR. 2 volumes.   10 fr.

    Cette édition est le fruit de plusieurs années de travail. M. Destailleur s'est attaché à reproduire toutes les variantes des éditions données par l'auteur. Il a indiqué avec soin les passages des moralistes anciens et modernes qui se sont rencontrés avec La Bruyère. Il a fait assez pour que M. S. de Sacy ait pu dire : « Voilà enfin un La Bruyère auquel il ne manquerien. »

OEuvres complètes de VAUVENARGUES.

* *Le livre du chevalier de la Tour Landry* pour l'enseignement de ses filles; publié d'après les manuscrits de Paris et de Londres, par M. Anatole de MONTAIGLON, membre résidant de la Société des Antiquaires de France. 5 fr.

Ce livre, œuvre d'un gentilhomme du XIVe siècle, contient de précieux renseignements sur les mœurs du moyen âge. Les sentiments du chevalier sur l'éducation des filles, déduits avec une naïveté, une liberté d'expressions qui paraissent étranges aux lecteurs de notre époque, sont appuyés du récit d'aventures empruntées à la Bible, aux chroniques et aux souvenirs personnels du chevalier de la Tour, récits souvent piquants et toujours gracieux, qui assignent à son livre une place distinguée parmi les œuvres des conteurs français.

BEAUX-ARTS.

* Memoires pour servir à l'Histoire de l'Académie royale de peinture et de sculpture, depuis 1648 jusqu'en 1664, publiés pour la première fois, d'après le manuscrit de la Bibliothèque Impériale, par M. Anatole DE MONTAIGLON. 2 volumes. 8 fr.

Epuisé.

* *Le livre des peintres et graveurs,* par Michel DE MAROLLES, abbé de Villeloin. Nouvelle édition, revue par M. Georges DUPLESSIS. 1 vol. 3 fr.

Epuisé.

BELLES-LETTRES.

I. LINGUISTIQUE.

Recueil des Grammairiens français du XVIe siècle, avec introduction et notes par M. GUESSARD. 3 volumes. 15 fr.

II. POÉSIE.

1. *Poétique.*

Recueil d'anciens traités de poétique française, avec introduction et notes par M. SERVOIS. 2 vol. 10 fr.

2. *Poèmes chevaleresques.*

LES ANCIENS POÈTES DE LA FRANCE, nouvelle série de la *Bibliothèque elzevirienne*, publiée sous les auspices de S. E. M. le Ministre de l'Instruction publique.

Par arrêté en date du 12 décembre 1857, S. E. M. le Ministre de l'Instruction publique et des Cultes a chargé l'éditeur de la *Bibliothèque elzevirienne* de publier une collection de quarante volumes, qui comprendra toutes les chansons de geste composant le cycle national connu sous le titre de *Cycle carlovingien.* M. F. GUESSARD, professeur à l'École des Chartes, membre de la commission instituée par M. le

Ministre, a été chargé de la surveillance littéraire et typographique du Recueil. Les hommes les plus compétents ont bien voulu prêter leur concours à cette publication. Les travaux préparatoires sont très avancés, et plusieurs volumes sont déjà sous presse. Incessamment paraîtront :

Doon de Mayence, publié par M. Alfred SCHWEIGHÆUSER. 1 vol.   5 fr.

Gaufrey, publié par M. P. CHABAILLE. 1 volume.   5 fr.

Fierabras, publié par M. A. KROEBER. — *Gui de Bourgogne*, publié par MM. F. GUESSARD et H. MICHELANT. — *Otinel*, publié par MM. H. MICHELANT et F. GUESSARD. 1 vol. 5 fr.

Aspremont, publié par M. F. GUESSARD. 1 volume.   5 fr.

La Bataille d'Aleschans, le *Moniage Rainouard* et le *Moniage Guillaume*, publiés par M. A. de MONTAIGLON. 1 vol.   5 fr.

---

* *Gerard de Rossillon*, chanson de geste publiée en provençal et en français, d'après les manuscrits de Paris et de Londres, par M. FRANCISQUE-MICHEL. 1 vol.   5 fr.

* *Floire et Blanceflor*, poèmes du XIIIᵉ siècle, publiés d'après les manuscrits, avec une Introduction, des Notes et un Glossaire, par M. Edelestand DU MÉRIL. 1 vol.   5 fr.

Le Roman de la Rose ou de Guillaume de Dôle, en vers, du XIIIᵉ siècle, publié pour la première fois d'après le manuscrit unique du Vatican, par M. Gustave SERVOIS. 1 vol.   5 fr.

3. *Poésies de différents genres.*

Recueil général des Fabliaux et Contes des poètes
françois, revus sur les manuscrits et annotés
par M. A. DE MONTAIGLON.

Ce Recueil formera quatre volumes à 5 fr.

* *Le Dolopathos,* recueil de contes en vers, du
XIIᵉ siècle, par HERBERS, publié d'après les
manuscrits par MM. Ch. BRUNET et A. DE
MONTAIGLON. 1 vol.   5 fr.

Poésies du Roi de Navarre. 2 vol.   10 fr.

Poésies de Marie de France. 2 vol.   10 fr.

OEuvres complètes de RUTEBEUF. 2 vol.   10 fr.

Le Roman de la Rose, par Guillaume DE LORRIS
et Jean DE MEUNG. 2 vol.   10 fr.

* *Chansons, ballades et rondeaux de Jehannot de*
LESCUREL, poète françois du XIVᵉ siècle,
publiés d'après le manuscrit unique par M. A.
DE MONTAIGLON. 1 vol.   2 fr.

Dans sa préface, l'éditeur s'est attaché à faire res-
sortir l'importance de ces poésies, d'ailleurs très remarquables, comme spécimen de la langue du XIVᵉ siècle, « langue plus claire, plus intelligible, plus voisine
« de notre langue actuelle que celle de bien des œuvres
« postérieures ».

Poésies de Jean FROISSART. 2 vol.   10 fr.

Poésies de Christine DE PISAN. 2 vol.   10 fr.

Poésies d'Eustache DESCHAMPS. 2 vol.   10 fr.

Poésies d'Alain CHARTIER. 1 vol.   5 fr

Poésies de Charles D'ORLÉANS. 1 vol.   5 fr.

* *OEuvres complètes de* François VILLON. Nouvelle édition, revue, corrigée et mise en ordre,
avec des notes historiques et littéraires, par
P. L.-JACOB, bibliophile. 1 vol.   5 fr.

* *Recueil de poésies françoises des XVe et XVIe
siècles,* morales, facétieuses, historiques, réu-
nies et annotées par M. A. DE MONTAIGLON.
Tomes I à VII. Chaque volume :   5 fr.

> Dans ce recueil figureront les pièces anonymes pi-
> quantes et devenues rares, les œuvres de poètes qui
> n'ont laissé que peu de vers, les pièces les plus re-
> marquables d'écrivains féconds, mais qu'on ne peut
> réimprimer en entier.

Le premier volume contient :

1. Le Debat de l'homme et de la femme (par frère Guillaume Alexis).

2. Le Monologue des Nouveaulx Sotz de la joyeuse
Bende.

3. Les Tenèbres de Mariage.

4. Les Ditz de maistre Aliborum, qui de tout se mesle.

5. S'ensuit le mistère de la saincte Lerne, comment elle
fut apportée de Constantinople à Vendosme.

6. Les Regretz de messire Barthelemy d'Alvienne, et la
Chançon de la defense des Venitiens.

7. La Patenostre des Verollez.

8. Varlet à louer à tout faire (par Christophe de Bordeaux, Parisien).

9. Chambrière à louer à tout faire (par le même).

10. S'ensuyvent les Regretz et Complainte de Nicolas
Clereau, avec la mort d'iceluy (par Gilles Corrozet).

11. Dyalogue d'ung Tavernier et d'un Pyon, en françoys
et en latin.

12. Le Pater noster des Angloys.

13. Le Doctrinal des nouveaux mariés.

14. La piteuse desolation du monastère des Cordeliers de
Maulx, mis à feu et bruslé.

15. Discours joyeux des Friponniers et Friponnières,
ensemble la Confrairie desdits Friponniers et les Pardons
de ladite Confrairie.

16. La vraye medecine qui guarit de tous maux et de plusieurs autres.

17. La medecine de maistre Grimache, avec plusieurs receptes et remèdes contre plusieurs et diverses maladies, toutes vrayes et approuvées.

18. La grande et triumphante monstre et bastillon de six mille Picardz, faicte à Amiens, à l'honneur et louenge de nostre sire le Roy, le XX juing mil cinq cens XXXV.

19. La Replicque des Normands contre la Chanson des Picardz.

20. Les Contenances de table.

21. Le Testament de Martin Leuther.

22. Sermon joyeulx de la vie Saint Ongnon, comment Nabuzardan, le maistre cuisinier, le fit martirer, avec les miracles qu'il faict chacun jour.

23. Les Commandements de Dieu et du Dyable.

24. La Complaincte du nouveau marié, avec le Dit de chascun, lequel marié se complainct des extenciles qui luy fault avoir à son mesnaige, et est en manière de chanson, avec la Loyauté des hommes.

25. De la Nativité de Monseigneur le Duc, filz premier de Monseigneur le Dauphin.

26. Sermon joyeulx d'un Ramonneur de cheminées.

27. Eglogue sur le retour de Bacchus, en laquelle sont introduits deux vignerons, assavoir : Colinot de Beaulne et Jaquinot d'Orleans, composé par Calvi de la Fontaine.

28. Les Ditz des bestes et aussy des oiseaulx.

29. La legende et description du Bonnet carré, avec les proprietez, composition et vertus d'icelluy.

30. Le Discours du trespas de Vert Janet.

31. Le Blason des Basquines et Vertugalles.

32. Les Souhaitz du monde.

Le second volume contient :

33. Sermon nouveau et fort joyeulx auquel est contenu tous les maulx que l'homme a en mariage. Nouvellement composé à Paris.

34. Le Doctrinal des filles à marier.

35. Nuptiaux virelays du mariage du roy d'Escosse et de madame Magdeleine, première fille de France, ensemble une ballade de l'apparition des trois deesses, avec le Blazon de la cosse en laquelle a tousjours germiné la belle fleur de lys. Faict par Jean Leblond, sieur de Branville.

36. La Loyaulté des femmes, avec les Neuf preux de gour-

mandise et aussi une bonne recepte pour guerir les yvron-
gnes.

3₇. Les moyens d'eviter merencolie, soy conduire et enrichir en tous estatz par l'ordonnance de Raison, composé
nouvellement par Dadouville.

38. Le Courroux de la Mort contre les Angloys, donnant
proesse et couraige aux François.

3₉. La Pronostication des anciens laboureurs.

4₀. Les sept marchans de Naples, c'est assavoir : l'ad-
venturier, le religieux, l'escolier, l'aveugle, le villageois,
le marchant et le bragart.

4₁. S'ensuit le Sermon fort joyeux de saint Raisin.

4₂. La Complainte de Nostre-Dame, tenant son chier filz
entre ses bras, descendu de la croix.

4₃. Les droits nouveaulx establis sur les femmes.

4₄. S'ensuyt le Doctrinal des bons serviteurs.

4₅. S'ensuyt ung Sermon fort joyeulx pour l'entrée de
table.

4₆. La Complaincte de Monsieur le Cul contre les inven-
teurs des vertugalles.

4₇. La Prinse de Pavie par Monsieur d'Anguien, accom-
paigné du duc d'Urbin et plusieurs capitaines envoyez par
le Pape.

4₈. La Boutique des usuriers, avec le recouvrement et
abondance des vins, composé par M. Claude Mermet, no-
taire de Sainct-Rambert en Savoye, 1574.

4₉. Bigorne qui mange tous les hommes qui font le commandement de leurs femmes.

— Note sur Bigorne et sur Chicheface.

5₀. La Remembrance de la Mort.

5₁. Le Blason des barbes de maintenant, chose très
joyeuse et recreative.

5₂. La Reformation des tavernes et destruction de Gor-
mandise, en forme de dialogue.

53. La Plaincte du Commun contre les boulengers et ces
brouillons taverniers ou cabaretiers et autres, avec la Des-
esperance des usuriers.

5₄. La Doctrine du père au filz.

55. Monologue nouveau et fort joyeulx de la Chambrière
desprovcue du mal d'amours.

56. La Folye des Angloys, composée par Mᵉ L. D.

5₇. Apologie des Chambrières qui ont perdu leur mariage
à la blancque.

58. L'Heur et guain d'une Chambrière qui a mis son ma-

riage à la blanque pour soy marier, repliquant à celles qui y ont le leur perdu.

59. Le Banquet des chambrières fait aux Estuves le jeudy gras, 1541.

60. Prosa cleri parisiensis ad ducem de Mena, post cædem regis Henrici III. — Prose du clergé de Paris addressée au duc de Mayne après le meurtre du roy Henry III. traduite en françois par Pierre Pighenat, curé de Saint-Nicollas-des-Champs, 1589.

61. Le Debat de la Vigne et du Laboureur.

62. La Vie de saint Harenc, glorieux martir, et comment il fut pesché en la mer et porté à Dieppe.

Le tome III contient :

63. Sermon joyeulx d'ung fiancé qui emprunte ung pain sur la fournée à rabattre sur le temps advenir.

64. Le monologue des sots joyeulx de la nouvelle bande, la declaration du preparatif de leur festin, mis en lumière par le seigneur du Rouge et Noir, adressant à tous joyeux sotz et aultres.

65. Epistre envoyée par feu Henry, roy d'Angleterre, à Henry, son fils, huytiesme de ce nom, a present regnant audict royaulme (1512).

66. Le danger de se marier, par lequel on peut cognoistre les perils qui en peuvent advenir, tesmoins ceux qui ont esté les premiers trompez.

67. Le grant testament de Taste-Vin, roy des pions.

68. Le debat et procès de Nature et de Jeunesse, à deux personnages, c'est assavoir Jeunesse, Nature. Avec les joyeulx commandemens de la table et plusieurs nouveaulx ditiés.

69. Les Omonimes, satire des mœurs corrompues de ce siècle, par Antoine du Verdier, homme d'armes de la compagnie de monsieur le seneschal de Lyon (1572).

70. L'art de rhetorique pour rimer en plusieurs sortes de rimes.

71. La resolution de Ny Trop Tost Ny Trop Tard Marié.

72. Les souhaitz des hommes.

73. Les souhaitz des femmes.

74. La voye de paradis, avec aucunes louanges de Nostre-Dame.

75. Le jaloux qui bat sa femme.

76. Les secrets et loix de mariage, par Jehan Divry.

77. Le songe doré de la Pucelle.

78. **Les presomptions des femmes mondaines.**

79. **La deploration** des trois Estatz de France sur l'entreprise des Anglois et Suisses, par Pierre Vachot (1513).

80. Sermon joyeux de la patience des femmes obstinées contre leurs marys, fort joyeux et recreatif à toutes gens.

81. L'epistre du Chevalier gris à la très noble et très superillustre princesse et très sacrée vierge Marie, fille et mère du très grant et très souverain monarche universel Jesus de Nazareth.

82. Deploration et complaincte de la mère Cardine de Paris, cy-devant gouvernante du Huleu, sur l'abolition d'iceluy.

83. L'Enfer de la mère Cardine.

Le tome IV contient :

84. La complainte douloureuse du Nouveau Marié.

85. La fontaine d'Amours et sa description. Nouvellement imprimé.

86. La singerie des huguenots, marmots et guenons de la nouvelle derrision Theodobezienne, contenant leurs arrests et sentences par jugement de raison naturelle. Composée par Me Artus Desiré (1574).

87. La doctrine des princes et des servans en court.

88. Pronostication generalle pour quatre cens quatre vingt-dix-neuf ans, calculée sur Paris et autres lieux de mesme longitude. Imprimée nouvellement à Paris, mille cinq cens soixante et un.

89. L'Aigle qui a fait la poule devant le Coq à Landrecy. Imprimé à Lyon, chez le Prince, près Nostre-Dame de Confort (par Claude Chapuis, 1543).

90. La deffaicte des faulx monnoyeurs, par Dadonville.

91. Les estrennes des filles de Paris, par Jean Divry.

92. Le sermon de l'Endouille.

93. La deploration de la cité de Genefve sur le faict des heretiques qui l'ont tiranniquement opprimée.

94. Le debat du Vin et de l'Eau (par Pierre Jamec).

95. La venue et resurrection de Bon-Temps, avec le bannissement de Chière Saison. A Lyon, par Grand Jean Pierre, près Nostre Dame de Confort.

96. Les moyens très utiles et necessaires pour rendre le monde paisible et faire revenir le Bon-Temps.

97. Le debat de la Dame et de l'Escuyer (par maître Henri Baude).

98. Epistre envoiée de Paradis au très chrestien roy de

France François premier du nom, de par les empereurs Pepin et Charlemagne, ses magnifiques predecesseurs, et presentée audit seigneur par le Chevallier Transfiguré, porteur d'icelle (1515).

99. Le testament d'un amoureux qui mourut par amour. Ensemble son epitaphe, composé nouvellement.

100. Le *De profundis* des amoureux.

101. La fuitte des Bourguignons devant la ville de Bourg en Bresse, le quinziesme d'octobre mil cinq cens cinquante sept, regnant Henry roy de France, second du nom (1557).

102. Le triomphe de très haulte et puissante dame Verolle, royne du Puy d'Amours, nouvellement composé par l'inventeur des menus plaisirs honnestes. Lyon, François Juste, 1539.

103. Le pourpoinct fermant à boutons.

104. Description de la prinse de Calais et de Guynes, composée par forme et stile de procès par M. G. de M... A Paris, chez Barbe Regnault.

105. Hymne à la louange de Monseigneur le duc de Guyse, par Jean de Amelin. A Paris, en la boutique de Federic Morel, 1558.

106. Epitaphe de la ville de Calais, faicte par Anthoine Fauquel, natif de la ville d'Amiens, plus une chanson sur la prinse dudict Calais (par Jacques Pierre, dit Château-Gaillard). A Paris, par Jean Caveiller, 1558.

107. Le discours du testament de la prinse de la ville de Guynes, composé par maistre Anthoine Fauquel, prebstre, natif de la ville et cité d'Amiens. A Paris, à l'imprimerie d'Olivier de Harsy, 1558.

108. Ballade sur la mode des haulx bonnets.

Le tome V contient :

109. Le Debat de la Demoiselle et de la Bourgoise, nouvellement imprimé à Paris, très bon et joieulx.

110. La Complainte de France. Imprimé nouvellement. 1568.

111. Ode sacrée de l'Eglise françoyse sur les misères de ces troubles huictiesmes depuis vingt-cinq ans en çà. Imprimée nouvellement. 1586.

112. Les trois Mors et les trois Vifz, avec la Complaincte de la Damoyselle.

113. Le Caquet des bonnes Chamberières, declairant aulcunes finesses dont elles usent envers leurs maistres et

maistresses. Imprimé par le commandement de leur secretaire maistre Pierre Babillet, avec la manière pour connoistre de quel boys se chauffe Amour.

114. La presentation de mes seigneurs les Enfants de France, faicte par très haulte princesse madame Alienor, royne de France, avec l'accomplissement de la paix et proufitz de mariage. Avec privilége (1530).

115. La Complainte du commun peuple à l'encontre des boulangers qui font du petit pain et des taverniers qui brouillent le bon vin, lesquelz seront damnez au grant diable s'ilz ne s'amendent. Avec la louange de tous ceux qui vivent bien et la chanson des brouilleurs de vin. A Paris, pour Nicolas le Heudier, rue Saint Jacques, près le collége de Marmontier.

116. Le Dict des pays, avec les Conditions des femmes et plusieurs autres belles balades.

117. La Complainte de Venise (1508).

118. L'Amant despourveu de son esperit, escripvant à sa mye, voulant parler le courtisan, avec la reponse de la dame. On les vend à Paris en la rue Neufve Notre-Dame, à l'ansaigne Sainct Nicolas.

119. Le grand regret et complainte du preux et vaillant capitaine Ragot, très scientifique en l'art de parfaicte belistrerie (avec une note historique de l'éditeur sur Ragot).

120. Le testament de Jehan Ragot.

121. Dialogue plaisant et recreatif entremeslé de plusieurs discours plaisans et facetieux en forme de coq à l'asne.

122. Le rousier des Dames, sive le Pelerin d'amours, nouvellement composé par Messire Bertrand Desmarins de Masan.

123. Les Ditz et ventes d'amours.

124. La Prognostication des prognostications, non seulement de ceste presente année M.D.XXXVII, mais aussi des aultres à venir, voire de toutes celles qui sont passées, composée par maistre Sarcomoros, natif de Tartarie, et secretaire du très illustre et très puissant roy de Cathai, serf de vertus. M.D.XXXVII

125. Deploration sur le trespas de très noble princesse Madame Magdelaine de France, royne d'Escoce. Au Palais, par Gilles Corrozet et Jehan André, libraires. Avec privilége (1537).

126. La Deploration de Robin (1556).

127. Le debat de deux Damoyselles, l'une nommée la Noire et l'autre la Tannée.

128. La grant malice des Femmes.

129. Les Merveilles du monde selon le temps qui court, une ballade Francisque, et une aultre ballade de l'esperance des Hennoyers.

Le tome VI contient :

130. La grand et vraye Pronostication generale pour tous climatz et nations, nouvellement translatée d'arabien en langue françoyse, et jadis subtilement calculée sur le temps passé, present et advenir, par le grand Haly Habenragel. On les vend à Callicuth, cheux le seignour de Senegua, à l'enseigne dalz Canibales. Cum privilegio.

131. Cleri Turonensis hymni duo ad Henricum IIII, Galliarum et Navarræ regem, unus ante pugnam, alter post victoriam Ibriacam. Addita est vernacula, versio. Augustæ Turonum, MDLXXX.

132. Deux Hymnes du clergé de Tours, 'une auparavant la bataille et l'autre après la victoire de Sainct-André d'Ivry, au roy Henry IIII, roy de France et de Navarre, tournez du latin.

133. S'ensuyt le traicté de la paix faicte et jurée et promise à tout jamais entre le très crestien roy de France Loys, douziesme de ce nom, et la illustrissime seigneurie de Venise, cryée et publiée à Paris, le vendredy troisiesme jour de juing mil cinq cens et treze, avec une belle ballade, et le Regret que faict ung Angloys de millort Hawart. — Note sur le combat du capitaine Prégent de Bidoux avec l'amiral anglois Edouard Howard.

134. Le Testament de Monseigneur des Barres, capitaine des Bretons, et la prinse de Fougièrcs en Bretagne (1488).

135. L'arrest du roy des Romains donné au grant conseil de France (par Maximien. 1508).

136. Epitaphes en vers du chancelier Guy de Rochefort et de sa femme (1508).

137. La vengence des femmes contre leurs maris, à cause de l'abolition des tavernes. A Paris, par Estienne Denise (1557).

138. Le plaisant quaquet et resjouyssance des femmes, pour ce que leurs maris n'yvrongnent plus en la taverne. (Rouen, 1556.).

139. Le debat de l'Hiver et de l'Esté, avecques l'estat present de l'homme, et plusieurs autres joyeusetez. *Item*

pour congnoistre ung bon cheval, avec les condicions qu'il doit avoir devant qu'il soit bon, et sont en nombre XV.

140. Sermon joyeux d'un depucelleur de nourrices.

141. La deffaicte des Bourguignons et Allemands, faicte par les Françoys, et les deffenses, tant du camp du roy que de l'empereur, de courir de nouveau l'ung sur l'autre, tant qu'ils ayent parlementé ensemble pour traicter la paix, par quoy le roy par tout son royaume a commandé faire processions generales [avec une chanson nouvelle sur la guerre. 1543.]

142. Adieu faict à la ville de Bloys par un seigneur catholique y estant detenu prisonnier. A Paris, chez Claude Rozière, au Mont-Saint-Hilaire, à la Belle Image, 1589, avec permission.

143. Les Blasons domestiques, contenant la decoration d'une maison honneste, et du menage estant en icelle. Invention joyeuse et moderne (par Gilles Corrozet). Avec privilége. 1539. On les vend en la grant salle du Palais, près la chappelle de Messieurs, en la boutique de Gilles Corrozet, libraire.

144. Le cry de joye des François pour la delivrance du pape Clement septiesme du nom (par Gilles Corrozet 1527).

145. Les efforts et assauts faicts et donnez à Lusignan, la vigile de Noël, par M. le duc de Montpensier, prince et pair de France, lieutenant general aux païs de Guienne, et soubtenus par M. de Frontenay, prince de Bretaigne (par le sieur de La Coste). Imprimé nouvellement. 1575.

Le tome VII contient :

146. De la louange et excellence des bons facteurs qui bien ont composé en rime, tant deçà que delà les monts (par Pierre Grognet).

147. Les ventes d'amour divine.

148. Discours de la vermine et prestraille de Lyon, dechassée par le bras fort du Seigneur, avec la retraicte des moines après la sommation à eux faicte, regrets, deploration, mort et epitaphe du pape, ensemble les louanges données au Seigneur pour les grandes merveilles qu'il ha fait voir au peuple de sa bergerie et à la consolation de tous vrays fidèles; par J. P. C. Avec l'epigramme du dieu des papistes. MDLXII.

149. Noël nouveau de la description ou forme de la messe, sur le chant de Hari Bouriquet. 1561.

150. La polymachie des marmitons, ou la gendarmerie du pape, en laquelle est amplement descrit l'ordre que le pape veut tenir en l'armée qu'il veut mettre sus pour l'accompagnement de la marmite; avec le nombre des capitaines et soldats qu'il veut mettre en campagne. A Lyon, par Jean Saugrain. 1563.

151. La letanie des bons compaignons.

152. Des villains, villenniers, vilnastres et doubles vilains.

153. Les regrets et complaintes des gosiers alterez pour la desolation du pauvre monde qui n'a croix. Nouvellement imprimé à Paris.

154. La complainte douloureuse de l'âme dampnée (par Rouge Belot?). — Note sur le Conseil de volentiers morir, imprimé en 1532, par Julien Fosselier, prêtre d'Ath en Hainaut.

155. Le trophée d'Antoine de Croy, prince de Portian, souverain des terres d'outre et deçà Meuze, comte d'Eu, marquis de Reynel, baron de la Faulche et Moncornet lez Ardennes, Mauru, Pargny et Longvy au Perche, pair de France et chevalier de l'ordre du roy, par Ubert Philippe de Villiers, secretaire dudit sieur prince. A Lyon, par Jean Saugrain. 1567. Avec permission. — Chanson satirique sur Antoine de Bourbon.

156. La desolation des frères de la robe grise, pour la perte de la marmite qu'est renversée. A Lyon, MDLXII.

157. Chanson piteuse composée par frère Olivier Maillard en pleine predication, au son de la chanson nommée Bergeronnette savoysienne, et chantée à Thoulouze, environ la Penthecouste, par ledict Maillard, luy estant en chaire de predication, l'an mil cinq cens et deux, et bientost après trespassa.

158. Le plaisant boutehors d'oysiveté (1550).

159. La prise et deffaicte des Angloys par les Bretons, devant la ville de Barfleu, près La Hogue, en Normandie [avec une chanson nouvelle de la prinse des Angloys amenez à Ardres]. Nouvellement imprimé à Paris. Mil cinq cens quarante trois. Avec congé.

160. Le Kalendrier en petis vers, composé par maistre Jehan Molinet. Imprimé à Paris par Nicollas Buffet, près le collége de Reims.

161. Le debat du jeune et du vieulx amoureux.

162. S'ensuyt le passe-temps d'oysiveté de maistre Ro-

bert Gaguin, docteur en droit, ministre et general de l'ordre Saincte Trinité et Redemption des captifz, pour le temps qu'il estoit à Londres, en ambassade avec noble et puissant seigneur François monseigneur de Luxembourg pour le roy de France, attendant le retour de noble homme Walleren de Saint, bally de Senlis, lequel estoit retourné en France devers ledit seigneur pour certains articles touchans la charge de l'ambassade. Mil CCCC IIIIˣˣIX, au moys de decembre.

163. Question meue entre François monsieur de Luxembourg et maistre Robert Gaguin, ambassadeur du roy de France ; est assavoir d'où procède vertu, de necessité ou de honnesteté.

164. La louenge et beauté des dames.

165. Le debat de l'homme et de l'argent. Nouvellement translaté d'italien en rime françoyse (par frere Claude Platin)

OEuvres de Jehan REGNIER . 1 vol.   5 fr.

Le Livre de Matheolus et le Rebours de Matheolus. 2 vol.   10 fr.

Poésies de MARTIAL DE PARIS dit D'AUVERGNE. 1 vol.   5 fr.

* OEuvres de Guillaume COQUILLART , revues et annotées par M. Charles D'HÉRICAULT. 2 volumes.   10 fr.

Poésies de Guillaume CRETIN. 1 vol.   5 fr.

* OEuvres complètes de Pierre GRINGORE, avec des notes par MM. Charles D'HÉRICAULT et Anatole DE MONTAIGLON. Tome I.   5 fr.
    La collection formera 4 volumes.

* OEuvres complètes de ROGER DE COLLERYE. Edition revue et annotée par M. Charles D'HÉRICAULT. 1 vol.   5 fr.

* Poésies de Bonaventure DES PERIERS , suivies du Cymbalum mundi, revues sur les éditions originales et annotées par M. Louis LACOUR. 1 vol.   5 fr.

    Voyez page 39 de ce catalogue.

OEuvres de Clément MAROT, de Jean MAROT et de Michel MAROT, avec variantes et notes par M. Georges GUIFFREY. 4 vol.   20 fr.

Poesies d'Etienne DOLET. 1 vol.   5 fr.

OEuvres complètes de MARGUERITE D'ANGOULÊME, reine de Navarre. 2 vol.   10 fr.
    Voy. page 39 de ce catalogue.

Poésies de FRANÇOIS Ier, publiées par M. Ch. D'HÉRICAULT. 1 vol.   5 fr.

OEuvres de Jacques TAHUREAU. 2 vol. 10 fr.

OEuvres de MELLIN DE SAINT-GELAIS, avec un commentaire inédit de Bernard DE LA MONNOYE. 2 vol.   10 fr.

OEuvres de Joachim DU BELLAY, revues et annotées par M. J. BOULMIER. 2 vol.   10 fr.

Poésies d'Olivier DE MAGNY. 2 vol.   10 fr.

OEuvres de Louise LABÉ. 1 vol.   5 fr.

Poésies de Jacques GREVIN. 2 vol.   10 fr.

Poésies de Jacques PELLETIER, du Mans. 2 volumes.   10 fr.

Poésies de Remy BELLEAU. 2 vol.   10 fr.

Poésies d'Amadis JAMYN. 2 vol.   10 fr.

**OEuvres complètes de* RONSARD, avec variantes et notes par M. Prosper BLANCHEMAIN. Chaque volume.   5 fr.
    L'édition formera six volumes à 5 fr. Les tomes I et II sont en vente.

OEuvres de J. A. DE BAÏF. 2 vol.   10 fr.

OEuvres de Philippe DESPORTES. 2 vol. 10 fr.

OEuvres de VAUQUELIN DE LA FRESNAYE. 2 vol.   10 fr.

OEuvres de BERTAUT. 2 vol.   10 fr.

* *OEuvres de Mathurin* REGNIER, avec les commentaires revus et corrigés, précédées de l'*His-*

toire de la Satire en France, pour servir de discours préliminaire, par M. VIOLLET LE DUC. 1 vol.   5 fr.

> Le travail de M. Viollet Le Duc, publié pour la première fois en 1822, a été revu et modifié par lui pour la nouvelle édition. L'*Histoire de la satire* a reçu des additions.

* *Les Tragiques*, de Théodore-Agrippa D'AUBIGNÉ. Édition annotée par M. Ludovic LALANNE. 1 vol.   5 fr.

* *OEuvres complètes* de THÉOPHILE, revues et annotées par M. ALLEAUME. 2 vol.   10 fr.

OEuvres complètes de MALHERBE. 2 vol. 10 fr.

OEuvres de MAYNARD. 1 vol.   5 fr.

Poésies de SARAZIN. 1 vol.   5 fr.

* *OEuvres complètes* de SAINT-AMANT, revues et annotées par Ch. L. LIVET. 2 vol.   10 fr.

> Cette édition est le résultat d'un travail de plusieurs années. M. Livet a réuni dans ces deux volumes tous les ouvrages de Saint-Amant, imprimés et inédits. De nombreuses notes expliquent les allusions, éclaircissent les passages difficiles, et font connaître les nombreux personnages nommés dans ces œuvres.

Poésies de maître Adam BILLAUT. 2 vol. 10 fr

* *OEuvres complètes* de RACAN, revues et annotées par M. TENANT DE LATOUR. 2 vol.   10 fr.

Poésies du chevalier de CAILLY. 1 vol.   5 fr.

* *Extrait abrégé des vieux Memoriaux de l'abbaye de Saint-Aubin-des-Boys, en Bretagne.* 1 vol.   2 fr.

> Epuisé.

* *OEuvres de* CHAPELLE *et de* BACHAUMONT. Nouvelle édition, revue et corrigée sur les meilleurs textes, notamment sur l'édition de 1732, précédée d'une notice par M. TENANT DE LATOUR. 1 vol.   4 fr.

Poésies de FURETIÈRE. 1 vol.   5 fr.

OEuvres de SEGRAIS. 2 vol.   10 fr.

*OEuvres complètes de LA FONTAINE, revues et annotées par M. MARTY-LAVEAUX. Tome II (Contes et nouvelles).   5 fr.

L'édition formera quatre volumes.

OEuvres de BOILEAU, commentées par les collaborateurs de la *Bibliothèque Elzevirienne.*

* OEuvres choisies de SENECÉ, revues sur les diverses éditions et sur les manuscrits originaux, par M. E. CHASLES et P. A. CAP. 1 vol. 5 fr.

*OEuvres posthumes de SENECÉ, publiées d'après les manuscrits autographes, par M. Emile CHASLES et P. A. CAP. 1 vol.   5 fr.

La Fleur des Chansons, d'après les livres manuscrits et imprimés.

Chansons de Gaultier GARGUILLE, revues et annotées par M. Ed. FOURNIER. 1 vol. 5 fr.

Recueil des Noels composés dans les divers idiomes de la France, par M. Albert de la FIZELIÈRE. 3 vol.   15 fr.

III. THÉATRE.

Recueil de pièces relatives à l'histoire du théâtre en France. 1 vol.   5 fr.

*. Ancien théâtre françois, ou Collection des ouvrages dramatiques les plus remarquables depuis les mystères jusqu'à Corneille, publié avec des notices et éclaircissements. 10 volumes. Chaque vol.   5 fr.

Les trois premiers volumes sont la reproduction d'un recueil unique, conservé au Musée Britannique, à Londres, contenant 64 pièces, dont voici les titres :

TOME I.

1. Le Conseil du Nouveau marié, à deux personnages, c'est assavoir : le Mary et le Docteur.

2. Farce nouvelle, très bonne et fort joyeuse, du Nouveau marié qui ne peult fournir à l'appoinctement de sa femme, à quatre personnages, c'est assavoir : le Nouveau Marié, la Femme, la Mère et le Père.

3. Farce nouvelle, très bonne et fort joyeuse, de l'Obstination des femmes, à deux personnaiges, c'est assavoir : le Mari et la Femme.

4. Farce nouvelle, très bonne et fort joyeuse, du Cuvier, à troys personnages, c'est assavoir : Jaquinot, sa Femme et la Mère de sa femme.

5. Farce nouvelle, très bonne et fort joyeuse, à troys personnages, c'est assavoir : Jolyet, la Femme et le Père.

6. Farce nouvelle, à cinq personnaiges, des Femmes qui font refondre leurs maris, c'est assavoir : Thibault, Collart, Jennette, Pernette et le Fondeur.

7. Farce nouvelle et fort joyeuse du Pect, à quatre personnages, c'est assavoir : Hubert, la Femme, le Juge et le Procureur.

8. Farce nouvelle, très bonne et fort joyeuse, des Femmes qui demandent les arrerages de leurs maris, et les font obliger par *nisi*, à cinq personnages, c'est assavoir : le Mary, la Dame, la Chambrière et le Voysin.

9. Farce nouvelle d'ung Mary jaloux qui veult esprouver sa femme, à quatre personnages, c'est assavoir : Colinet, la Tante, le Mary et sa Femme.

10. Farce moralisée, à quatre personnaiges, c'est assavoir : deux Hommes et leurs deux Femmes, dont l'une a malle teste et l'autre est tendre du cul.

11. Farce nouvelle et fort joyeuse, à quatre personnages, c'est assavoir : le Mary, la Femme, le Badin qui se loue et l'Amoureux.

12. Farce nouvelle, très bonne et fort joyeuse, de Pernet qui va au vin, à troys personnaiges, c'est assavoir : Pernet, sa Femme et l'Amoureux.

13. Farce nouvelle, très bonne et fort joyeuse, d'un Amoureux, à quatre personnages, c'est assavoir : l'Homme, la Femme, l'Amoureux et le Médecin.

14. Colin qui loue et despite Dieu en ung moment à cause de sa femme, à troys personnages, c'est assavoir : Colin, sa Femme et l'Amant.

15. Farce nouvelle, très bonne et fort joyeuse, à quatre personnaiges, c'est assavoir : le Gentilhomme, Lison, Naudet, la Damoyselle.

16. Farce nouvelle à troys personnages, c'est assavoir : le Badin, la Femme et la Chambrière.

17. Farce nouvelle, très bonne et fort joyeuse, de Jeninot qui fist un roy de son chat, par faulte d'autre compagnon, en criant : Le roy boit ! et monta sur sa maistresse pour la mener à la messe, à troys personnaiges, c'est assavoir : le Mary, la Femme et Jeninot.

18. Farce nouvelle de frère Guillebert, très bonne et fort joyeuse, à quatre personnages, c'est assavoir : Frère Guillebert, l'Homme vieil, sa femme jeune, la Commère.

19. Farce nouvelle, très bonne et fort joyeuse, de Guillerme qui mangea les figues du curé, à quatre personnaiges, c'est assavoir : le Curé, Guillerme, le Voysin et sa Femme.

20. Farce nouvelle, très bonne et fort joyeuse, de Jenin filz de rien, à quatre personnaiges, c'est assavoir : la Mère et Jenin, son fils, le Prestre et ung Devin.

21. La Confession Margot, à deux personnaiges, c'est assavoir : le Curé et Margot.

22. Farce nouvelle, très bonne et fort joyeuse, de George le Veau, à quatre personnaiges, c'est assavoir : George le Veau, sa Femme, le Curé et son Clerc.

TOME II.

23. Sermon joyeux de bien boire, à deux personnaiges, c'est assavoir : le Prescheur et le Cuysinier.

24. Farce nouvelle, très bonne et très joyeuse, de la Résurrection de Jenin-Landore, à quatre personnaiges, c'est assavoir : Jenin, sa Femme, le Curé et le Clerc.

25. Farce nouvelle, fort joyeuse, du Pont aux Asgnes, à quatre personnages, c'est assavoir : Le Mary, la Femme, Messire *Domine de* et le Boscheron.

26. Farce nouvelle, très bonne et fort joyeuse, à troys personnages, d'un Pardonneur, d'un Triacleur et d'une Tavernière, c'est assavoir : le Triacleur, le Pardonneur et la Tavernière.

27. Farce nouvelle du Pasté et de la Tarte, à quatre personnaiges, c'est assavoir : deux Coquins, le Paticier et sa Femme.

28. Farce nouvelle de Mahuet, badin, natif de Baignolet, qui va à Paris au marché pour vendre ses œufz et sa cresme, et ne les veult donner sinon au pris du marché, et est à quatre personnages, c'est assavoir : Mahuet, sa Mère, Gaultier et la Femme.

29. Farce nouvelle et fort joyeuse des Femmes qui font escurer leurs chaulderons et deffendent que on ne mette la

pièce auprès du trou, à troys personnages, c'est assavoir :
la première Femme, la seconde et le Maignen.

30. Farce nouvelle, très bonne et fort joyeuse, à troys
personnages, d'un Chauldronnier, c'est assavoir: l'Homme,
la Femme et le Chauldronnier.

31. Farce nouvelle, très bonne et fort joyeuse, à trois personnaiges, c'est assavoir : le Chaulderonnier, le Savetier et
le Tavernier.

32. Farce joyeuse, très bonne et recreative pour rire, du
Savetier, à troys personnaiges, c'est assavoir : Audin, savetier ; Audette, sa Femme, et le Curé.

33. Farce nouvelle d'ung Savetier nommé Calbain, fort
joyeuse, lequel se maria à une savetière, à troys personnaiges, c'est assavoir : Calbain, la Femme et le Galland.

34. Farce nouvelle, à quatre personnaiges, c'est assavoir : le Cousturier, Esopet, le Gentilhomme et la Chambrière.

35. Farce nouvelle, très bonne et fort joyeuse, à trois
personnaiges, c'est assavoir : Maistre Mimin le Gouteux,
son varlet Richard le Pelé, sourd, et le Chaussetier.

36. Farce nouvelle d'ung Ramoneur de cheminées, fort
joyeuse, à quatre personnaiges, c'est assavoir : le Ramoneur, le Varlet, la Femme et la Voysine.

37. Sermon joyeux et de grande value
A tous les foulx qui sont dessoubz la nue,
Pour leur monstrer à saiges devenir,
Moyennant ce que, le temps advenir,
Tous sotz tiendront mon conseil et doctrine,
Puis congnoistront clerement, sans urine,
Que le monde pour sages les tiendra
Quand ils auront de quoy : notez cela.

38. Sottie nouvelle, à six personnaiges, c'est assavoir :
le Roy des Sotz, Triboulet, Mitouflet, Sottinet, Coquibus,
Guippelin.

39. Sottie nouvelle, à cinq personnages, des Trompeurs,
c'est assavoir : Sottie, Teste Verte, Fine Mine, Chascun et
le Temps.

40. Farce nouvelle, très bonne, de Folle Bobance, à
quatre personnaiges, c'est assavoir : Folle Bobance, le
premier Fol, gentilhomme; le second Fol, marchant, et le
tiers Fol, laboureux.

41. Farce joyeuse, très bonne, à deux personnaiges,
du Gaudisseur qui se vante de ses faictz, et ung Sot qui
lui respond au contraire, c'est assavoir : le Gaudisseur et
le Sot.

42. Farce nouvelle, très bonne et fort recreative pour rire, des cris de Paris, à troys personnaiges, c'est assavoir: le premier Gallant, le second Gallant et le Sot.

43. Farce nouvelle du Franc Archier de Baignolet.

44. Farce joyeuse de Maistre Mimin, à six personnaiges, c'est assavoir : le Maistre d'escolle; Maistre Mimin, estudiant ; Raulet, son père; Lubine, sa mère; Raoul Machue, et la Bru Maistre Mimin.

45. Farce nouvelle, très bonne et fort joyeuse, à troys personnaiges, de Pernet qui va à l'escolle, c'est assavoir : Pernet, la Mère, le Maistre.

46. Farce nouvelle, très bonne et fort joyeuse, à troys personnaiges, c'est assavoir : la Mère, le Filz et l'Examinateur.

47. Farce nouvelle de Colin, filz de Thevot le Maire, qui vient de Naples et amène ung Turc prisonnier, à quatre personnaiges, c'est assavoir : Thevot le Mère, Colin son filz, la Femme, le Pelerin.

48. Farce nouvelle, à trois personnaiges, c'est assavoir: Tout Mesnaige, Besogne faicte, la Chamberière qui est malade de plusieurs maladies, comme vous verrez ci dedans, et le Fol qui faict du medecin pour la guarir.

49. Le Debat de la Nourrice et de la Chamberière, à troys personnaiges, c'est assavoir : la Nourrisse, la Chamberière, Johannes.

5o. Farce nouvelle des Chamberières qui vont à la messe de cinq heures pour avoir de l'eaue beniste, à quatre personnaiges, c'est assavoir: Domine Johannes, Troussetaqueue, la Nourrice et Saupiquet.

TOME III.

51. Moralité nouvelle des Enfans de Maintenant, qui sont des escoliers de Jabien, qui leur monstre à jouer aux cartes et aux dez et entretenir Luxures, dont l'ung vient à Honte, et de Honte à Desespoir, et de Desespoir au gibet de Perdition, et l'aultre se convertist à bien faire. Et est à treize personnages, c'est assavoir : le Fol, Maintenant, Mignotte, Bon Advis, Instruction, Finet, premier enfant; Malduict, second enfant ; Discipline, Jabien, Luxure, Honte, Desespoir, Perdition.

52. Moralité nouvelle, contenant

Comment Envie, au temps de Maintenant,
Fait que les Frères que Bon Amour assemble
Sont ennemys et ont discord ensemble,

Dont les parens souffrent maint desplaisir,
Au lieu d'avoir de leurs enfans plaisir.
Mais à la fin Remort de conscience,
Vueillant user de son art et science,
Les fait renger en paix et union
Et tout leur temps vivre en communion.

A neuf personnaiges, c'est assavoir : le Preco, le Père, la Mère, le premier Filz, le second Filz, le tiers Filz, Amour fraternel, Envie, et Remort de conscience.

53. Moralité nouvelle d'ung Empereur qui tua son nepveu qui avoit prins une fille à force ; et comment, ledict Empereur estant au lict de la mort, la sainte Hostie luy fut apportée miraculeusement. Et est à dix personnaiges, c'est assavoir : l'Empereur, le Chappelain, le Duc, le Conte, le Nepveu de l'Empereur, l'Escuyer, Bertaut et Guillot, serviteurs du Nepveu ; la Fille violée, la Mère de la Fille, avec la sainte Hostie qui se présenta à l'Empereur.

54. Moralité ou histoire rommaine d'une Femme qui avoit voulu trahir la cité de Romme, et comment sa Fille la nourrit six sepmaines de son lait en prison, à cinq personnaiges, c'est assavoir : Oracius, Valerius, le Sergent, la Mère et la Fille.

55. Farce nouvelle, fort joyeuse et morale, à quatre personnaiges, c'est assavoir : Bien Mondain, Honneur spirituel, Pouvoir Temporel et la Femme.

56. Farce nouvelle, très bonne, morale et fort joyeuse, à troys personnaiges, c'est assavoir : Tout, Rien et Chascun.

57. Bergerie nouvelle, fort joyeuse et morale, de Mieulx que devant, à quatre personnaiges, c'est assavoir : Mieulx que devant, Plats Pays, Peuple pensif et la Bergière.

58. Farce nouvelle moralisée des Gens Nouveaulx qui mangent le monde et le logent de mal en pire, à quatre personnaiges, c'est assavoir : le premier Nouveau, le second Nouveau, le tiers Nouveau et le Monde.

59. Farce nouvelle, à cinq personnaiges, c'est assavoir : Marchandise et Mestier, Pou d'Acquest, le Temps qui court et Grosse Despense.

60. La vie et l'histoire du Maulvais Riche, à traize personnaiges, c'est assavoir : le Maulvais Riche, la Femme du Maulvais Riche, le Ladre, le Prescheur, Trotemenu, Tripet, cuisinier ; Dieu le Père, Raphaël, Abraham, Lucifer, Sathan, Rahouart, Agrappart.

61. Farce nouvelle des Cinq Sens de l'Homme, moralisée et fort joyeuse pour rire et recréative, et est à sept

personnaiges, c'est assavoir : l'Homme, la Bouche, les Mains, les Yeulx, les Piedz, l'Ouye et le Cul.

62. Debat du Corps et de l'Ame.

63. Moralité nouvelle, très bonne et très excellente, de Charité, où est demontré les maulx qui viennent aujourd'huy au Monde par faulte de Charité, à douze personnaiges : le Monde, Charité, Jeunesse, Vieillesse, Tricherie, le Pouvre, le Religieux, la Mort, le Riche Avaricieux et son Varlet, le Bon Riche vertueux et le Fol.

64. Le Chevalier qui donna sa Femme au Dyable, à dix personnaiges, c'est assavoir : Dieu le Père, Nostre Dame, Gabriel, Raphael, le Chevalier, sa Femme, Amaury, escuyer; Anthenor, escuyer ; le Pipeur et le Dyable.

Le tome IV contient les œuvres dramatiques d'Etienne Jodelle; les *Esbahis*, de Jacques Grevin ; la *Reconnue*, de Remy Belleau. — Les tomes V et VI contiennent les huit premières comédies de Pierre de Larivey. La dernière pièce fait partie du tome VII, qui contient en outre *les Contens*, par Odet de Tournebu; *les Neapolitaines*, par François d'Amboise ; *les Déguisez*, par Jean Godard; *la nouvelle Tragi-comique* du Capitaine Lasphrise. — Le tome VIII contient *Tyr et Sidon*, par Jean de Schelandre; *les Corrivaux*, par Pierre Troterel, sieur d'Aves; *l'Impuissance*, par Veronneau; *Alizon*, par L. C. Discret. — Le tome IX contient la *Comédie des proverbes*, la *Comédie de chansons*, la *Comédie des comedies*, la *Comédie des comédiens*, de Gougenot, le *Galimatias* de Deroziers-Beaulieu. — Le tome X et dernier contient un Glossaire.

Recueil général des farces qui ne font point partie de l'*Ancien théâtre français*, publié d'après les manuscrits et les imprimés par M. A. DE MONTAIGLON. 5 vol.   25 fr.

Mystère de la Passion, par Arnoul GRÉBAN, publié d'après les manuscrits par MM. C. d'HÉRICAULT et L. MOLAND. 3 vol.   15 fr.

Les Comédies de Pierre de LARIVEY, Champenois. 2 vol.   20 fr.

Ces deux volumes contiennent les neuf comédies de Pierre de Larivey. C'est un tirage à part, à cent exemplaires, avec titre particulier, des tomes V et VI et de partie du tome VII de l'*Ancien théâtre françois.*

Histoire de la vie et des ouvrages de CORNEILLE, par M. J. TASCHEREAU. 1 vol.   5 fr.

> Introduction aux *OEuvres complètes de Pierre* COR-NEILLE.

* *OEuvres complètes de Pierre* CORNEILLE, publiées d'après le système orthographique de l'auteur et annotées par M. J. TASCHEREAU. 6 vol.   30 fr.

> Les tomes I et II sont en vente.

OEuvres complètes de MOLIÈRE, revues et annotées par M. J. TASCHEREAU. 4 vol.   20 fr.

OEuvres complètes de Jean RACINE, revues et annotées par M. Emile CHASLES. 2 vol. 10 fr.

Théâtre historique, ou Recueil de pièces anciennes relatives à l'histoire de France, avec des notes. 2 vol.   10 fr.

IV. ROMANS.

* *Melusine,* par Jehan d'Arras ; nouvelle édition, publiée d'après l'édition originale de Genève, 1478, in-fol., par M. Ch. BRUNET. 1 vol. 5 fr.

* *Le Roman de Jehan de Paris,* publié d'après les premières éditions, et précédé d'une notice par M. Emile MABILLE. 1 vol.   3 fr.

Le Roman bourgeois, ouvrage comique, par Antoine FURETIÈRE. Nouvelle édition, avec des notes historiques et littéraires par M. Edouard FOURNIER, précédée d'une Notice par M. Ch. ASSELINEAU. 1 vol. Epuisé.   5 fr.

> Le *Roman bourgeois,* décrié au XVIIe siècle par les

ennemis de l'auteur, mal réimprimé au XVIII⁰, était à peine connu au XIXᵉ. L'édition publiée par MM. Asselineau et Fournier a révélé à nos contemporains un des livres les plus sensés, les plus amusants, les mieux écrits, du siècle de Louis XIV, le plus précieux peut-être pour l'étude des mœurs bourgeoises et littéraires à cette époque.

* *Le Roman comique,* par SCARRON, revu et annoté par M. Victor FOURNEL. 2 vol.　　10 fr.

* *Histoire amoureuse des Gaules,* par BUSSY-RABUTIN, revue et annotée par M. Paul BOITEAU, suivie des Romans historico-satiriques du XVIIᵉ siècle, recueillis et annotés par M. C.-L. LIVET. 3 vol.　　15 fr.

　　Deux volumes sont en vente.

* *Six mois de la vie d'un jeune homme* (1797), par VIOLLET LE DUC. 1 vol.　　4 fr.

* *Les Aventures de Don Juan de* VARGAS, racontées par lui-même, traduites de l'espagnol, sur le manuscrit inédit, par Charles NAVARIN. 1 vol.　　3 fr.

　　A tort ou à raison, on regarde généralement cet ouvrage comme un livre apocryphe, un pastiche, une imitation des romans de Le Sage et des contes de Voltaire. Ajoutons qu'on déclare l'imitation très heureuse; partant, le livre d'une lecture agréable et facile, écrit avec beaucoup d'esprit et de talent.

V. CONTES ET NOUVELLES.

* *Hitopadésa,* ou l'Instruction utile, recueil d'apologues et de contes, traduit du sanscrit, avec des notes historiques et littéraires et un Appendice contenant l'indication des sources et des imitations, par M. Ed. LANCEREAU, membre de la Société Asiatique. 1 vol.　　5 fr.

　　On trouve dans ce volume beaucoup de fables et d

contes qui ont passé dans les littératures modernes, particulièrement dans la nôtre,

*Nouvelles françoises en prose, du XIII° siècle, avec Notices et notes par MM. MOLAND et Ch. D'HÉRICAULT. 1 vol.   5 fr.

Nouvelles françoises en prose, du XIV° siècle, publiées par les mêmes. 1 vol.   5 fr.

Nouvelles françoises en prose, du XV° siècle, publiées par les mêmes. 1 vol.   5 fr.

*Le Livre du chevalier de la Tour Landry, pour l'enseignement de ses filles, publié par M. A. DE MONTAIGLON. 1 vol.   5 fr.

Voyez page 9 de ce catalogue.

* Le Violier des histoires romaines, ancienne traduction françoise des Gesta Romanorum, publié par G. BRUNET. 1 volume.   5 fr.

*Les Cent nouvelles nouvelles, publiées d'après le seul manuscrit connu, avec introduction et notes par M. Thomas WRIGHT, membre correspondant de l'Institut de France. 2 vol. 10 fr.

Recueil de petits contes latins, tirés des manuscrits et annotés par M. Thomas WRIGHT, 1 vol.   5 fr.

*MORLINI novellæ, fabulæ et Comœdia. Editio tertia, emendata et aucta. 1 vol.   5 fr.

Ouvrage peu connu, par suite de l'extrême rareté des éditions précédentes, et précieux pour l'histoire des contes et des fables. La Comédie a trait à l'expédition envoyée par Louis XII à la conquête du royaume de Naples.

Les Contes de Pogge, Florentin. Traduction française du XV° siècle. 1 vol.   5 fr.

* *Les nouvelles recreations et joyeux devis* de Bonaventure DES PERIERS, revus sur les éditions originales et annotées par M. Louis LA-COUR. 1 vol. 5 fr.

Tome II des Œuvres. Voy. page 39.

L'Heptameron de la reine de Navarre. 2 volumes. 10 fr.

Voy. page 39 de ce catalogue.

Propos rustiques, Baliverneries, contes et discours d'Eutrapel, par Noel DU FAÏL, sieur DE LA HÉRISSAYE. 2 vol. 10 fr.

Les Serées de Guillaume Bouchet. 3 vol. 15 fr.

Le Decameron de Boccace, traduction d'Antoine LE MAÇON. 2 vol. 10 fr.

* *Les facetieuses nuits du seigneur Straparole,* traduites par Jean LOUVEAU et Pierre DE LARIVEY. 2 vol. 10 fr.

La Philosophie fabuleuse, par Pierre DE LARIVEY, édition revue et annotée par M. Ed. LANCEREAU. 1 vol. 5 fr.

VI. FACÉTIES.

* MORLINI *novellæ, fabulæ et comœdia.* Editio tertia, emendata et aucta. 1 vol. 5 fr.

Voy. page 35 de ce catalogue.

Les quinze Joyes de mariage. 2ᵉ édition de la Bibliothèque elzevirienne, conforme au manuscrit de la Bibliothèque publique de Rouen, avec les variantes des anciennes éditions et des notes. 1 vol. 3 fr.

Cet ouvrage si remarquable, qu'on attribue à l'auteur du *Petit Jehan de Saintré,* Antoine de la Sale, a toujours eu de nombreux admirateurs, au nombre desquels se trouvent Rabelais et Molière. Il a été imprimé plusieurs fois ; l'éditeur a reconnu l'existence de quatre textes différents, tous plus ou moins tronqués. En s'aidant des anciennes éditions et du manuscrit de la Bibliothèque publique de Rouen, il est parvenu à rétablir le texte tel qu'il a dû sortir de la plume de l'auteur. Les variantes recueillies à la fin du volume justifient pleinement ce travail, et les notes placées au bas des pages rendent l'intelligence du texte facile aux personnes même les moins versées dans la connaissance de notre littérature du moyen âge.

Les Evangiles des Quenouilles. Nouvelle édition, revue sur les éditions anciennes et les manuscrits, avec Préface, Glossaire et Table analytique. 1 vol.   3 fr.

    « Ceci n'est pas seulement un livre amusant : c'est
    « encore un des livres les plus précieux pour l'histoire
    « des mœurs, des opinions et des préjugés... C'est le
    « répertoire le plus curieux des croyances, des erreurs
    « et des préjugés répandus au moyen âge parmi le peu-
    « ple. »   (*Extrait de la Préface.*)

La Nouvelle Fabrique des excellens traits de verité, par Philippe D'ALCRIPE, sieur de Neri en Verbos. Nouvelle édition, augmentée des *Nouvelles de la terre de Prestre Jehan.* 1 volume.   4 fr.

    Cet ouvrage, de la fin du XVIe siècle, est le type et la source de ces nombreuses histoires où l'exagération joue un si grand rôle. De ce volume viennent en droite ligne les *Facetieux devis et plaisans contes du sieur du Moulinet*, les histoires de M. de Crac et de sa famille, et les célèbres *Aventures du baron de Münchhausen.* En somme, c'est un livre fort amusant, et qui fait connaître un des côtés de l'esprit railleur de nos pères.

Œuvres de RABELAIS, seule édition conforme aux derniers textes revus par l'auteur, avec les variantes des anciennes éditions, des notes et un Glossaire. 2 vol.   10 fr.

Les Contes de Pogge, florentin, traduction française du XVe siècle. 1 vol.   5 fr.

> Voy. page 35 de ce catalogue.

*Les Bigarrures et touches du seigneur des Ac-
cords*, avec les contes du sieur GAULARD et
les Escraignes dijonnoises. 2 vol.   10 fr.

* *Tabarin*, 2 vol.   10 fr.

Bruscambille. 2 vol.   10 fr.

* *Recueil général des Caquets de l'Accouchée*.
Nouvelle édition, revue sur les pièces originales et annotée par M. Edouard FOURNIER,
avec une Introduction par M. LE ROUX DE
LINCY. 1 vol.   5 fr.

> Dans cet ouvrage, les mœurs, les usages, les abus
> du premier quart du XVIIe siècle, sont passés en revue
> avec autant de liberté que de malice. Grâce aux notes
> dont cette édition est accompagnée, ce livre facétieux
> sera désormais un de ceux que l'on consultera avec le
> plus de fruit sur l'histoire du temps.

* *Le Dictionnaire des Précieuses*, par le sieur de
Somaize. Nouvelle édition, augmentée de divers opuscules du même auteur relatifs aux
Précieuses, et d'une clef historique et anecdo-
tique par M. C. L. LIVET. 2 vol.   10 fr.

VII. POLYGRAPHES ET MÉLANGES.

OEuvres complètes de Pierre DE BOURDEILLES
abbé de BRANTHOME, et d'André de BOUR-
DEILLES, son frère aîné, publiées pour la première fois selon le plan de l'auteur, augmen-
tées de nombreux fragments inédits, et annotées par M. Prosper MÉRIMÉE, de l'Académie

française, et M. Louis LACOUR, archiviste pa-
léographe.

OEuvres complètes de MARGUERITE D'ANGOU-
LÊME, reine de NAVARRE. 4 vol.   20 fr.

   Œuvres diverses, 2 vol. — Heptameron, 2 vol.

* OEuvres françaises de Bonaventure DES PE-
RIERS, revues sur les éditions originales et annotées par M. Louis LACOUR. 2 vol.   10 fr.

   Tome I : Poésies, *Cymbalum Mundi*, Opuscules. —
   Tome II : Nouvelles Recreations et joyeux devis.

* OEuvres complètes de la Fontaine, revues et
annotées par M. MARTY-LAVEAUX. 4 volumes.   20 fr.

   Le tome II est en vente.

Croniques des Samedis de Mlle de Scudéry, re-
cueillies par CONRART, annotées par PELLIS-
SON-FONTANIER, et publiées par M. F.
FEUILLET DE CONCHES. 1 vol.   5 fr.

* *Variétés historiques et littéraires*, recueil de
pièces volantes rares et curieuses, en prose et
en vers, avec des notes par M. Edouard FOUR-
NIER. Tomes I à VIII. Le volume,   5 fr.

   Le 1er volume contient :

   1. Ensuit une remonstrance touchant la garde de la
librairie du Roy, par Jean Gosselin, garde d'icelle librairie.

   2. Le Diogène françois, ou Les facetieux discours du
vray anti-dotour comique blaisois.

   3. Histoires espouvantables de deux magiciens qui ont
esté estranglez par le diable, dans Paris, la semaine
saincte.

4. Discours faict au parlement de Dijon sur la presentation des Lettres d'abolition obtenues par Helène Gillet, condamnée à mort pour avoir celé sa grossesse et son fruict.

5. Histoire veritable de la conversion et repentance d'une courtisane venitienne.

6. Les singeries des femmes de ce temps descouvertes, et particulièrement d'aucunes bourgeoises de Paris.

7. La Chasse et l'Amour, à Lysidor.

8. Dialogue fort plaisant et recreatif de deux marchands : l'un est de Paris et l'autre de Pontoise, sur ce que le Parisien l'avoit appelé Normand.

9. Discours prodigieux et espouvantable de trois Espaignols et une Espagnolle, magiciens et sorciers, qui se faisoient porter par les diables de ville en ville.

10. Histoire admirable et declin pitoyable advenu en la personne d'un favory de la cour d'Espagne.

11. Examen sur l'inconnue et nouvelle caballe des frèyes de la Rozée-Croix.

12. Role des presentations faictes au Grand Jour de l'Eloquence françoise.

13. Recit veritable du grand combat arrivé sur mer, aux Indes Occidentales, entre la flotte espagnole et les navires hollandois, conduits par l'amiral Lhermite, devant la ville de Lyma, en l'année 1624.

14. Discours veritable de l'armée du très vertueux et illustre Charles, duc de Savoye et prince de Piedmont, contre la ville de Genève.

15. Histoire miraculeuse et admirable de la contesse de Hornoc, flamande, estranglée par le diable, dans la ville d'Anvers, pour n'avoir trouvé son rabat bien godronné, le 15 avril 1616.

16. Discours au vray des troubles naguères advenus au royaume d'Arragon.

17. Recit naïf et veritable du cruel assassinat et horrible massacre commis le 26 aoust 1652, par la Compagnie des frippiers de la Tonnellerie, en la personne de Jean Bourgeois.

18. Les Grands Jours tenus à Paris par M. Muet, lieutenant du petit criminel.

19. La revolte des Passemens.

20. Ordonnance pour le faict de la police et reglement du camp.

21. Combat de Cyrano de Bergerac avec le singe de Brioché, au bout du Pont-Neuf.

22. La prinse et deffaicte du capitaine **Guillery**.

23. Le bruit qui court de l'Espousée.

24. La conférence des servantes de la ville de Paris.

25. Le triomphe admirable observé en l'aliance de Betheleem Gabor, prince de Transilvanie, avec la princesse Catherine de Brandebourg.

26. La descouverture du style impudique des courtisannes de Normandie à celles de Paris, envoyée pour estrennes, de l'invention d'une courtisanne angloise.

27. La Rubrique et fallace du monde.

28. Plaidoyers plaisans dans une cause burlesque.

29. Les merveilles et les excellences du Salmigondis de l'aloyau, avec les Confitures renversées.

Le second volume contient:

1. Mémoire sur l'état de l'Académie françoise, remis à Louis XIV vers l'an 1696.

2. Le Miroir de contentement, baillé pour estrenne à tous les gens mariez.

3. Le Patissier de Madrigal en Espagne, estimé estre Dom Carles, fils du roy Philippe.

4. Discours sur l'apparition et faits pretendus de l'effroyable Tasteur, dédié à mesdames les poissonnières, harengères, fruitières et autres qui se lèvent le matin d'auprès de leurs maris, par l'Angoulevent.

5. La Destruction du nouveau moulin à barbe.

6. Dissertation sur la veritable origine des moulins à barbe.

7. Les cruels et horribles tormens de Balthazar Gerard, Bourguignon, vray martyr, souffertz en l'execution de sa glorieuse et memorable mort, pour avoir tué Guillaume de Nassau, prince d'Orenge.

8. Histoire des insignes faussetez et suppositions de Francesco Fava, medecin italien.

9. Histoire veritable et divertissante de la naissance de mie Margot et de ses aventures.

10. Le caquet des poissonnières sur le departement du roy et de la cour.

11. La Moustache des filous arrachée, par le sieur du Laurens.

12. Accident merveilleux et espouvantable du desastre arrivé le 7 mars 1618 d'un feu inremediable lequel a bruslé et consommé tout le Palais de Paris.

13. Ordonnances generales d'amour.

14. L'Adieu du plaideur à son argent.

15. Rencontre et naufrage de trois astrologues judiciaires, Maurégard, J. Petit et P. Larivey, nouvellement arrivez en l'autre monde.

16. Discours de l'inondation arrivée au fauxbourg S.-Marcel-lez-Paris, par la rivière de Bièvre, 1625.

17. La Permission aux servantes de coucher avec leurs maistres, ensemble l'Arrest de la part de leurs maistresses.

18. La muse infortunée contre les froids amis du temps.

19. Remonstrance aux nouveàux mariez et mariées et ceux qui desirent de l'estre, ensemble pour cognoistre les humeurs des femmes.

20. Le Tocsin des filles d'amour.

21. Plaisant galimatias d'un Gascon et d'un Provençal, nommez Jacques Chagrin et Ruffin Allegret.

22. Particularitez de la conspiration et la mort du chevalier de Rohan, de la marquise de Villars, de Van den Ende, etc.

23. Cartels de deux Gascons et leurs rodomontades, avec la dissection de leur humeur espagnole.

24. Le hazard de la blanque renversé et la consolation des marchands forains.

25. Sermon du cordelier aux soldats, ensemble la responce des soldats au cordelier.

26. L'ouverture des jours gras, ou l'entretien du carnaval.

27. Histoire veritable du combat et duel assigné entre deux demoiselles sur la querelle de leurs amours.

28. L'innocence d'amour, à Lysandre.

Le tome III contient :

1. Placet des amans au roy contre les voleurs de nuit et les filoux.

2. Reponse des filoux (par Mlle de Scudery).

3. Recit veritable de l'attentat fait sur le precieux corps de N.-S. Jesus-Christ entre les mains du prestre disant la messe, le 24 mai 1649, en l'église de Sannois.

4. Histoire prodigieuse du fantome cavalier solliciteur qui s'est battu en duel le 27 janvier 1615, près Paris.

5. La chasse au vieil grognard de l'antiquité. 1622.

6. L'Onophage, ou le mangeur d'asne, histoire veritable d'un procureur qui a mangé un asne.

7. Les Regrets des filles de joie de Paris sur le subject de leur bannissement.

8. Histoire joyeuse et plaisante de M. de Basseville et

d'une jeune demoiselle, fille du ministre de St-Lo, laquelle fut prise et emportée subtilement de la maison de son père.

9. L'ordre du combat de deux gentilshommes faict en la ville de Moulins, accordé par le roy nostre sire.

10. La Response des servantes aux langues calomnieuses qui ont frollé sur l'ance du panier ce caresme ; avec l'advertissement des servantes bien mariées et mal pourveues à celles qui sont à marier, et prendre bien garde à eux avant que de leur mettre en mesnage.

11. Nouveau reglement general sur toutes sortes de marchandises et manufactures qui sont utiles et necessaires dans ce royaume, par de la Gomberdière.

12. Le Trebuchement de l'ivrongne, par G. Colletet.

13. Lettres nouvelles contenant le privilége et l'auctorité d'avoir deux femmes.

14. Règles, Statuts et Ordonnances de la caballe des filous reformez depuis huict jours dans Paris, ensemble leur police, estat, gouvernement, et le moyen de les cognoistre d'une lieue loing sans lunettes.

15. Privilège des Enfans Sans-Souci, qui donne lettre patente à madame la comtesse de Gosier Sallé.... pour aller et venir par sous les vignobles de France.

16. La Rencontre merveilleuse de Piedaigrette avec maistre Guillaume revenant des Champs-Elizée, avec la genealogique des coquilberts.

17. Le Ballieux des ordures du monde.

18. Discours veritable des visions advenues au premier et second jour d'aoust 1589 à la personne de l'empereur des Turcs, sultan Amurat, en la ville de Constantinople, avec les protestations qu'il a fait pour la manutention du christianisme.

19. Le Pasquil du rencontre des cocus à Fontainebleau.

20. Exemplaire punition du violement et assassinat commis par François de La Motte, lieutenant du sieur de Montestruc, en la garnison de Metz en Lorraine, à la fille d'un bourgeois de ladite ville, et executé à Paris le 5 décembre 1607.

21. Le Satyrique de la cour, 1624.

22. Les Estranges tromperies de quelques charlatans nouvellement arrivez à Paris, descouvertes aux despens d'un plaideur, par C. F. Duppé.

23. La Pièce de cabinet, dédiée aux poètes du temps (par E. Carneau).

24. Priviléges et reglemens de l'Archiconfrérie vulgai-

rement dite des Cervelles emouquées ou des Ratiers.

25. Advis de Guillaume de la Porte, hotteux ès halles de la ville de Paris.

26. Les Misères de la femme mariée, où se peuvent voir les peines et tourmens qu'elle reçoit durant sa vie, mis en forme de stances par Mme Liebault.

27. Les Priviléges et fidelitez des Chastrez, ensemble la responce aux griefs proposez en l'arrest donné contre eux au profit des femmes.

28. Le Pont-Neuf frondé.

29. La Tromperie faicte à un marchand par son apprenty, lequel coucha avec sa femme, qui avoit peur de nuict, et de ce qui en advint, avec le testament du martyr amoureux.

30. Legat testamentaire du prince des Sots à M. C. d'Acreigne, Tullois, pour avoir descrit la defaite de deux mille hommes de pied, avec la prise de vingt-cinq enseignes, par Monseigneur le duc de Guyse.

31. Oraison funèbre de Caresme prenant, composée par le serviteur du roy des Melons andardois.

Le tome IV contient :

1. Brief discours de la reformation des mariages.

2. Les jeux de la cour.

3. Songe.

4. Le tableau des ambitieux de la cour, nouvellement tracé par maistre Guillaume à son retour de l'autre monde.

5. Lettre d'ecorniflerie et declaration de ceux qui n'en doivent jouir.

6. L'estrange ruse d'un filou habillé en femme, ayant duppé un jeune homme d'assez bon lieu soubs apparence de mariage.

7. Le passe-port des bons beuveurs.

8. Factum du procez d'entre messire Jean et dame Renée.

9. Le purgatoire des hommes mariez, avec les peines et les tourmentz qu'ils endurent incessamment au subject de la malice et mechanceté des femmes.

10. Memoire touchant la seigneurie du Pré-aux-Clercs, appartenant à l'Université de Paris, pour servir d'instruction à ceux qui doivent entrer dans les charges de l'Université.

11. Histoire horrible et effroyable d'un homme plus qu'enragé qui a esgorgé et mangé sept enfans dans la ville

de Chaalons en Champagne. Ensemble l'execution memorable qui s'en est ensuivie.

12. L'entrée de Gaultier Garguille en l'autre monde, poème satyrique.

13. Les estrennes du Gros Guillaume à Perrine, presentées aux dames de Paris et aux amateurs de la vertu.

14. La lettre consolatoire escripte par le general de la compagnie des Crocheteurs de France à ses confrères, sur son restablissement au dessus de la Samaritaine du Pont-Neuf, narratifve des causes de son absence et voyages pendant icelle.

15. Les plaisantes ephemerides et pronostications très certaines pour six années.

16. Epitaphe du petit chien Lyco-phagos, par Courtault, son conculinaire et successeur en charge d'office, à toutes les legions des chiens academiques, par Vincent Denis Perigordien.

17. La grande cruauté et tirannie exercée par Mustapha, nouvellement empereur de Turquie, a l'endroit des ambassadeurs chrestiens, tant de France, d'Espaigne et d'Angleterre. Ensemble tout ce qui s'est passé au tourment par luy exercé a l'endroit de son nepveu, lui ayant fait crever les yeux.

18. Le different des Chapons et des Coqs touchant l'alliance des Poulles, avec la conclusion d'yceux.

19. Recit en vers et en prose de la farce des Precieuses.

20. Histoire miraculeuse de trois soldats punis divinement pour les forfaits, violences, irreverences et indignités par eux commises avec blasphèmes execrables contre l'image de monsieur saint Antoine, à Soulcy, près Chastillon-sur-Seine, le 21e jour de juin dernier passé (1576).

21. Le fantastique repentir des mal mariez.

22. Le grand procez de la querelle des femmes du fauxbourg Saint-Germain avec les filles du faux-bourg de Montmartre, sur l'arrivée du regiment des Gardes. Avec l'arrest des commères du faux-bourg Saint-Marceau intervenu en ladicte cause.

23. Les contre-veritez de la court, avec le dragon à trois testes.

24. Le coq-à-l'asne, ou le pot aux roses, adressé aux financiers.

25. Traduction d'une lettre envoyée à la reine d'Angleterre par son ambassadeur, surprise près le Moüy par la garnison du Havre de Grâce, 15 juin 1590.

26. Remonstrance aux femmes et filles de la France. Extrait du prophète Esaye, au chapitre III de ses propheties.

27. Histoire veritable du combat et duel assigné entre deux demoiselles sur la querelle de leurs amours.

28. L'Innocence d'amour, à Lysandre.

Le tome V contient :

1. Les Triolets du temps. 1649.

2. Discours sur la mort du chapelier.

3. Reglement d'accord sur la preference des savetiers cordonniers.

4. L'Œuf de Pasques ou pascal, à M. le lieutenant civil, par Jacques de Fonteny.

5. Catechisme des Courtisans, ou les Questions de la cour, et autres galanteries.

6. Exil de Mardy-Gras.

7. Ordre à tenir pour la visite des pauvres honteux.

8. L'Anatomie d'un Nez à la mode, dedié aux bons beuveurs.

9. Extrait de l'inventaire qui s'est trouvé dans les coffres de M. le chevalier de Guise, par Mlle d'Entraigue, et mis en lumière par N. de Bassompierre.

10. Les nouvelles admirables lesquelles ont envoyées les patrons des gallées qui ont esté transportées du vent en plusieurs et divers pays et ysles de la mer, et principalement ès parties des Yndes.

11. Le Gan de Jan Godard, Parisien.

12. Discours de deux marchants fripiers et de deux tailleurs, avec les propos qu'ils ont tenus touchant leur estat.

13. Discours admirable d'un magicien de la ville de Moulins qui avoit un demon dans une phiole, condamné d'estre bruslé tout vif par arrest de la Cour de Parlement.

14. Vraye Pronostication de Me Gonin pour les malmariez, plates-bourses et morfondus, et leur repentir.

15. La misère des apprentis imprimeurs, appliquée par le detail à chaque fonction de ce penible estat.

16. Arrest de la Cour de Parlement qui fait deffenses à tous pastissiers et boulangers de fabriquer ni vendre, à l'occasion de la feste des Rois, aucuns gasteaux.

17. La Maltote des Cuisinières, ou la Manière de bien ferrer la mule.

18. Cas merveilleux d'un bastelier de Londres, lequel, sous ombre de passer les passans outre la rivière de Thames, les estrangloit.

19. Les de Relais, ou le Purgatoire des bouchers, poulayers, paticiers, cuisiniers, joueurs d'instrumens, comiques et autres gens de mesme farine.

20. Discours de la mort de très haute et très illustre princesse madame Marie Stuard, royne d'Escosse.

21. L'Onozandre, ou le Grossier, satyre.

22. Le Conseil tenu en une assemblée des dames et bourgeoises de Paris.

23. Vengeance des femmes contre les hommes.

24. Ballet nouvellement dansé à Fontaine-Bleau par les dames d'amour. Ensemble leurs complaintes adressées aux courtisanes de Venus à Paris.

25. Satyre contre l'indecence des questeuses.

26. Les contens et mescontens sur le sujet du temps.

27. Vers pour Monseigneur le Dauphin au sujet d'une aventure arrivée entre lui et le petit Brancas.

28. La Vraye Pierre philosophale, ou le moyen de devenir riche à bon conte.

Le tome VIᵉ contient :

1. Les estranges et desplorables accidens arrivez en divers endroits sur la rivière de Loire et lieux circonvoisins par l'effroyable desbordement des eaux et l'espouvantable tempeste des vents, le 19 et 20 janvier 1633. Ensemble les miracles qui sont arrivez à des personnes de qualité et autres qui ont esté sauvées de ces perilleux dangers.

2. Le feu royal, faict par le sieur Jumeau, arquebusier ordinaire de Sa Majesté.

3. Histoire veritable du prix excessif des vivres de la Rochelle pendant le siège.

4. La grande propriété des bottes sans cheval en tout temps, nouvellement descouverte, avec leurs appartenances, dans le grand magazin des esprits curieux.

5. Les estrennes de Herpinot, presentées aux dames de Paris, desdiez aux amateurs de la vertu, par C. D. P., comedien françois.

6. Harangue de Turlupin le souffreteux, 1615.

7. Sommaire traicté du revenu et despence des finances de France, ensemble les pensions de nosseigneurs et dames de la Cour, escrit par Nicolas Remond, secretaire d'Estat.

8. Quatrains au roy sur la façon des harquebuses et pistolets, enseignans le moyen de recognoistre la bonté et le

vice de toutes sortes d'armes à feu et les conserver en leur lustre et bonté, par François Poumerol, arquebusier.

9. Zest-Pouf, historiette du temps.

10. Catechisme des Normands.

11. Edit du roy portant suppression des charges de capitaines des levrettes de la chambre du roy.

12. Histoire veritab'e de la mutinerie, tumulte et sedition faite par les prestres Sainct-Medard contre les fidèles, le samedy XXVIIe jour de decembre 1561.

13 Les choses horribles contenues en une lettre envoyée à Henry de Valois par un enfant de Paris le vingt-huitième de janvier 1589.

14. Le Cochon mitré, dialogue.

15. Stances sur le retranchement des festes, en 1666.

16. Le Pont-Breton des procureurs.

17. La plaisante nouvelle apportée sur tout ce qui se passe en la guerre de Piedmont, avec la harangue du capitaine Pivotin faicte au duc de Savoye sur le mescontentement des soldats françois.

18. Le Carquois satyrique.

19 L'estrange et veritable accident arrivé en la ville de Tours, où la royne couroit grand danger de sa vie sans le marquis de Rouillac et de M. de Vignolles, le vendredy vingt-neufviesme janvier 1616.

20. Arrest notable donné au profit des femmes contre l'impuissance des maris, avec le plaidoyé et conclusion de Messieurs les gens du roy.

21. Satyre sur la barbe de M. le president Molé.

22 Recit veritable de l'execution faite du capitaine Carrefour, general des voleurs de France, rom, u vif à Dijon le 12e jour de decembre 1622.

23. Brief dialogue, exemplaire et recreatif, entre le vray soldat et le marchand françois, faisant mention du temps qui court.

24. La musique de la taverne et les propheties du cabaret, ensemble le Mepris des Muses.

Le tome VII contient :

1. Manifeste et prédictions des plus véritables affaires qui se doibvent passer en France cette année 1620, par le sieur de La Bourdanière.

2. La faiseuse de mouches.

3. Les plaisantes ruses et cabales de trois bourgeoises de Paris.

4 L'Archi-Sot, écho satyrique.

5. Sur les revenus des Pasteurs.

6. La Requeste présentée à Nosseigneurs du Parlement... pour la diminution d'une demie année des loyers des maisons, chambres et boutiques (19 juin 1652).

7. Reproches du capitaine Guillery faits aux carabins, picoreurs et pillards de l'armée de messieurs les Princes.

8. Manifeste de Pierre du Jardin, capitaine de la Garde, prisonnier en la Conciergerie du Palais.

9. Histoire du poète Sibus.

10. Discours sur les causes de l'extresme cherté qui est aujourd'hui en France (1586).

11. Le May de Paris.

12. Le pot aux rozes decouvert du plaisant voyage fait par quelques curieux au bois de Vincennes, à dessein de voir Jean de Werth.

13. Edict du Roy pour contenir les serviteurs et servantes en leurs devoirs.

14. Discours de la deffaicte qu'a faict M. le duc de Joyeuse et le sieur de Laverdin contre les ennemis du Roy à La Motte Sainct-Eloy.

15. Lettre de Calvin, apportée des enfers par l'esprit du sieur Groyer, aux pasteurs du petit Troupeau.

16. Discours de la prinse du capitaine Chapeau et du capitaine la Callande, ensemble l'exécution qui en a esté faicte à Montargy.

17. Sur l'enlèvement des reliques de saint Fiacre, apportées de la ville de Meaux pour la guérison du derrière du C. de R.

18. Institution de l'Ordre des Chevaliers de la Joye, établi à Mézières.

19. La grande division arrivée ces derniers jours entre les femmes et les filles de Montpellier.

20. Discours de la fuyte des impositeurs italiens.

21. Les ceremonies faites dans la nouvelle chapelle du chasteau de Bissestre le 25 aoust 1634.

22. Discours nouveau de la grande science des femmes, trouvé dans un des sabots de maistre Guillaume.

23. Les amours du Compas et de la Règle, et ceux du Soleil et de l'Ombre.

24. Ennuis des paysans champestres.

25. Le plaisir de la noblesse, sur la preuve certaine et profict des estauffes et soyes..., par B. de Laffémas.

26 Conspiration faite en Picardie (1576).

27. La nouvelle defaitte des Croquans en Quercy, par M. le mareschal de Themines.

28. Les vertus et propriétés des Mignons.

29. Passage du cardinal de Richelieu à Viviers.

30. Le vray Discours des grandes processions qui se font depuis les frontières de l'Allemagne jusques à la France (1584).

31. Le Canard qui mange cinq de ses frères et qui est mangé à son tour par un colonel.

Le tome VIII contient :

1. L'interrogatoire et deposition de Jean de Poltrot sur la mort de M. de Guyse.

2. Le faict du procez de Balf contre Frontenay et Montguibert.

3. Fragmens de Mémoires sur la vie de Mme de Maintenon.

4. La surprinse et fustigastion d'Angoulevent.

5. Le musicien renversé.

6. Histoire admirable d'un faux et supposé mari.

7. Lettres de Vineuil sur la conspiration de Cinq-Mars.

8. L'Evantail satyrique, par le nouveau Theophile.

9. Consolation aux dames sur la réformation des passemens et habits.

10. La vie genereuse des Mercelots, Gueuz et Boesmiens, par Pechon de Ruby, avec un Dictionnaire en langage blesquin.

11. Le *Salve regina* des prisonniers.

12. Le Purgatoire des prisonniers.

13. L'emprisonnement D. C. D.

14. Sur les Dragonnages en Dauphiné.

15. Brevet d'apprentissage d'une fille de modes à Amatonte.

16. Requête d'un poëte à M. de Vattan, pour être exempté de la capitation.

17. Les advis de Charlot à Colin sur le temps présent.

18. L'Entrée de la Reyne et de Messieurs les Enfans de France à Bourdeaulx.

19. Nouveau règlement general pour les Nouvellistes.

20. Le feu de joye de Mme Mathurine sur le retour de M. Guillaume de l'autre monde.

21. Conference d'Antitus, Panurge et Gueridon.

22. Arrest du Conseil des Dix contre Georges Corner.

23. Reglement pour pourvoir aux vivres de la ville d'Orléans.

24. Les Louanges de la paille.

25. La rencontre des carrabins de M. le duc d'Esper—

non aux environs de La Rochelle, ensemble la prise de quatre trouppes de voleurs.

26. La Famine, par le sieur de La Valise.

27. Le Pasquil touchant les affaires de ce temps.

Le Recueil formera 10 volumes.

HISTOIRE.

I. VOYAGES.

Histoire *notable de la Floride*, contenant les trois voyages faits en icelle par certains capitaines et pilotes françois, descrits par le capitaine LAUDONNIÈRE; à laquelle a été ajousté un *Quatriesme voyage, fait par le capitaine* GOURGUES. 1 volume. 5 fr.
Epuisé.

Mémoires des Voyages du sieur Demarez, revus sur le seul exemplaire connu de l'édition originale, et annotés par M. Charles NAVARIN. 1 vol. 4 fr.

Relation des trois ambassades du comte de Carlisle, de la part de Charles II, vers Alexey Michailowitz, czar de Moscovie, Charles, roy de Suède, et Frederic III, roy de Danemarck. Nouvelle édition, avec préface, notes et glossaire par le prince Augustin GALITZIN. 1 volume. 5 fr.

II. HISTOIRE DE FRANCE.

Collection générale de Chroniques et Mémoires relatifs à l'histoire de France. 200 vol.

Cette collection comprendra les ouvrages qui font partie des diverses collections publiées jusqu'à ce jour et plusieurs autres imprimés ou inédits. Chaque ouvrage, revu sur les manuscrits et les éditions anciennes, accompagné de notes et d'une table des matières, se vendra séparément. Il n'y aura ni faux-titre, ni indication quelconque qui puisse obliger les amateurs à prendre les volumes dont ils n'auraient pas besoin. Les ouvrages divers ne seront rattachés entr'eux que par le plan de la collection et la *Table générale des matières.*

De cette collection feront partie :

* *Les Aventures du baron de Fæneste,* par Théodore-Agrippa D'AUBIGNÉ. Edition revue et annotée par M. Prosper MÉRIMÉE, de l'Académie françise. 1 vol. 5 fr.

* *Mémoires de la Reine* MARGUERITE, suivis des *Anecdotes tirées de la bouche de* M. DU VAIR. Notes par M. Ludovic LALANNE. 1 vol. 5 fr.

* *Mémoires de* Henri DE CAMPION, suivis d'un choix des *Lettres* d'Alexandre DE CAMPION. Notes par M. C. MOREAU. 1 vol. 5 fr.

* *Les Courriers de la Fronde en vers burlesques,* par SAINT-JULIEN, annotés par M. C. MOREAU. 2 vol. 10 fr.

* *Mémoires et Journal du marquis* D'ARGENSON, ministre des Affaires Etrangères sous Louis XV, annotés par M. le marquis D'ARGENSON. Tomes I à IV. Le volume à . . . . 5 fr.

L'ouvrage formera 5 volumes.

* *Mémoires de la Marquise de Courcelles,* écrits par elle-même, précédés d'une Notice et accompagnés de notes par M. Paul POUGIN. 1 vol. 4 fr.

* *Mémoires de Madame de la Guette.* Edition revue et annotée par M. C. MOREAU. 1 vol. 5 fr.

Souvenirs de madame de Caylus. 1 vol.

Mémoires de l'abbé de Choisy, suivis de l'Histoire de la Comtesse des Barres, avec préface et notes par M. Gustave DESNOIRESTERRES. 1 vol.   5 fr.

OEuvres complètes de Branthome.
Voyez page 38 de ce catalogue.

Chroniques des Samedis de Mlle de Scudéry, recueillies par CONRART, annotées par PELLISSON-FONTANIER, et publiées par M. F. FEUILLET DE CONCHES. 1 vol.   5 fr.

III. HISTOIRE ÉTRANGÈRE.

* *Histoire notable de la Floride.* 1 vol.   5 fr.
Voyez page 51 de ce catalogue.

* *Relation des trois ambassades du comte de Carlisle.* 1 vol.   5 fr.
Voyez page 51 de ce catalogue.

* *Histoire du Pérou*, traduite de l'espagnol sur le manuscrit inédit du P. Anello OLIVA, par M. H. TERNAUX-COMPANS. 1 vol.   3 fr.

OUVRAGES DE DIFFÉRENTS FORMATS

Qui font partie du Fonds de P. JANNET.

Bibliographie lyonnaise du xve *siècle*, par M. A. PÉRICAUD
aîné. Nouv. édit. *Lyon*, imprimerie de Louis Perrin,
1851, in-8. 1re partie.   7 50
   2e partie.   4 »
   3e partie.   2 »

Catalogue de la bibliothèque lyonnaise de M. Coste, rédigé et
mis en ordre par Aimé VINGTRINIER, son bibliothécaire.
Lyon, 1853, 2 vol. gr. in-8. (18,641 articles.)   12 »

Catalogue des livres imprimés, manuscrits, estampes, des-
sins et cartes à jouer composant la bibliothèque de M. C.
Leber, avec des notes par le collecteur. Tome IV, contenant le supplément et la table des auteurs et des livres
anonymes. *Paris*, 1852, in-8, avec 6 grav.   8 »
   Grand papier, fig. col.   25 »
   Grand papier vélin, fig. col.   30 »

Choix de fables de La Fontaine, traduites en vers basques
par J.-B. ARCHU. *La Reole*, 1848, in-8.   7 50

Chronique et hystoire faicte et composee par reverend pere
en Dieu TURPIN, contenant les prouesses et faictz darmes
advenuz en son temps du tres magnanime Roy Charle-
maigne et de son nepveu Raouland. (*Paris*, 1835,) in-4
goth. à 2 col., avec lettres initiales fleuries et tourneures.
                                                      20 »
   Pap. de Hollande.   25 »

Dialogue (Le) du fol et du sage. (*Paris*, 1833,) pet. in-8 goth.
                                                       9 »
   Pap. de Holl. (à 10 exempl.).   12 »
   Pap. de Chine (à 4 exempl.).   15 »

Dialogue facetieux d'un gentilhomme françois se complai-
gnant de l'amour, et d'un berger qui, le trouvant dans un
bocage, le reconforta, parlant à luy en son patois. Le tout
fort plaisant. *Metz*, 1671 (1847), in-16 oblong.   9 »

Dictionnaire pour l'intelligence des auteurs classiques grecs et latins, tant sacrés que profanes, par Fr. SABBATHIER. *Paris*, 1815, in-8. (Tome 37e et dernier.)   6 »

Dit (Le) de Menage, pièce en vers du XIVe siècle, publié, pour la première fois par M. G.-S. TREBUTIEN. (*Paris*, 1835,) in-8 goth.   2 50
    Pap. de Holl.   4 »

Dit (Un) d'aventures, pièce burlesque et satirique du XIIIe siècle, publiée pour la première fois par M. G.-S. TRE-BUTIEN. (*Paris*, 1835,) in-8 goth.   2 50

Essai synthétique sur l'origine et la formation des langues (par Copineau). *Paris*, 1774, in-8.   4 »

Histoire des campagnes d'Annibal en Italie pendant la deuxiè-me guerre punique, suivie d'un abrégé de la tactique des Romains et des Grecs, par Fréd. GUILLAUME, général de brigade. *Milan*, de l'impr. royale, 1812, 3 vol. gr. in-4 et atlas de 49 planches gr. in-fol.   20 »

Histoire du Mexique, par don Alvaro TEZOZOMOC, trad. sur un manuscrit inédit par H. TERNAUX-COMPANS. *Paris*, 1853, 2 vol. in-8.   15 »

Lai d'Ignaurès, en vers, du XIIe siècle, par RENAUT, suivi des lais de Melion et du Trot, en vers, du XIIIe siècle, publiés pour la première fois par MM. MONMERQUÉ et Francisque MICHEL. *Paris*, 1832, gr. in-8, pap. vél., avec deux *fac-simile* color.   9 »
    Pap. de Holl.   15 »
    Pap. de Chine.   15 »

Lettre d'un gentilhomme portugais à un de ses amis de Lis-bonne sur l'exécution d'Anne Boleyn, publiée par M. Fran-cisque MICHEL. *Paris*, 1832, br. in-8, pap. vélin. 3 »

Manuel du libraire et de l'amateur de livres, par M. Jacq.-Ch. BRUNET, quatrième édition originale. *Paris*, 1842-1844, 5 vol. in-8 à deux colonnes.   200 »

Moralité de la vendition de Joseph, filz du patriarche Jacob; comment ses frères, esmeuz par envye, s'assemblèrent pour le faire mourir... *Paris*, 1833, in-4 goth. format d'agenda, pap. de Holl.   36 »

Moralité de Mundus, Caro, Demonia, à cinq personnages. — Farce des deux savetiers, à trois personnages. *Paris*, Silvestre, 1838, in-4 goth. format d'agenda.   12 »

Moralité nouvelle du mauvais riche et du ladre, à douze per-sonnages. (*Paris*, 1833,) petit in-8 goth.   9 »

Pap. de Holl. (à 10 exempl.).   12   »
Pap. de Chine (à 4 exempl.).   15   »

Moralité très singulière et très bonne des blasphémateurs du
   nom de Dieu. (Paris, 1831), pet. in-4 goth. format d'a-
   genda , pap. de Holl.   36   »

Mystère de saint Crespin et de saint Crespinien, publié pour
   la première fois par L. DESSALLES et P. CHABAILLE. *Pa-*
   ris, 1836, gr. in-8 orné d'un *fac-simile.*   14   »
      Pap. de Holl. (*fac-simile* sur VÉLIN).   30   »
      Pap. de Chine.   30   »

———

PAYEN (Dr J. F.). — Publications relatives à Montaigne.

1° *Notice bibliographique sur Montaigne.* Paris, 1837, in-8.
   (*Epuisée.*)

2° *Documents inédits ou peu connus sur Montaigne.* Paris,
   1847, in-8, portrait, *fac-simile.* (*Epuisés.*)

3° *Nouveaux documents inédits ou peu connus sur Montaigne.*
   1850, in-8, *fac-simile.*   3 fr.

4° *De Christophe Kormart et de son analyse sur les Essais de
   Montaigne.* Paris, 1849, in-8. (*Epuisé.*)

5° *Documents inédits sur Montaigne*, n° 3. — Éphémérides,
   Lettres , et autres Pièces autographes et *inédites* de Montaigne et de sa fille Eléonore. *Paris*, Jannet, 1855, in-8,
   fac-simile.   3 fr.

6° *Recherches sur Montaigne, documents inédits*, n° 4.—Examen de la Vie publique de Montaigne, par M. Grün. —
   Lettres et remontrances nouvelles. — Bourgeoisie ro-
   maine. — Habitation et tombeau à Bordeaux. — Vues,
   plans, cachets, *fac-simile.* — R. Sebon. *Paris*, 1856,
   in-8.   5 fr.

———

Poésies françoises de J.-G. Alione (d'Asti), composées de
   1494 à 1520, avec une notice biographique et bibliographique par M. J.-C. BRUNET. *Paris*, 1836, pet. in-8
   goth. orné d'un *fac-simile.*   15   »

Proverbes basques, recueillis (et publiés avec une traduction française) par Arnauld Oihénart. *Bordeaux*, 1847, in-8.

10 »

Recueil de réimpressions d'opuscules rares ou curieux relatifs à l'histoire des beaux-arts en France, publié par les soins de MM. T. Arnauldet, Paul Chéron, Anatole de Montaiglon. In 8, papier de Hollande. (Tirage à 100 exemplaires.)

I. Ludovicus Henricus Lomenius, Briennæ comes, de pinacotheca sua. 1 50

II. Vie de François Chauveau, graveur, et de ses deux fils, Evrard, peintre, et René, sculpteur, par J.-M. Papillon. 3 50

Relation des principaux événements de la vie de Salvaing de Boissieu, premier président en la chambre des comptes de Dauphiné, suivie d'une critique de sa généalogie et précédée d'une Notice historique, par Alfred de Terrebasse. *Lyon*, impr. de Louis Perrin, 1850, in-8, fig. 7 »

Roman de Mahomet, en vers, du XIII° siècle, par Alex. du Pont, et livre de la loi au Sarrazin, en prose, du XIV° siècle, par Raymond Lulle; publiés pour la première fois et accompagnés de notes par MM. Reinaud et Francisque Michel. *Paris*, 1831, gr. in-8 pap. vél., avec deux *fac-simile* coloriés. 12 »

Roman de la Violette ou de Gérard de Nevers, en vers, du XIII° siècle, par Gibert de Montreuil, publié pour la première fois par M. Francisque Michel. *Paris*, 1834, gr. in-8 pap. vél. avec trois *fac-simile* et : gravures entourées d'arabesques et tirées sur papier de Chine. 36 »

Pap. de Chine. 60 »

Roman (Le) de Robert le Diable, en vers, du XIII° siècle, publié pour la première fois par G.-S. Trébutien. *Paris*, 1837, pet. in-4 goth. à deux col., avec lettres tourneures et grav. en bois. 20 »

Pap. de Holl. 30 »

Pap. de Chine. 36 »

Roman du Saint-Graal, publié pour la première fois par Francisque Michel. *Bordeaux*, 1841, in-12. 4 »

Table des auteurs et des prix d'adjudication des livres composant la bibliothèque de M. le comte de La B*** (La Bédoyère). Gr. in-8, pap. vél. 2 50

Table des prix d'adjudication des livres composant la bibliothèque de M. L*** (Libri). *Paris*, 1847, in-8. 1 50

Table des prix d'adjudication des livres de M. I. m. d. R.
(du Roure). *Paris*, 1848, in-8.   1 25

Trésor des origines, ou Dictionnaire grammatical raisonné
de la langue française, par Ch. POUGENS. *Paris*, imprimerie royale, 1819, in-4.   6 »

---

*Manuel-Annuaire de l'imprimerie, de la librairie et de la
presse*, par F. GRIMONT, avocat, s. Chef du bureau de
la librairie au Ministère de l'intérieur. In-12.   4 »

Sous presse le *Manuel* pour 1858, complément de la 4re
édition, avec tables analytiques de toutes les matières contenues dans les deux volumes.

LA PROPRIÉTÉ LITTÉRAIRE ET ARTISTIQUE

COURRIER DE LA LIBRAIRIE

Ce Journal paraît tous les samedis. Il contient les documents
officiels concernant l'imprimerie, la librairie, et tout ce qui s'y rat-
tache, — une Chronique judiciaire, — le Catalogue, d'après les
documents officiels, des livres, cartes, estampes, œuvres de musique, etc., imprimés en France. — A titre de prime, les abonnés
reçoivent : 1° le *Catalogue général de la librairie française au
XIXe siècle*, par M. Paul Chéron, ouvrage exclusivement imprimé pour eux, et qui ne sera pas mis dans le commerce ; 2° un
bon de *vingt francs* de livres à prendre dans la *Bibliothèque Elzevirienne*, à leur choix. — Prix de l'abonnement pour un an :
Paris, 20 fr.; départements, 22 fr.; Étranger, 20 fr., et le port
en sus. — Bureaux, à Paris, rue de Richelieu, 15 ; à Leipzig, chez
T. O. Weigel ; à Londres, chez John Russell Smith. — Rédacteur
en chef, P. Boiteau. Propriétaire-Gérant, P. Jannet.

MANUEL

DE

L'AMATEUR D'ESTAMPES

PAR M. CH. LE BLANC

OUVRAGE DESTINÉ A FAIRE SUITE AU

Manuel du Libraire et de l'Amateur de Livres

PAR M. J.-CH. BRUNET

Conditions de la Publication.

Le *Manuel de l'Amateur d'Estampes* sera publié en 16 livraisons, composées chacune de dix feuilles, ou 160 pages gr. in-8, à deux colonnes, imprimées sur papier vergé, avec monogrammes intercalés dans le texte. Le prix de chaque livr. est fixé à 4 fr. 50 c.; il est tiré quelques exempl. sur *papier vélin* au prix de *huit francs* la livraison.

LES 9 PREMIÈRES LIVRAISONS (**A-Pencz**) SONT EN VENTE

La 10ᵉ livraison paraîtra le 15 juin 1858, les suivantes dans un délai rapproché.

RECUEIL

DE

CHANSONS, SATIRES, ÉPIGRAMMES

Et autres poésies relatives à l'histoire des XVIᵉ, XVIIᵉ et XVIIIᵉ siècles

CONNU SOUS LE NOM DE

RECUEIL DE MAUREPAS

PUBLIÉ PAR M. ANATOLE DE MONTAIGLON

Ancien Elève de l'Ecole des Chartes
Membre résidant de la Société des Antiquaires de France.

Le **Recueil de Maurepas** sera publié en six forts volumes grand in-8º à 2 colonnes, imprimés sur beau papier vergé, en caractères neufs. Il paraîtra un volume tous les deux mois. Le prix est fixé à 25 fr. par volume, ou 150 fr. pour l'ouvrage complet. Chaque volume sera payé au moment de la livraison. Il ne sera tiré que 300 exemplaires. La souscription sera close prochainement, et le prix sera augmenté pour les personnes qui n'auront pas souscrit.

OUVRAGES

D'AUGUSTE COMTE

EN VENTE

Chez P. JANNET, rue Richelieu, 15

———

Discours sur l'ensemble du Positivisme. Paris, 1848, in-8. 6 fr.

Catéchisme positiviste. Paris, 1852, in-12. 3 francs.

Appel aux Conservateurs. Paris, 1855, in-8. 3 francs.

Système de politique positive. Paris, 1851-54, 4 vol. in-8. 30 fr. 50 c.

Séparément : Tome I,   8 »
Tome II,   6 »
Tome III, 7 50
Tome IV,   9 »

Ces ouvrages appartiennent actuellement à la *Société des exécuteurs testamentaires d'Auguste Comte.* Les prix restent tels qu'ils ont été fixé par l'auteur.

LA MUSE HISTORIQUE

ou

·RECUEIL DES LETTRES EN VERS

CONTENANT LES NOUVELLES DU TEMPS, ÉCRITES A SON ALTESSE
MADEMOISELLE DE LONGUEVILLE, DEPUIS DUCHESSE
DE NEMOURS (1650 — 1665)

Par J. LORET.

*Nouv. édition, revue sur les manuscrits et sur les éditions originales
et augmentée d'une table générale des matières,*
par ED. V. DE LA PELOUZE *et* J. RAVENEL.

Les Lettres en vers de Loret sont assurément un des ouvrages les
plus curieux à consulter, une des sources les plus abondantes en précieux renseignements auxquelles il soit possible de puiser, pour qui-
conque veut étudier avec soin l'histoire politique ou littéraire de la
France pendant la période de temps qu'embrasse cette gazette rimée.
Pour seize années de la vie du grand siècle, on y trouve, en effet,
outre la relation de tous les actes importants de la minorité et des premiers jours du règne de Louis XIV, le récit détaillé de ces mille petits
faits divers qui préparent, qui expliquent les grands événements ; qui
ont passé presque inaperçus des contemporains eux-mêmes, et dont
les plus pénibles et les plus minutieuses recherches n'amèneraient pas
toujours l'historien à saisir la trace ailleurs. Là, toutefois, ne se borne
pas le mérite de la *Muse historique* Un certain attrait nous pousse
tous, plus ou moins, à rechercher les particularités intimes de la
vie des personnages que l'histoire fait poser devant nous ; cette curiosité est, ici, très amplement satisfaite Bruits de la ville, nouvelles
de la cour, entrées princières, fêtes publiques, festins royaux, repré-
sentations théâtrales, bals et ballets, mystères de la ruelle et parfois
de l'alcôve, Loret tient note de tout, révèle tout, décrit tout en vers
abondants et faciles spirituels et naïfs, burlesques mais pleins de bon
sens, libres mais non effrontés, empreints toujours d'un profond respect pour la vérité.

Ces qualités, aujourd'hui bien reconnues, et le haut prix qu'attei-
gnent dans les ventes publiques les exemplaires même imparfaits de la
Muse historique, nous ont décidé à réimprimer ce livre. Les éditeurs,
indépendamment de ce qu'il leur a été possible de se procurer des lettres originales imprimées, ont fort utilement consulté deux manuscrits
des bibliothèques Impériale et de l'Arsenal. Un troisième, inappré-
ciable volume relié aux armes de Fouquet et de la comtesse de Verrue,
auxquels il a successivement appartenu, a été mis à leur disposition
avec la plus gracieuse obligeance par son possesseur actuel, M. Gran-
gier de la Marinière, le zélé bibliophile. Ces diverses communications,
la dernière surtout, ont permis de faire disparaître presque entièrement les voiles souvent bien épais que, lors de l'impression de sa gazette, Loret a jetés, par prudence, sur un grand nombre de figures de
son musée historique.

Rien n'a été négligé, sous le rapport des soins littéraires, pour que
cette nouvelle édition soit digne des amateurs auxquels elle est destinée. L'exécution matérielle sera dirigée de manière à satisfaire les
plus difficiles.

L'ouvrage se composera de 4 forts volumes grand in-8 à 2 colonnes.
— Prix de chaque volume : 15 fr.

Le premier volume est en vente.

LIBRARY OF OLD AUTHORS.

M. John Russell Smith, libraire à Londres, publie une collection destinée à prendre en Angleterre la place occupée en France par la *Bibliothèque elzevirienne*. Plusieurs ouvrages sont en vente ou sous presse. Tous les volumes sont imprimés uniformément et avec soin, avec des fleurons et lettres ornées, reliés en percaline, et se vendent à des prix modérés. Voici la liste des premières publications.

En vente :

The Dramatic and Poetical Works of JOHN MARSTON. Now first collected and edited by J. O. Halliwell. 3 vols. cart. en toile.
22 50

The Vision and Creed of PIERS PLOUGHMAN. Edited by Thomas Wright; a new edition, revised, with additions to the Notes and Glossary. 2 vols. cart. 15 »

JOHN SELDEN'S Table Talk. A new and improved Edition, by S. W. Singer. 1 vol. 7 50

Francis QUARLE'S Enchiridion. 1 vol. cart. 4 50

INCREASE MATHER'S Remarkable Providences of the Earlier Days of American Colonization. With Introductory Preface by GEORGE OFFOR. Portrait. 7 50

The Poetical Works of WILLIAM DRUMMOND of Hawthornden. Edited by W. B. Turnbull. Portrait. 7 50

GEORGE WITHER'S Hymns and Songs of the Church. 7 50

GEORGE WITHER'S Hallelujah. 9 »

The Miscellanies of JOHN AUBREY, F. R. S. 6 »

The Miscellaneous Works of Sir THOMAS OVERBURY. 1 vol. 7 50

The Poetical Works of the Rev. ROBERT SOUTHWELL. 1 v. 6 »

The Iliads of HOMER, translated by GEORGE CHAPMAN. 2 volumes. 18 »

The Odysseys of HOMER, translated by George CHAPMAN. 2 volumes. 18 »

The dramatic works of John WEBSTER. 2 vol. 30 »

Dépôt à Paris, chez P. JANNET, *éditeur de la Bibliothèque Elzevirienne, rue Richelieu*, 15.

63

DE

IMITATIONE CHRISTI

LIBRI IV

ÉDITION MICROSCOPIQUE

Imprimée avec les caractères de l'*Horace*
et du *La Rochefoucault* de H. Didot, par les soins
de M. Edwin Tross.

—

1 VOL. IN-64

—

PRIX :

Papier ordinaire : **9** fr.
Papier de Chine : **15** fr.

8296. — Imprimerie Guiraudet et Jouaust, 338, r. S.-Honoré.

www.ingramcontent.com/pod-product-compliance
Lightning Source LLC
Chambersburg PA
CBHW072342030726
47505CB00013B/496